Frank Bresching
Das verlorene Band

Frank Bresching

Das verlorene Band

Roman

Osburg Verlag

Osburg Verlag GmbH
Heimhuder Straße 81
D-20148 Hamburg
info@osburgverlag.de

Erste Auflage 2025

Lektorat: Gerd Püschel, Augustusburg
Korrektorat: Hilke Ohsoling, Lübeck
Umschlaggestaltung: Judith Hilgenstöhler, Hamburg
Satz: Hans-Jürgen Paasch, Oeste
Druck und Bindung: CPI Books GmbH, Leck
Printed in Germany
ISBN 978-3-95510-368-2

»Und plötzlich weißt du: Es ist Zeit, etwas Neues zu beginnen und dem Zauber des Anfangs zu vertrauen.«

Meister Eckhart (zugeschrieben)

Tag 1

Es war ein außergewöhnlich heißer Tag im Juni, als Mila ins Dorf kam.

Die Sonne stand hoch, und von den Bergen wehte ein sanfter Wind. Milas Haut spannte von der Hitze. Sie war schon seit den frühen Morgenstunden unterwegs, immerzu bergauf an weiten Feldern mit Roggen und grüner Gerste und manchmal auch an ausgedehnten Wiesen vorbei, die von Klatschmohn rot gesprenkelt waren. Hin und wieder begleitete sie der Gesang von Zikaden, ein Konzert, das sie an ferne Länder und ans Meer erinnerte, klangvoll und beruhigend.

Am Ende ihrer Wanderung lief sie einen schmalen, steil ansteigenden Pfad neben einer Weide hinauf, bis sie endlich die ersten Häuser und die Turmspitze der Dorfkirche sah. Nun, da sie ihr Ziel fast erreicht hatte, spürte Mila ein seltsames Ziehen im Bauch. Deine Entscheidung, hatte ihr Vater gesagt, bevor sie abgereist war.

Unter einem Kirschbaum legte sie den Rucksack ab, um eine letzte Pause zu machen. Sie lehnte sich mit dem Rücken an den Stamm, schob die Sonnenbrille ins Haar und schaute zu den Bergen, die wie Riesen dicht an dicht standen und deren graue Gipfel erhaben über das Dorf ragten. Das Licht hatte sich verändert, hier oben war es intensiver, und die Farben leuchteten kräftiger. Das war nicht nur beeindruckend, sondern auch schön. Sie hörte das feine Bimmeln von Glöckchen und sah drei Bergziegen über ein Felsplateau laufen. Über ihnen kreiste ein riesiger Adler. All das waren Details einer fremden Welt, die sie plötzlich nervös machten. Der Gedanke, hierherzukommen, erschien ihr auf einmal unwirklich.

Sie war gestern Morgen aufgebrochen und von ihrer Heimatstadt im Norden mit der Bahn in den Süden gereist. Sie hatte mehrfach umsteigen müssen. Und immer war sie erleichtert gewesen, wenn sich der Zug mit einem leisen Grunzen wieder in Bewegung gesetzt und sie das angenehme Ruckeln über den Weichen gespürt hatte. Sie kam vorwärts, nichts und niemand hielt sie davon ab. Der Gedanke verunsicherte und beseelte sie gleichermaßen, während sie durch das Fenster blickte und die Landschaften an ihr vorüberzogen. Seenreiche, von Mooren und Heide geprägte Gegenden, Stunden später Großstädte, die sich kaum voneinander unterschieden, schmutzige Hinterhöfe und triste Wohnblöcke rund um klobige Bahnhofsgebäude, dann der große Fluss mit seinen Schleppkähnen, den Burgen und steilen Weinbergen, und schließlich malerische Dörfer, die sich aus den Tälern die Berghänge hinaufzogen, eingebettet zwischen geschwungenen Hügelketten.

Die Nacht hatte Mila in einem Hostel im Tal unterhalb des Dorfs verbracht, bevor sie sich über eine Navigations-App den kürzesten Weg auf ihr Handy herunterlud und zu Fuß weiterging. Sie hätte auch den Bus nehmen, mit einem Taxi fahren oder trampen können. Aber sie wollte sich nicht schon wieder den Fragen stellen, mit denen sie bereits von zwei jungen Backpackern im Zug konfrontiert worden war – Fragen über ihre Pläne und den Anlass ihrer Reise, den sie lieber für sich behielt. Und es gab noch einen Grund, weshalb sie das Laufen bevorzugte, und der hing mit diesem tiefen Gefühl zusammen, dass sie sich das Ankommen verdienen musste. Es sollte kein einfaches Ankommen werden, sondern eins, das mit Anstrengungen verbunden war. Ihr wurde schnell klar, dass es genau das war, anstrengend, sogar verdammt anstrengend. Mila schwitzte, das T-Shirt klebte an ihrem Rücken wie eine zweite Haut und ihre Beine waren schwer. Aber sie wollte weiterkommen. Ihr Ziel erreichen. Begegnen. Und finden.

Also schnallte sie sich den Rucksack wieder auf den Rücken und setzte die Sonnenbrille auf.

Nur noch ein paar Schritte, dachte sie. Die letzten sieben-, vielleicht achthundert Meter. Wenn doch nur die Sonne nicht so unbarmherzig brennen würde.

Von Beginn an hatte Almut das Gefühl, dass etwas aus dem Lot geraten, sich bewegen und verschieben würde, als sie die junge Frau zum ersten Mal sah und aus der Ferne beobachtete, wie sie über die schmale Fußgängerbrücke in Richtung Marktplatz ging.

Almut blieb hinter dem alten Dorfbrunnen stehen und kniff die Augen zusammen, ohne ihre Einkaufsnetze abzulegen. Schweißtropfen perlten von ihrer Stirn und verfingen sich in ihren Wimpern. Sie blinzelte. In der hochstehenden Sonne war die Fremde zunächst nur ein unscharfer Schatten, doch mit jedem Schritt wurden ihre Konturen klarer. Almuts Interesse war geweckt, denn nur selten verirrten sich Urlauber hierher, die das Hinterland erkunden wollten. Normalerweise blieben sie in den weiter entfernt liegenden, schöneren Ortschaften, weshalb Fremde im Dorf immer auffielen. Und so eine Fremde erst recht, eine, die unbekümmert daherkam und mit entschlossenen Schritten die großen Höfe und Häuser passierte, an deren Giebelwänden sich Ranken von Reben und Efeu wie Adern entlangzogen. Dazu war sie ziemlich hübsch. Sie trug Wanderschuhe, verblichene Jeansshorts und ein blaues T-Shirt mit einer weißen Taube darauf. Dunkelblondes, langes Haar fiel ihr über die Schultern, die Augen verbarg sie hinter einer Sonnenbrille, und auf dem Rücken hatte sie einen großen Rucksack wie die Bergsteiger, die zum Roten Dachstein wollten. Nur kamen die selten hierher, sie machten sich meist von der anderen, westlichen Seite auf den Weg. Außerdem war die Frau allein. Und die wenigsten erklommen den Dachstein ohne Begleitung, der Weg dorthin war anspruchsvoll und gefährlich. Das wusste Almut nur zu gut. Also, was wollte die junge Frau in dieser abgeschiedenen Gegend?

Almut presste die Lippen aufeinander und legte den Kopf schräg.

»Wer ist das?«, hörte sie plötzlich eine Stimme hinter ihr. Johann, der Sohn des Ortsvorstehers. Er saß auf seinem knallgelben Bonanzarad, legte eine Hand auf ihre Schulter und schaute mit einer Mischung aus Erstaunen und Neugier zu der jungen Frau. Johann hatte das Down Syndrom, und fast jedem, der ihm begegnete, erklärte er, was das für ihn bedeutete: dass er anders und kleiner war, weil er drei von diesen merkwürdigen Chromosomen an einer Stelle habe, wo andere nur zwei hätten. Almut mochte ihn. Johann war ein neugieriger und liebenswerter Kerl, der jedem Menschen ohne Vorurteile begegnete.

»Die ist nicht von hier, Almut, von wo ist die? Und was will die hier?«, hakte Johann nach, als müsste Almut es wissen.

»Keine Ahnung«, antwortete Almut achselzuckend.

»Hm.« Johann zog die Brauen zusammen. Sie schauten der jungen Frau nach, bis sie in die Kirchgasse bog und aus ihrem Blickfeld verschwand. Johann legte die Stirn in Falten.

»Was denkst du?«, fragte Almut.

Johann seufzte und vergrub das Gesicht in den Händen. »Ich muss mich konzentrieren«, flüsterte er. »Es ist oft so schwer, sich zu erinnern. Manchmal fühlt es sich an, als wären meine Gedanken zäh wie Honig. Kennst du das, Almut? Süßer, kalter Honig. Aber ich gebe mein Bestes, versprochen. Ich muss mich erinnern …«

Almut schüttelte den Kopf und wollte sich gerade umdrehen, da hellte sich Johanns Gesicht auf, und er sagte laut und heiter: »Jetzt weiß ich, wer sie ist, ja, natürlich, so, wie sie geht, so, wie sie guckt. Jetzt weiß ich es. Es ist mir eingefallen, ich hab sie erkannt.« Er lachte und fuhr mehrfach um Almut herum. »Sie ist es, sie ist es, sie ist es.« Schließlich schnitt er eine Grimasse und raste davon.

Almut schüttelte den Kopf. Verrückter, kleiner Bursche, dachte sie und lächelte, bevor sie sich auf den Weg nach Hause machte, der sie an einem Dutzend Bauernhäusern, einer alten Getreidemühle und dem verlassenen Bahndamm vorbeiführte, wo zwischen verwitterten Gleisen Disteln und Taubnesseln mit lila Blüten wucherten. Ihr Hof lag am Waldrand, ein Haus, dessen Wände von wildem Wein überwuchert waren. An der östlichen Seite des Hauses schloss sich ein Stall mit achtundvierzig Rindern an, während sie in einem kleineren daneben Hühner hielt. Auf der Südseite befanden sich eine Terrasse und ein weitläufiger, umzäunter Gemüsegarten, dahinter Weiden mit Obstbäumen und Felder, die sich über eine längere Strecke bis zum Wildbach und der neuen Werkstatt von Benno Egger erstreckten. Wo einst ein halb verfallener Schuppen gestanden hatte, war eine geräumige Halle errichtet worden, in der Benno mit vier Gesellen Möbelunikate aus Stahl und Holz fertigte – Holz, das von den Bergbächen und Flüssen angeschwemmt und über die Jahre glatt geschliffen worden war. Er selbst wohnte in einem Flachbau auf der anderen Seite des Wildbachs. Die Werkstatt und das Wohnhaus waren durch eine Holzbrücke verbunden. Hin und wieder half ihr Benno, wenn etwas auf Almuts Hof zu reparieren war, das sie selbst nicht in Ordnung bringen konnte. Und dafür war sie ihm dankbar. Vor einiger Zeit hatte sie ihm sogar gezeigt, wie man mit ihren Kühen umging. Damit gehörte er zu den wenigen Menschen, denen sie vertraute und die ihr nah kommen durften, aber nicht so nah, wie er es sich wohl wünschte.

Zu Hause leerte sie die Einkaufsnetze. Verschiedene Sorten Nudeln, Bananen, eine Honigmelone, Feigen, Olivenöl, Zucker, Salz und Pfeffer. Nur Lebensmittel, die sie nicht selbst ernten oder von ihren Tieren beziehen konnte. Sie goss Apfelsaft in ein Glas und trank es in einem Zug leer. Es war stickig und heiß. Sie riss die Fenster auf. Allerdings brachte das nichts. Sie ging nach oben ins Badezimmer und betrachtete sich im Spiegel. Ihr Haar war zerzaust, ihr Gesicht feucht. Sie zog die Bluse und den Büstenhalter aus. Ließ das Wasser laufen, bis es kühl aus der Leitung floss, und griff nach der Seife. Wusch sich das Gesicht und unter den Achseln, bevor sie ihr Haar kämmte und es straff zu einem Dutt drehte.

Ob die junge Frau noch im Dorf war?

Vielleicht.

Vielleicht war sie aber auch schon wieder fort.

Almut öffnete das Fenster und schaute nach draußen. Das Blau des Himmels war satt, und die Berge zogen eine vertraute Grenze in ihr Blickfeld. Almut war noch nie gereist, hatte niemals etwas anderes gesehen als das, was sie jeden Tag umgab. Dennoch verspürte sie schon seit vielen Jahren nicht mehr den Wunsch zu erfahren, was hinter den Bergen lag.

Der Hof war schon von weitem zu sehen, und je näher Mila kam, desto mehr Einzelheiten erkannte sie.

Das Dach des Wohnhauses mit den von Moos überzogenen Schiefern wurde von einer Kastanie überragt, deren hochgewölbte Krone sich imposant in den Himmel dehnte und einen Schatten auf die gepflasterte Einfahrt warf. Die

Blätter und Zweige des Baums spiegelten sich in den Scheiben der viergeteilten Sprossenfenster, die wie wache Augen in dem Rebendickicht wirkten, das die Fassade einkleidete. Der wilde Wein an den Hauswänden versprach Kühle und an der südlichen Seite zeigte sich ein schmaler Balkon, der in einem Meer aus farbenprächtigen Petunien versank.

Der Bauernhof war genau so, wie Mila es nach der Beschreibung der Eisverkäuferin am Marktplatz erwartet hatte. Etwas verwunschen und irgendwie einladend. Dass der Wald direkt hinter den beiden Ställen begann, gefiel ihr ebenso wie der weite Blick, den man von der Terrasse haben musste, über den angrenzenden Garten, die Weiden und Äcker hinweg bis zu einem silbern schimmernden Bach und hinauf zu den Bergen.

Ohnehin hatte Mila sich die Gegend und den Ort anders ausgemalt, eintöniger und weniger einladend. Doch das Dorf wirkte überhaupt nicht freudlos, eher wie eine charmante, ältere Frau, die schon viel gesehen und gehört hatte und nun mit einem zufriedenen Blick über allem wachte, ein wenig erschöpft vielleicht, aber nicht kraftlos. Am Marktplatz gab es ein Lebensmittelgeschäft, einen Krämerladen mit der Aufschrift *Alles für alle,* einen Gasthof und sogar eine kleine Eisdiele. Mila war über den Platz gegangen. Ein Eis zu genießen war nach den Strapazen der letzten Stunden eine geradezu himmlische Vorstellung gewesen. Hinter dem gläsernen Verkaufstresen hatte ein Mädchen mit Sommersprossen und mittellangen, blonden Haaren gestanden. Sie war vielleicht zwei, drei Jahre jünger als Mila.

»Hi, zwei Kugeln bitte«, sagte Mila und fischte ihr Portemonnaie aus der Tasche ihrer Jeans. »Ist das eine Mörderhitze heute.«

»Ja, verdammt heiß. Becher oder Waffel?«

»In der Waffel, bitte.«

»Und welche Sorten?«

»Feigensorbet und Kürbis Nougat.«

»Im Ernst?« Die Eisverkäuferin lachte. Sie hatte eine kleine Lücke zwischen den Schneidezähnen und zwei tiefe Grübchen in den Wangen, was ihrem Gesicht einen fröhlichen Ausdruck verlieh. »Keine Chance. So ausgefallene Sorten haben wir nicht.«

»War auch nur ein Spaß.« Mila grinste. »Zitrone und Stracciatella, das habt ihr, wie ich sehe.«

»Ja, das klappt.« Mit flinken Bewegungen schabte die Verkäuferin das Eis aus den Behältern und formte es zu zwei Kugeln, die sie geschickt in eine Waffeltüte drückte. »Und, wo geht's hin?«

Mila legte abgezählte Münzen in die Schale. »Erst einmal nirgendwohin«, antwortete sie und nahm die Waffel. »Ich bin ja gerade erst angekommen.«

»Ehrlich? Heißt das, du wolltest in dieses Nest?«

Mila nickte.

Die Eisverkäuferin schaute sie ungläubig, fast ein wenig belustigt an. »Wild. Dann bleibst du also länger hier?« Sie nahm das Geld aus der Schale und sortierte es in die Kasse. »Wenn das so ist, werden wir uns bestimmt noch mal sehen.«

»Vielleicht schon, ja.« Mila probierte das Eis. »Mhm, ist gut. Echt gut.«

Die Eisverkäuferin lächelte wieder. Und wieder erschienen die Grübchen in ihren Wangen.

»Wie heißt du?«, fragte Mila.

»Luise«, antwortete die Eisverkäuferin.

Luise. Der erste Mensch, den sie in diesem Dorf kennenlernte, schien ein netter Mensch zu sein. Das war doch ein gutes Zeichen.

Der Kies unter Milas Schuhen knirschte, während sie sich dem Hof näherte und ein Traktor ihre Gedanken an die Begegnung mit Luise abrupt beendete. Der Trecker fuhr an ihr vorbei. Mila hob die Hand, doch der Greis hinter dem Lenkrad würdigte sie keines Blickes. Dann halt nicht, dachte sie verstimmt, schaute dem Alten nach und zog eine Schnute. Der Griesgram glich das gute Zeichen wieder aus. Egal. Das änderte nichts. Der Traktor verschwand in einer Staubwolke, bis er ein paar hundert Meter weiter in ein Wäldchen abbog. Der Motorenlärm wurde allmählich leiser und verstummte schließlich ganz. Mila ging weiter. Es roch nach Kühen, blühenden Obstbäumen und nach Heu, ein buntes Duftpotpourri, das durchdringender wurde, je näher sie dem Haus kam. Ihre Haut glühte von der Sonne. Sie fühlte sich erschöpft und aufgewühlt zugleich. Angespannt. Alles zusammen. Vor der Haustür hielt sie inne. Kein Namensschild an der Klingel. Das brauchte es in dieser Gegend wohl nicht.

Mila schaute sich um, bemerkte aber niemanden. Sie atmete tief ein und legte den Finger auf den Klingelknopf. Im Glas der Tür sah sie ihr Spiegelbild.

Ihre Entscheidung.

Natürlich. Wessen sonst?

Keine Frage, sie hatte es so gewollt.

Sie lauschte.

Stille.

Noch ein Atemzug.

Okay, dachte sie.

Mehr nicht. Nur okay.

Ihr Spiegelbild nickte.

In der nächsten Sekunde klingelte sie.

Das Läuten der Türglocke schreckte Almut auf. Wie lange hatte sie diesen Ton nicht mehr gehört? Selten, dass jemand sie besuchte. Und wenn, wusste jeder hier, wo sie zu finden war. Im Garten, auf der Weide oder im Stall. Oder man klopfte laut an die Tür und rief ihren Namen.

Niemand aus dem Dorf klingelte. Nicht einmal der Briefträger. Das war fast wie ein ungeschriebenes, nicht zu erklärendes Gesetz. Klopfen und Rufen. So war es schon immer gewesen, auch, als Almuts Mutter noch lebte.

»Moment, ich komme«, sagte sie, mehr zu sich selbst, und stieg die Treppe nach unten. Sie lief über den Steinfußboden, vorbei an ihren Bildern, die in weißen Holzrahmen zu beiden Seiten an den Wänden hingen, und öffnete die Tür.

Helle, wache Augen schauten sie an. Katzenaugen, leuchtend grün.

Vor ihr stand die junge Frau.

Die Bäuerin sah sie nicht scheu oder argwöhnisch, nicht einmal sonderlich verwundert an – nichts von dem, was Mila erwartet hatte. Sie stand einfach nur da, kerzengerade, die linke Hand am Türrahmen, und wartete ab, ohne etwas zu sagen. Ein gleichmäßiges Gesicht hatte sie, dunkles Haar, zu einem Dutt zusammengesteckt, die Stirn hoch, einen breiten Mund mit dünnen Lippen, die Winkel leicht herabgezogen und das Kinn darunter spitz. Mila fand das Gesicht interessant, ja, irgendwie auch schön, wenngleich sich die Schönheit hinter strengen Zügen versteckte und erst bei näherer Betrachtung zeigte.

»Hallo, ich bin Mila«, sagte sie freundlich und lächelte. Sie hatte die Sonnenbrille ins Haar geschoben, weil sie höflich sein wollte. »Ich suche eine Bleibe, nur für ein paar Nächte. Im Dorf sagten sie mir, ich solle mich an

Almut wenden, sie habe einen großen Hof und genügend Platz … und tja, deswegen stehe ich jetzt hier, vor Ihrer Tür …«

Die Frau neigte den Kopf. »Du sollst dich an Almut wenden? Das haben sie im Dorf gesagt?« Ihre Stimme klang zweifelnd und rau.

Wie Schleifpapier, das über Holz reibt, dachte Mila. Sie spürte das Gewicht ihres Rucksacks auf dem Rücken, roch den eigenen Schweiß und sehnte sich nach einer Dusche, einer langen, ausgiebigen Dusche.

»Ich weiß, es gibt ein Gasthaus in der Nähe der Kirche, aber ich möchte außerhalb des Dorfs wohnen. Mehr in der Natur. Und außerhalb gäbe es weder eine Pension noch Ferienwohnungen. Das hat mir die Eisverkäuferin erzählt …«

»Und deshalb kommst du zu mir?«

Mila nickte.

»Ich vermiete keine Zimmer.«

Mila kramte ihr Portemonnaie aus der Tasche ihrer Jeans und zog mehrere Geldscheine heraus. »Natürlich zahle ich auch gerne im Voraus. Ist gar kein Problem. Sagen Sie mir nur, was es kostet, wenn ich, sagen wir mal, eine Woche bleibe, wirklich, nur eine Woche …«

»Nur eine Woche?« Die Frau schaute kurz auf die Scheine und wieder zurück zu Mila. Dann war ihr Gesicht ganz still, der Mund eine dünne Linie unter abweisenden Augen. Mila bewegte die Zehen in ihren Schuhen. Sie rechnete mit weiteren Fragen, aber die Bäuerin sagte nichts mehr. Merkwürdig. Wieso erkundigte sie sich nicht, was Mila in dieser Gegend suchte und weshalb sie nicht im Dorf wohnen wollte? Wäre doch normal, wenn sie das wissen wollte. Aber sie fragte nicht. Stattdessen schwieg sie. Die ganze Situation war schon ein bisschen seltsam.

»Ich suche Ruhe. Kein Telefon, kein Internet, keine Posts, keine Mails, keine Verwandten, keine Freunde, keine Partys, nur Abgeschiedenheit«, sagte Mila hastig, als müsse sie das Schweigen brechen und sich erklären, bevor sie hinzufügte: »Ein paar stille Tage, Tage ohne Ablenkungen, einfach … andere Tage …«

»Andere Tage …«, wiederholte die Frau nachdenklich. Sie runzelte die Stirn, verengte die Augen, wägte ab. »Eine Woche sind sieben andere Tage.«

»Ich falle Ihnen auch nicht zur Last, ehrlich nicht. Sie werden mich gar nicht bemerken, versprochen …« Mila verstummte. Ihr fiel nichts mehr ein. Wieder wurde es still zwischen ihnen. Nun konnte sie nur noch warten. Auf eine Antwort. Eine Reaktion. Hoffentlich kam die bald. Der Rucksack erdrückte sie. Ihre Schultern schmerzten. Sie wollte ihre Ungeduld jedoch nicht zeigen.

Schließlich beugte sich die Frau vor und nahm ihr die Scheine aus der Hand. Sie zählte das Geld gewissenhaft ab und steckte es in die Tasche ihrer Kittelschürze.

»Gut, das reicht für sieben Tage«, sagte sie und trat unerwartet zur Seite, um Platz zu machen.

»Wirklich?« Mila schaute verblüfft ins Haus.

»Was ist nun? Willst du jetzt reinkommen, oder nicht?«, fragte die Bäuerin scharf.

»Ja … sicher!« Mila beeilte sich, bevor es sich die Frau doch noch anders überlegte. Die Haustür fiel hinter ihr ins Schloss.

Drinnen duftete es nach Äpfeln, Honig und Holz. Während sie durch den Flur gingen, blickte Mila in die Räume, an denen sie vorbeikamen. Ein leichter Luftzug wehte durch die offenen Türen. Die Küche war schlicht und aufgeräumt, mit offenen Regalen, auf denen in ordentlichen Stapeln Töpfe und Geschirr standen, eine kleine Essecke gegenüber dem Gasherd und der Spüle, dahinter eine weitere Tür. Das andere Zimmer war ein großer, in Pastelltönen gestrichener Wohnraum, an dessen Längsseite eine olivgelbe Couch und zwei Sessel um einen Glastisch standen, gegenüber der bodentiefen Fensterfront wiederum befanden sich drei Bücherregale und ein offener Kamin. Auch wenn die Möbel und Steinfußböden sichtlich in die Jahre gekommen waren, wirkten die Räume gemütlich und einladend.

Kurz vor der Treppe, die in den ersten Stock führte, blieb Mila stehen und ließ ihren Blick über eine Reihe seltsamer, schwarz-weißer Zeichnungen an den Wänden gleiten, die zwei Frauen ohne Gesichter zeigten. Bizarr, fast schon ein wenig unheimlich, dachte Mila. Die Gesichtslosen spazierten über eine Kiesbank an einem tosenden Fluss entlang, saßen barfuß vor einer Almhütte oder standen nah beieinander auf einem Berggipfel. Ihre schraffierten Schatten waren miteinander verbunden, als sollte die Distanz zwischen ihnen dadurch verringert werden, eine Distanz, die durch ihre Gesichtslosigkeit verursacht worden war. Die Bilder erinnerten Mila an die Umrisszeichnungen in den Malbüchern ihrer Kindheit. Sie hatte das Ausmalen gemocht, das Kreative daran, mit Farben neue Eindrücke entstehen zu lassen, und als sie irgendwann merkte, dass sie die Bilder verändern konnte, wenn sie über die Linien malte, gab sie sich mit großer Begeisterung dem Bedürfnis hin, die vorgegebenen Grenzen zu missachten.

Sie sah ihren eigenen Umriss, der sich im Glas eines der Bilder widerspiegelte, und plötzlich trat die Frau hinter sie, es war, als ob ihre beiden Silhouetten sich über die Figuren auf der Zeichnung schoben, bis sich die Bäuerin wieder abwandte. Mila verstand die wortlose Aufforderung. Sie stiegen die Treppe hinauf. Die Frau öffnete eine Tür zur Linken und ging in den Raum dahinter. Mila folgte ihr.

»Deine Stube«, sagte die Frau.

Mila blieb im Türrahmen stehen und sah ins Zimmer. Helles Licht fiel durch die Blätter der Kastanie vor dem Fenster und malte ein Muster auf den Boden, während feiner Staub um einen Traumfänger schwirrte, der über dem Kiefernbett von der Decke hing. An einer Wand standen ein kleiner Tisch mit geschnitzten Ornamenten und eine Truhe, aus der die Bäuerin Bettwäsche und Handtücher nahm, neben dem Bett eine alte Kommode, darauf eine Tischleuchte aus Messing.

»Du kannst das Bad am Ende des Flurs benutzen. Die Vorratskammer ist hinter der Küche, und die Waschmaschine steht im Keller. Wenn du etwas brauchst, nimm es dir, wenn du nicht zurechtkommst, fragst du mich.«

»Danke«, sagte Mila. »Das ist ... echt nett.«

»Du hast dafür bezahlt«, erwiderte die Bäuerin knapp und verließ das Zimmer. Im Vorbeigehen sagte sie: »Ich glaub, du benötigst dringend eine Dusche.«

Mila wurde rot und lachte. »Furchtbar dringend sogar.«

»Und noch etwas.« Die Frau blieb an der Treppe stehen. »Sag Almut zu mir, wie es jeder hier macht.«

Dann ging sie nach unten.

Mila schaute ihr nach und lauschte ihren Schritten auf den Stufen und dem Steinfußboden unten im Flur, dem dumpfen Geräusch einer Tür, die ins Schloss fiel.

»Almut«, flüsterte sie leise. »Almut.«

Almut tat das, was sie auch getan hätte, wenn die junge Frau nicht zu ihr gekommen wäre. Aber sie tat es mit einer gewissen Unruhe. Sie holte Gemüse, Kartoffeln, Gewürze und eine Flasche Olivenöl aus dem Regal in der Vorratskammer und nahm noch Sahne und frische Butter aus dem Kühlschrank. Sie schälte die Kartoffeln und gab sie in einen Kochtopf mit gesalzenem Wasser, zündete den Gasherd an, stellte den Topf auf eine der beiden vorderen Flammen und eine tiefe Pfanne daneben. Danach wusch sie das Gemüse und schnitt es gleichmäßig. Sie gab Butter und Öl in die Pfanne und lauschte dem Zischen und Prasseln, das Geräusch war vertraut, normal. Und normal war gut. Seit vielen Jahren lebte sie allein, sorgte nur für sich und die Tiere. Bis heute. Jetzt teilte sie auf einmal ihr Haus mit einer Fremden, einer jungen Frau, die wie aus dem Nichts aufgetaucht war. Natürlich irritierte sie das. Vor allem, wie sie selbst reagiert hatte. Warum hatte sie die Fremde nicht einfach abgewiesen? Schließlich war ihr Hof kein Gasthaus. Sie konnte es sich selbst nicht erklären. Aber da war plötzlich dieses seltsame Gefühl in ihr hochgekrochen, eine unklare Empfindung, die sie in dem Moment gelenkt hatte, als die junge Frau von den anderen Tagen sprach, wie eine innere Stimme, die ihr zugeflüstert hatte, ihre Bitte um ein Zimmer nicht abzuschlagen. Merkwürdig war das gewesen. Und war es immer noch.

Und überhaupt. *Andere Tage.*

Was sollten das bloß für Tage werden? Suchte die Fremde tatsächlich nur Ruhe? Oder wollte sie etwas hinter sich lassen? Und wollte Almut das wirklich wissen?

Zu viele Fragen. Und keine Antworten. Also war es sinnlos, sich mit ihnen zu beschäftigen. Sie würde ja sehen, wie es laufen würde. Und wenn es gar nicht passte, konnte sie die Frau immer noch zum Teufel jagen.

Nachdem sie Mila in das Zimmer einquartiert hatte, in dem früher ihre Mutter geschlafen hatte, war Almut nach draußen gegangen, um die Kühe zu melken, bevor sie den Laufstall selbständig verließen. Sie war ein wenig später dran gewesen als üblich. Aber noch längst nicht zu spät.

Nachtgänger nannte sie ihre Rinder, weil sie tagsüber den Stall und in der Nacht die umzäunte Weide bevorzugten. Sie hatten ihren eigenen Rhythmus, und das war gut so. Jeder sollte in seinem gewohnten Takt leben. Almut waren die vertrauten Abfolgen in ihrem Alltag wichtig, sie waren wie das Drahtseil im Fels auf einem Steig, eine Sicherung, an der sie sich jederzeit einhaken und festhalten konnte, um nicht abzustürzen. Sie nahm sich fest vor, dass die Anwesenheit der Fremden nichts am täglichen Ablauf der Dinge verändern würde. Vermutlich war das auch der Grund dafür, dass sie den Impuls unterdrückt hatte, zum Fenster der jungen Frau hinaufzuschauen, als sie mit ihrer Arbeit im Melkstand fertig gewesen und in die Küche gegangen war, in der sie nun stand und das Essen zubereitete.

Sie ist es.

Johann. Vielleicht hätte sie ihn fragen sollen, wen er meinte. Sie wusste ja, was man über ihn sagte. Über ihn und seine außergewöhnliche Fähigkeit. Sie schob den Gedanken beiseite und ging noch einmal in die Vorratskammer, um den Rest vom Brot zu holen, das sie heute Morgen gebacken hatte. Sie schnitt es in dicke Scheiben. Dann gab sie das Gemüse in die Pfanne und würzte es mit Salz und Pfeffer. Wenn die Kartoffeln fertig waren, würde sie das Gemüse mit etwas Brühe und Wasser ablöschen, Sahne und frische Kräuter dazugeben und Quark in eine Schüssel füllen. Die Frau war bestimmt hungrig. Und wenn sie schon unter einem Dach schliefen, konnten sie auch gemeinsam essen. Immerhin hatte sie auch gut bezahlt. Almut nahm Geschirr vom Regal, Besteck aus der Schublade und deckte den Tisch auf der Terrasse ein. Zwei Teller. Zwei Gläser. Zwei Gabeln. Zwei Messer.

Wieder beschlich sie ein seltsames Gefühl. Allerdings war es nicht unangenehm.

Mila hatte geduscht, heiß und kalt und wieder heiß, bei offenem Fenster. Das Bad war vorsintflutlich und winzig, aber sauber, die rosafarbenen Wandfliesen und der Mosaikboden genauso wie die Duschwanne, das Waschbecken und die Toilette.

Während sie sich abtrocknete, flog draußen ein Schwarm Graugänse vorbei. Die Vögel stießen langgezogene Laute aus, *kijaagaga, kijaagaga, kijaagaga.* Mila mochte ihr Rufen, die Energie und Lebendigkeit darin. Sie wickelte sich das Handtuch um, stellte sich ans Fenster und sah den Gänsen nach. Sie staunte über die Formationen, die sie immer wieder veränderten, und träumte ein bisschen von der Freiheit dieser Vögel, bis sie aus ihrem Blickfeld verschwanden.

Zurück in ihrem Zimmer packte Mila den Rucksack aus, legte frische Kleidung auf die Truhe und knüllte die verschwitzte in einen Wäschesack. Dann nahm sie ihren Tintenroller und ihr blaues Diarium aus der großen Seitentasche und hockte sich in Unterwäsche aufs Bett. Auf der Vorderseite des Einbands war ein Lebensbaum aufgedruckt, darunter arabische Schriftzeichen und deren französische Übersetzung. *La collection de souvenirs.* Ihre Mutter hatte es vor einigen Jahren in einem kleinen Laden in Tanger gekauft und ihr auf der Überfahrt nach Tarifa geschenkt.

»In ein Tagebuch zu schreiben ist keine Verpflichtung, Mila, aber wenn du schreiben willst, gibt es dir nur einen einzigen Rahmen vor, ein leeres Blatt, sonst nichts, keine weitere Struktur. Probiere es aus, es hilft dir, wertvolle Gedanken, Begegnungen, Erlebnisse und Träume zu bewahren, alles, was du willst. Wenn du sie notierst, bleiben sie erhalten, und du kannst sie immer zurückholen, vor allem in Momenten, in denen du dich erinnern möchtest«, hatte ihre Mutter gesagt, während die Fähre den Hafen und Afrika verließ.

Alles, was du willst.

Milas Finger hatten den Baum nachgezeichnet, jedes Blatt, jeden Ast, den Stamm, die Wurzeln, immer wieder. Während der ganzen Schifffahrt hatte sie nur noch Augen für das Buch und blätterte sogar die leeren Seiten durch, als könne sie schon künftig Geschriebenes auf ihnen entdecken.

Noch am selben Abend machte sie ihren ersten Eintrag. Sie schrieb über all das, was sie in Marokko erlebt hatte, wie sie und ihre Eltern auf Kamelen am Meer geritten waren, über die unglaublichen Farben rund um den Leuchtturm am Kap Spartel, die Karte Afrikas in der Herkulesgrotte und die bunten Stände in der Medina von Tanger, in denen Händler Tücher, Teppiche und andere kunsthandwerkliche Dinge verkauften.

Alles, was du willst.

Die Erinnerung an diesen Moment auf der Fähre kehrte jetzt zurück. Mila dachte an den salzigen Meeresgeruch, der durch die geöffneten Fenster des Oberdecks geströmt war, an das Klirren von Gläsern in der kleinen Bar und an das Stimmengewirr der Passagiere. Vor allem aber erinnerte sie sich daran, wie herausfordernd ihre Mutter gelächelt hatte, und an die Art, wie sie ihre Hand leicht auf Milas Rücken legte, eine Berührung, die so vertraut war. Doch nichts war von Dauer, auch wenn Mila sich gewünscht hatte, dass diese Nähe niemals enden würde.

Nur die Zeilen im Buch und die Erinnerung blieben, zumindest länger als vieles andere, Spuren, tief in ihr drin.

Mila blätterte zur ersten Seite, die noch nicht beschrieben war, vor, entfernte die Verschlusskappe vom

Tintenroller und dachte minutenlang nach, bevor sie zu schreiben begann.

Liebe Mama,

ich bin angekommen. Allerdings fühlt es sich merkwürdig an, weder richtig noch falsch, nur irgendwie seltsam. Es verunsichert mich, dass ich nicht weiß, was ich fühlen oder denken soll und überhaupt keine Ahnung habe, was jetzt geschehen wird. Aber so wollte ich es doch, hierherkommen und sehen, was passiert, den Dingen ihren Raum und ihre Zeit geben, wie du es mir beigebracht hast.

Und du hast mich noch etwas gelehrt. Dass jeder Mensch eine zweite Chance verdient. Wirklich jeder. Daran halte ich mich. Du warst eine gute Lehrerin, die beste, die ich je hatte.

Ich frage mich, was du jetzt sagen würdest. Bestimmt, dass ich froh sein soll, weil die Frau mich in ihr Haus gelassen hat, ein Haus, dessen alte Steinmauern von wildem Wein zusammengehalten werden.

Bin ich froh?

Ich weiß es nicht.

Erleichterung trifft es eher. Es hätte schlechter laufen können. Dann hätte ich mir etwas anderes einfallen lassen müssen. Doch so ist es gut.

Die Frau lebt allein. Und das auf einem so großen Hof. Ich glaube, sie ist sehr eigen, vielleicht sogar mehr als das, ein wenig verschroben. So ganz anders als du, Mama.

Glaub mir, ich hatte keine Vorstellung von ihr, keine bestimmte Erwartung. Das Schicksal ist immer das, was wir daraus machen, hast du einmal gesagt. Es hat gedauert, bis ich den Satz begriffen habe.

Vieles begreife ich leider immer erst spät. Dabei versuche ich stets, das Richtige zu tun.

Tue ich hier das Richtige?
Dein Rat fehlt mir.
Du fehlst mir.
Ich vermisse dich.
Ich vermisse dich so sehr.
Jeden Tag aufs Neue. Und immer ein bisschen anders.
Mila

Schritte auf der Treppe. Die junge Frau kam herunter. Ein dumpfer Knall, als sie die letzten drei Stufen übersprang. Almut blickte auf, als sie in der Küchentür stand, barfuß, in einer abgetragenen Latzhose, die Wangen gerötet. »Komm rein«, sagte sie.

»Das riecht ja großartig«, erwiderte Mila, kam unbefangen zum Herd und schaute in den Topf und auf das Gemüse in der Pfanne, das Almut gerade mit klein gehacktem Basilikum, Schnittlauch und Petersilie würzte.

»Bring schon mal den Saft und das Wasser raus. Wir essen auf der Terrasse.« Almut deutete zu den beiden Glaskaraffen auf dem Esstisch. »Und danach komm wieder rein und hilf mir mit dem Rest.«

»Wir? Sie haben für mich mitgekocht?«

Almut hob den Kopf und sah Mila an, die dem Blick standhielt. Gut so. Sie war nicht ängstlich. Natürlich, allein reiste und an fremde Türen klopfte man nur, wenn man couragiert war. »Sag einfach Du. Niemand siezt mich.«

Mila lächelte und entgegnete: »Einverstanden. Du hast also für mich mitgekocht, Almut?«

»Ja, hab ich. Und nun mach schon! Bring die Karaffen raus.«

Wie Almut vermutet hatte, war ihr Gast hungrig. Als sie am Tisch saßen, stürzte Mila sich ohne zu zögern auf das Essen. Sie beugte sich über den Teller und aß zügig, fast gierig, als wäre es ihre erste Mahlzeit seit Tagen. Almut ließ sich nicht anmerken, wie sehr sie sich darüber amüsierte.

»Lecker, echt lecker«, sagte Mila und blickte zum Gemüsegarten. »Blumenkohl, Wirsing, Brokkoli, Bohnen und Sellerie, das erntest du alles selbst?«

»Ja, ist alles aus dem Garten.«

»Besser als vom Wochenmarkt«, sagte Mila und lachte. »Ich bin schon völlig satt, aber ich möchte gar nicht aufhören zu essen. Es schmeckt wirklich klasse, Almut, richtig klasse.«

Als sie fertig waren, räumten sie den Tisch ab und stellten das Geschirr in die Spülmaschine. Anschließend nahm Almut aus einer Schüssel frische Pfefferminzblätter, die sie ebenfalls im Garten gezupft hatte, warf sie in eine Kanne und goss sie mit heißem Wasser auf. Dann deutete sie mit dem Kinn auf das Regal über der Spüle. »Nimm zwei Tassen«, sagte sie. »Und den Honig dort drüben, wenn du deinen Tee süßen möchtest.«

Sie gingen wieder auf die Terrasse und setzten sich, dieses Mal jedoch nebeneinander, sodass sie beide über den Garten und die Weide sehen konnten. Die warme Luft trug den süßen Geruch von Obst und Kräutern zu ihnen, wie immer im Sommer, wenn Almut hier saß und die Sonne schon tief über den Bergen stand und sich aufmachte, bald unterzugehen.

Alles war wie sonst und doch völlig anders.

Eine Zeitlang schwiegen sie beide. Nach einer Weile warf Almut einen Blick auf die junge Frau, die ruhig und mit angezogenen Beinen neben ihr saß, die Teetasse festhielt und die Kühe auf der Weide beobachtete.

»Ziemlich viele Rinder«, sagte Mila nach einer Weile.

Almut nickte. »Sind alles Milchkühe.«

»Lässt du sie nachts draußen?«

»Ja. Die mögen es, im Dunkeln zu grasen, wenn die Luft kühler wird und weniger Fliegen um sie herumschwirren. Ich treibe sie erst morgens in den Stall zurück, um sie zu melken.«

»Und tagsüber?«

»Bleiben sie im Stall, weil es dort kühler ist als draußen. Die Ventilatoren helfen ihnen, ihre Körpertemperatur zu regulieren«, erklärte Almut.

»Und ich dachte immer, Hitze mache denen nichts aus«, sagte Mila und nippte an der Tasse. Als sie die Kälbchen entdeckte, die zwischen den Kühen grasten, beugte sie sich vor und zog die Brauen zusammen. Die plötzliche Strenge in ihrem Gesicht macht sie noch hübscher, dachte Almut zusammenhanglos. Verrückt, das Ganze. Dass sie mit einer jungen Frau, die gerade erst bei ihr angekommen war, auf ihrer Terrasse saß und über die Rinder redete.

»Hm.« Mila dachte nach.

»Frag ruhig«, sagte Almut.

»Na gut. Klingt vielleicht dumm. Aber ist es bei Milchkühen nicht so, dass man die Kälber nach ihrer Geburt von den Muttertieren trennt?«

Almut sah verblüfft auf. »Normalerweise schon, ja, das stimmt. Woher weißt du das?«

»Du meinst, weil ich ein Stadtkind bin? Ich hab's mir gemerkt. Keine Ahnung, wann und wo ich es gehört hab. Aber es hat sich irgendwie in mein Gedächtnis gebrannt, weil ich den Gedanken schlimm fand, Mutter und Kind sofort zu trennen, nur damit man mehr Milch gewinnt. Ist doch so, oder?«

»Ja, allerdings geht's auch anders.«

»Du machst es anders?«

Almut nickte. »Wie du siehst.«

»Also stimmt es, die Trennung ist herzlos?«

»Ja, das ist sie, und wie, Mila!« Almut holte tief Luft, ihr Brustkorb hob und senkte sich. Mila. Zum ersten Mal hatte sie den Namen der jungen Frau ausgesprochen. Zwei Konsonanten, zwei Silben. Ein kurzer Name, aber er gefiel ihr. Vielleicht, weil er kurz war. Und einfach. Sie griff nach ihrer Tasse und trank. Ihre Hand zitterte ganz leicht. Sie stellte die Tasse zurück, sah Mila an und durch sie hindurch. Ein blaues Blatt flatterte durch die Luft und landete auf dem Tisch. Es war ein Falter. Almut umschloss ihn vorsichtig mit beiden Händen und spürte seinen Flügelschlag. Nach einigen Sekunden öffnete sie die Hände wieder, und der Bläuling kletterte auf ihre Fingerspitzen.

»Auch Kühe haben Gefühle. Sie weinen sogar«, sagte Almut leise.

»Kühe können weinen? Du veräppelst mich?« Mila schaute skeptisch.

Almut schüttelte den Kopf. Der Schmetterling flog davon. »Die Kuh brüllt tagelang und macht die Herde unruhig, wenn man ihr das Kalb wegnimmt. Am schlimmsten ist es, wenn sie wie getrieben auf der Koppel umherstreift und ihr Kind sucht. Sie sucht und sucht und findet es nicht. Es ist einfach nicht mehr da«, sagte sie, und es war, als redete sie nicht mit Mila, sondern mit sich selbst.

»Schrecklich.«

»Ja.« Almut strich sich mit dem Zeigefinger über die Lippen. Sie überlegte. Dann erhob sie sich. »Zieh dir Schuhe an und komm mit.«

»Wohin?«

»Ich möchte dir etwas zeigen.«

Mila sprang auf, verschwand im Haus und kam einige Minuten später zurück. Sie hatte weiße Socken und weiße

Turnschuhe angezogen. Almut rümpfte die Nase. Niemand trug weiße Schuhe auf einem Bauernhof. Egal. War ja nicht ihre Sache. Das Mädchen konnte anziehen, was es wollte.

Sie gingen über die Wiese, am Gemüsegarten vorbei und entlang des Holzzauns, der die Weide umschloss, bis zu einem Apfelbaum auf der Koppel, unter dem eine braune Kuh abseits der Herde im Gras ruhte. Das Tier wirkte erschöpft, lag reglos da, als wäre es in Bronze gegossen. Seine Augen schauten teilnahmslos, auch als es Almut und Mila bemerkte.

Alle Kühe blickten gleichgültig. Aber in der Gleichgültigkeit dieser Kuh verbarg sich mehr. Almut wusste es. Ihr leerer Blick war wie das Eingangstor zu ihrer Seele.

Mila sah Almut neugierig an. Doch sie fragte nicht und blieb geduldig.

»Ihr Name ist Julie«, erklärte Almut schließlich mit leiser Stimme. »Julie hat im Laufe ihres Lebens fast hunderttausend Liter Milch gegeben und dreizehn Kälber geboren. Keines durfte sie behalten. Und jetzt, wertlos und verbraucht, wollte Henner sie schlachten lassen. Deshalb hab ich sie aufgenommen.«

»Wer ist Henner?«

»Ein Milchbauer aus dem Nachbardorf.«

»Hast du ihm Julie abgekauft?«

Almut nickte.

»Wieso? Ich meine, weil es doch ständig passiert, ich …« Mila brach mitten im Satz ab. »Ich meine, warum ausgerechnet sie?«

Almut legte ihre Hände auf das Gatter. Der strenge Geruch von Julies Ausdünstungen stieg ihr in die Nase. »Sie wird nicht mehr lange leben. Ich möchte, dass sie ihre letzten Wochen hier verbringt und vergisst, was ihr angetan wurde. Julie hat viel gegeben und sich die Zeit auf meinem Hof verdient. Darum ist sie hier. Mehr gibt es dazu nicht zu sagen.«

Jetzt stellte sich auch Mila dicht an den Zaun. »Was ist mit ihrem rechten Auge? Es wirkt krank.«

»Es ist blind.«

»Was ist passiert?«

»Julie ist selten freiwillig in den Melkstand gegangen. Henner hat immer nachgeholfen, mit einem Stock. Er hat ihr auch den Schwanz gebrochen. Henner ist für seine grausamen Methoden bekannt.«

»Und dagegen wird nichts unternommen?«

»Nein, dagegen tut niemand etwas.«

Mila schluckte. »Und was machst du anders? Du hast gesagt, du machst es anders.«

»Früher waren wir auch so wie Henner. Da haben wir das auch getan. Doch das ist schon lange her.« Almut kniff die Lippen zusammen. Wie lange war das jetzt her? Eine halbe Ewigkeit? Eine ganze Ewigkeit? »Inzwischen lasse ich die Kälber erstmal hier und verzichte auf den Teil der Milch, den sie trinken. Ich entwöhne Mutter und Kind langsam voneinander. Es braucht Zeit, einige Monate, dann ist der Abnabelungsprozess nicht mehr so schmerzhaft.«

»Und warum machen das nicht alle Milchbauern so?«

»Die wenigsten wollen oder können sich das leisten.«

»Du schon?«

Almut antwortete nicht. Sie hätte sagen können, dass sie nicht viel benötigte. Dass sie mit dem auskam, was sie hatte. Aber sie sagte es nicht. Sie hatte ohnehin schon zu viel geredet. Mehr als gewöhnlich. Viel mehr. Stattdessen beobachtete sie, wie eins der Kälbchen über die Wiese zu Julie rannte. Almut wusste, was nun kam. Julie erhob sich mühsam und schritt dem Kalb entgegen, sie atmete schwer und grunzte. Jeder Schritt schien für sie anstrengend zu sein. Das Kalb blieb vor Julie stehen, reckte den Kopf nach vorne und ließ sich von ihr ablecken.

»Krass«, flüsterte Mila, die offensichtlich begriffen hatte, dass Almut auf ihre letzte Frage nicht antworten würde. »Julie ist eine Amme, stimmt's?«

Mila begriff schnell. Erstaunlich schnell.

»Ja, sie ist eine Amme«, antwortete Almut. »Und damit hat sie wieder eine Aufgabe, die ihr gut tut.«

Sie blieben noch eine Weile am Gatter stehen und sahen dem Treiben der Tiere zu, bis Almut genug hatte und sich abwandte. Es war spät geworden. Die Sonne schickte sich an, jeden Moment hinter dem Dachstein zu verschwinden. Der Berg schimmerte in warmen Rottönen.

Es wurde Zeit, den Tag zu beenden.

Mila zog sich in der Dunkelheit ihres Zimmers aus und legte sich ins Bett. Rasch war ihr unter der dünnen Decke zu warm. Sie schob sie beiseite und wartete vergeblich darauf, dass der laue Wind, der durch das offene Fenster wehte, die Hitze vertrieb, während sie reglos dalag.

Aber sie konnte nicht einschlafen, es war einfach zu drückend. Und dann waren da noch ihre Gedanken, die sie wachhielten. Sie dachte darüber nach, was Almut von Julie erzählt hatte. Und an die dreizehn namenlosen Kälber.

Entwurzelte Kälber. Das waren sie.

Mila wälzte sich im Bett herum. Irgendwann hielt sie es nicht mehr aus, machte die Tischleuchte an und hockte sich im Schneidersitz aufs Bett. Ihr Handy und das Tagebuch lagen auf der Kommode. Das Handy war ausgeschaltet. Sie würde es auch nicht einschalten. Das war ein Versprechen, das sie sich selbst gegeben hatte. *Eine Woche sind sieben andere Tage.* Almuts Worte, nachdem Mila gesagt hatte, dass sie ein paar stille Tage, Tage ohne Ablenkungen, einfach andere Tage suche. Sie klangen in Milas Kopf nach, während sie den Lebensbaum auf dem Buch anschaute, seine Wurzeln, das fein gezeichnete Geflecht, das sich bis an den untersten Buchrand erstreckte.

»Wurzeln sind wichtig, Mila. Ohne sie kann kein Baum wachsen. Sie halten ihn fest, lassen ihn größer werden und versorgen ihn. Bei uns Menschen ist das nicht anders. Auch wir haben Wurzeln. Wir müssen zwar nicht an einem Ort bleiben und können uns überall zu Hause fühlen, aber trotzdem können wir unseren Halt verlieren, und dann geht's uns schlecht. Hör gut zu. Das ist wichtig. Unsere Wurzeln sind anders als die von Bäumen, aber sie sind genauso bedeutend, vielleicht sogar noch mehr als das. Verstehst du, was ich meine?«

Mutters Stimme hatte ruhig geklungen, aber auch fordernd, während Mila mit den Fingerspitzen über die Wurzeln strich. In ihren Ohren klang das Geschrei der Möwen über der Fähre, laut, schrill. Plötzlich legten sich Mutters Finger auf ihre. Es fühlte sich gut an, auch wenn sie nicht perfekt zusammenpassten. Dennoch durchströmte Mila ein warmes Gefühl. Sie schaute auf und schüttelte den Kopf. »Erklär mir, was du meinst.«

Ihre Mutter rückte nah an sie heran. »Vertrauen. Das ist die Grundlage für unsere Wurzeln, und das gilt für uns alle, auch für dich. Vertraue mir, deinem Vater und vor allem dir selbst. Immer. Verstehst du?«

Vertraue mir, deinem Vater und vor allem dir selbst.

Mila schloss die Augen.

Vor genau zweiunddreißig Monaten hatte sie ein Stück davon verloren. In dem Moment, als ihr Vater anrief. Der Nachmittagsunterricht war beendet, und sie verließ gerade den Schulhof, als ihr Handy klingelte. Vaters brüchige Stimme drängte die schwachen Verkehrsgeräusche vor dem Schulhof in den Hintergrund. »Mila ... deine Mutter ... sie hatte einen Unfall ... einen schweren Unfall ...«

Sie blieb stehen. In ihrem Kopf begann es zu klopfen, den Blick starr auf den Gehweg vor ihr gerichtet, fragte sie ängstlich: »Mutter ...? Was ist passiert? Wie geht's ihr? Wo ist sie?«

Ihr Vater suchte seine Stimme. Und fand sie nicht.

In Mila zog sich alles zusammen. Sie spürte, wie etwas Unfassbares in ihr hochkroch, unaufhaltsam, etwas, das stärker war als sie selbst und sie ganz und gar einnahm. Am liebsten hätte sie ihren Vater angeschrien: Sprich doch! Warum sagst du nichts mehr? Rede endlich! Aber ihr Hals war auf einmal wie zugeschnürt.

»Es ist schlimm, Mila. Komm ins Krankenhaus! Schnell, bitte! Es sieht nicht gut aus.«

Mila presste das Handy ans Ohr. Nie zuvor hatte sie ihren Vater weinen hören. Die Welt veränderte sich gerade.

Wie von weit her drangen seine Sätze zu ihr. »Deine Mutter ist mit dem Auto von der Straße abgekommen ... und frontal gegen einen Baum geprallt ... Sie wurde schon operiert ... Ich hatte Vorlesungen und mein Handy ausgeschaltet .... Sie haben mich erst jetzt erreicht, Stunden, nachdem es passiert ist ... Deine Mutter liegt im künstlichen Koma ... Du musst kommen ... Deine Mutter braucht dich jetzt ... Ich brauche dich, Mila ...«

Mila fühlte sich wie betäubt. Sie tastete sich durch eine dichte Nebelwand und funktionierte dennoch, irgendwie. Sie fragte, in welchem Krankenhaus ihre Mutter lag. Rief ein Taxi. Wartete voller Ungeduld und schaute immer wieder die Straße auf und ab. Als das Taxi endlich kam, war sie erleichtert. Sie sagte dem Fahrer, wo er hinfahren solle.

Sie wusste nichts mehr von der Fahrt, als sie in der Klinik ankam. Später erinnerte sie sich auch nur noch schwach daran, wie sie durch die kühle Empfangshalle lief, den Aufzug in den achten Stock nahm und mit diesem furchtbaren Durcheinander im Kopf durch sterile Gänge irrte, bis eine Krankenschwester auf sie aufmerksam wurde und einen Arzt rief, der ihr auf dem Weg zur Intensivstation erklärte, wie es um ihre Mutter stand.

Es stand nicht gut. Sie habe mehrere Knochenbrüche und schwerste innere Verletzungen erlitten. Sie liege im künstlichen Koma, weil sie die Schmerzen bei vollem Bewusstsein nicht ertragen würde. Möglicherweise stünden ihr noch mehrere Operationen bevor.

Ihr Vater saß am Krankenbett. Er hob den Kopf, schaffte es aber nur wenige Sekunden, sie anzuschauen, als Mila eintrat. Seine Augen waren rot und geschwollen, seine Stirn voller Sorgenfalten. Er sah furchtbar aus.

Mila hielt kurz inne. Nicht heulen, dachte sie. Bloß nicht heulen. Wenn ich heule, zerstöre ich die Hoffnung. Ein blöder Gedanke. Aber er füllte ihren Kopf aus. Die Krankenschwester auf dem Flur hatte gesagt, es gäbe immer Hoffnung.

Mila wandte ihren Blick zum Bett. Das kalte Licht der Neonröhre an der Wand legte sich unbarmherzig über das zerschnittene Gesicht ihrer Mutter. Trotz der Wunden und dem Schlauch, der durch den Mund in ihre Luftröhre geschoben worden war, hatte sie einen ruhigen Gesichtsausdruck, eine Wirkung der Schmerzmittel. Mila setzte sich neben ihren Vater. Er legte seine Hand in ihre, und sie spürte, wie sehr er die Berührung brauchte, dass er in diesem Augenblick nur noch aus Verzweiflung bestand. Er, der immer kontrolliert und pragmatisch war, der Matheprofessor, der wie Galilei behauptete, die Gesetze des Universums seien in der Sprache der Mathematik geschrieben und die Menschen würden diese Sprache nur schrittweise und viel zu langsam entdecken, hockte ratlos und in sich zusammengesunken da. Mila drückte seine Hand, und er ließ es schweigend geschehen, während sie ihre Mutter anstarrte. Sie hoffte auf ein Augenblinzeln, ein Zucken der Mundwinkel, eine Bewegung ihrer Finger oder Füße, irgendein winziges Zeichen der Hoffnung, während die Kabel und Schläuche, die aus dem Körper ihrer Mutter ragten, ihr eine Heidenangst einjagten, welche durch das monotone Surren der Monitore und das Rauschen des Beatmungsgeräts noch verstärkt wurde. Sie wandte ihren Blick auch nicht ab, wenn sie Schritte auf dem Flur hinter der Glasscheibe hörte – die Furcht, dass ein Arzt hereinkommen und sie zum Gehen zwingen würde, war unerträglich. Sie wusste, die Besuchszeit war begrenzt, und bald könnte man ihr sagen, dass ihre Mutter nun Ruhe brauche, auch vor ihr.

Aber niemand kam.

Irgendwann fing ihr Vater an zu sprechen, mit einer Stimme, die rostig klang. »Deine Mutter war auf dem Weg zu ihrer Schule ...« Er schluckte schwer. »Sie war wohl spät dran. Warum sollte sie sonst zu schnell gefahren sein? Sie ist nie zu schnell gefahren. Die Straße war voller Laub, nassem Laub. Der Wagen kam ins Schlittern. Sie hat abrupt gebremst, haben sie gesagt. Vielleicht war etwas im Weg, mitten auf der Straße, und sie wollte ausweichen. Nur was? Was stand ihr im Weg?« Ihr Vater schüttelte den Kopf und legte die Hände vors Gesicht. »Verdammt! Warum nur? Warum?«

Mila legte ihren Arm um seine Schulter und spürte seine Verzweiflung, wie er zitterte, und dass sie nichts dagegen machen konnte, bis sie es nicht mehr aushielt und aufstand. Sie stellte sich ans Fenster und schaute nach draußen. Unter ihr schneite es rote und gelbe Blätter. Überall lag Laub, im Park vor der Klinik, auf den Dächern der umliegenden Häuser und der Straße. Laub. Nasses Laub. Mila wurde schwindelig. Auf einmal überfiel sie Panik, unerwartet, wuchtig. Sie presste die Hände gegen die Scheibe, stützte sich ab und rang nach Luft. Es fühlte sich an, als hätte sich ein Stahlseil um ihren Brustkorb gelegt, das immer enger zugezogen wurde. Ihre Beine drohten, ihr den Dienst zu versagen. Das Glas unter ihrer Handfläche war kühl. Sie stöhnte leise auf, drückte die Stirn gegen die Scheibe und schaute zum ungetrübten Herbsthimmel hinauf. Keine Wolke war zu sehen, nicht einmal ein hauchdünner Schleier, der Himmel war weit und leer, und Mila stellte sich vor, wie diese Leere sie mitnahm, sie und ihre Mutter, wie sie davonflogen, gemeinsam, Hand in Hand, dicht beieinander, ohne zur Erde zurückzuschauen. Das Bild hielt sie gefangen, ein paar Minuten, vielleicht auch eine Viertelstunde oder noch länger. Sie verlor jedes Zeitgefühl. Aber es half ihr. Allmählich wurde sie wieder ruhiger. Sie atmete tief durch und stellte fest, dass sich das Seil um ihre Brust langsam zu lösen begann.

Sie durfte nur nicht mehr nach unten sehen.

Tag 2

Es dämmerte bereits, als Almut nach draußen ging. Sie hatte sich einen dunklen Overall und Gummistiefel angezogen, wie jeden Morgen. Am Weidegatter blieb sie einen Moment stehen und schloss die Augen. Die Luft war schon warm und schwer, ein paar Mücken tanzten über ihrem Kopf, in der Nähe riefen die Rinder, heiser und unruhig, sie warteten darauf, gemolken zu werden. Ein neuer Tag war angebrochen, und Almut nahm ihn schweigend an. Wie immer.

Nur noch einen Atemzug. Dann öffnete sie die Augen wieder und sah, wie sich die Kühe langsam auf sie zubewegten. Sie nickte, entriegelte das Gatter, schloss es hinter sich und stapfte auf die Weide.

Nachdem sie die Tiere in den Stall getrieben hatte, ging sie durch die breite Stahltür in den Melkstand. Sie schaltete die Leuchtröhren an der Decke ein. Das Licht flackerte kurz auf, dann brannte es grell und stach ihr in die müden Augen. Es war wichtig, den Stand gut und gleichmäßig auszuleuchten, um die Tiere nicht durch Helligkeitsunterschiede und Schattenwürfe zu irritieren. Und sauber sollte er auch sein. Sie rollte einen Schlauch aus, spritzte die Melkbuchten ab, tauschte den Filter in der Milchleitung aus und ließ das Wasser aus der Spülanlage laufen, bevor sie wieder in den Stall ging. Hier war das Licht der Lampen über dem Fressplatz und den Fütterungsautomaten gedämpft, dennoch half es ihr, sich mühelos zwischen den Rindern zurechtzufinden. Sie nahm Latexhandschuhe, mehrere Schüsseln und Baumwolltücher aus einem Metallschrank, öffnete die Absperrgitter und ließ die die ersten zwölf Tiere über zwei gegenüberliegende Gänge zum Melkstand laufen. Nachdem der Eintrieb erledigt war und sie die Gitter hinter sich geschlossen hatte, sah sie plötzlich einen

Schatten, der sich auf dem Boden vor dem offenen Stalltor abzeichnete, geworfen von den Lampen im Stall.

Mila. Natürlich, wer sonst? Sie stand im Dämmerlicht, in ihrer Latzhose, einem Kapuzenshirt und Wanderstiefeln. Keine weißen Socken. Keine weißen Turnschuhe. Sie hob die linke Hand.

»Du bist schon wach?«, fragte Almut verwundert.

»Die Hitze …«, entgegnete Mila.

»Verstehe, die lässt einen kaum schlafen, was?« Almut legte den Kopf schief. »Aber das erklärt nicht, warum du schon in aller Herrgottsfrühe hier draußen bist.«

Mila zuckte die Schultern. »Schlaflosigkeit und Neugier. Darf ich dir zusehen?«

»Wie ich die Kühe melke?«

»Ja.«

Almut betrachtete sie einen Moment. Sie mochte es, wie das Mädchen dastand, ein wenig lässig, die Daumen in den Hosentaschen und mit dieser Spur Eigensinn im Blick, in dem ein fester Wille lag. »Die Tiere haben es dir wohl angetan.«

Mila nickte. »Außerdem möchte ich dazulernen.«

»Dazulernen?« Almut drehte sich halb um. »Na, meinetwegen, komm halt mit. Doch wenn die Rinder unruhig werden, verschwindest du, klar?«

»Glasklar.« Mila lächelte.

Almut hörte, wie Mila die Absperrgitter öffnete und wieder verschloss, während sie sich selbst in die Flucht hinter die fischgrätenförmigen, erhöhten Melkbuchten stellte, in denen die Kühe inzwischen zu beiden Seiten standen, mit den Hinterbeinen und Eutern an der Grubenkante. Almut legte die Tücher in einen großen Eimer, der an einem Seil von der Decke hing, zog die Handschuhe an und hielt eine Schüssel unter den Euter der ersten Kuh. Sie begann mit dem Vormelken. Nach ein paar Sekunden warf sie einen kritischen Blick auf die Milch, bevor sie zufrieden nickte und Mila die Schüssel reichte.

»Siehst du, die Farbe ist gut, und es sind keine Flocken drin. Also ist die Milch in Ordnung«, erklärte Almut kurz, nahm Mila die Schüssel wieder aus den Händen und goss die Milch in den Abfluss. Dann reinigte sie den Euter der Kuh mit einem Tuch und legte dem Tier das Melkgeschirr an, kleine Stutzen, die sie über die Zitzen stülpte. Sie sah zu Mila, die neben ihr stand und lauschte, wie sich die Becher festsaugten, bis nur noch ein leises Pulsieren zu vernehmen war, als die Milch in einen durchsichtigen Schlauch strömte.

»Wohin fließt sie?«, fragte das Mädchen und blickte auf das Rohrsystem.

Almut deutete mit dem Kinn auf die geflieste Wand hinter dem Melkstand. »In einen großen Tank. Dort wird sie auf vier Grad abgekühlt und frisch gehalten, bis der Fahrer von der Molkerei kommt. Er kommt alle zwei Tage, immer gegen zehn.«

Mila beobachtete, wie die Euter nach und nach kleiner wurden, während Almut die nächsten Kühe vormolk und ihnen das Geschirr anlegte. Neugierig schaute Mila zu, wie sich die Melkstutzen nach einiger Zeit mit einem schmatzenden Geräusch von den Eutern lösten, während Almut mit Jod gefüllte Becher von einem kleinen Stahltisch nahm und begann, die Zitzen der Kühe der Reihe nach zu desinfizieren, indem sie sie in die Becher tauchte.

»Wieviel Milch gibt eine Kuh ab?«, wollte Mila wissen.

»Ungefähr zehn bis fünfzehn Liter pro Melkgang.«

»Wow, ist ja ganz schön viel. Und wie oft melkst du sie?«

»Zwei Mal am Tag. Morgens und am Nachmittag.«

»Jeden Tag? Sieben Mal die Woche? Hilft dir keiner dabei?«

»Normalerweise brauche ich niemanden. Ist schließlich mein Hof und somit auch meine Arbeit«, sagte Almut und fügte hinzu. »Und wenn ich doch mal Hilfe brauche, gibt es jemanden, der mir unter die Arme greift.« Dann führte sie die erste Tiergruppe über den Rücktriebsweg in den Laufstall zurück und die nächste in den Melkstand hinein. Die Hitze draußen nahm zu, heiße Luft wehte durch das offene Tor und drückte schwer unter das Dach. Almut merkte, wie ihr der Schweiß im Nacken ausbrach. Sobald sie mit dem Melken fertig wäre, würde sie die Tiere abduschen und die Ventilatoren einschalten.

Dann kam die letzte Gruppe an die Reihe. Als die Kühe aufgereiht in den Melkbuchten standen, sah Almut Mila an, als wollte sie ihre Gedanken erraten.

»Willst du es versuchen?«, fragte sie unvermittelt. Irgendwie glaubte sie, dass Mila es konnte und sich zutraute, und war neugierig, wie sie nun reagieren würde.

Mila antwortete, wie Almut es vermutet hatte. »Wirklich? Das lässt du mich machen?« Sie lächelte. »Gut, ich versuch's.«

Almut reichte ihr Handschuhe. Mila streifte sie über, holte einen Becher und stellte sich an die Grubenkante hinter die erste Kuh. »Gut. Ich bin bereit.«

»Dann hör mir jetzt gut zu. Du umschließt die Zitze oben an der Wurzel«, erläuterte Almut und deutete auf die Stelle. »Daumen und Zeigefinger bilden einen Ring, die anderen Finger legst du um den Strich. Und dann übst du einen leichten Druck aus, nur einen ganz leichten Druck, nicht nach unten ziehen …«

»Okay … du sagst, wenn ich etwas falsch mache«, sagte Mila. Aber sie machte es richtig, genau so, wie Almut es erklärt hatte, konzentriert und ohne Scheu.

»Wie sich das anfühlt …«, sagte Mila und blickte in den Becher. Sie zeigte Almut die Milch, wartete auf ihre

Zustimmung, die sofort kam, schüttete den Inhalt aus und legte der Kuh das Melkgeschirr an, als hätte sie es schon häufig getan. Sie war völlig in ihr Tun vertieft, jeder Griff passte.

Almut war beeindruckt. Ziemlich beeindruckt sogar.

Es war kurz vor halb acht, als sie gemeinsam in der Küche saßen und ausgiebig frühstückten. Rührei mit Pfifferlingen, Brot mit Butter und Erdbeergelee, Filterkaffee, Orangensaft. Es erinnerte Mila an frühere Zeiten, als ihre Mutter noch gelebt hatte, an etwas, das sie vermisste.

Während Almut nach dem Melken in den Hühnerstall gegangen war, die Nester geleert und die Futterschalen und Tränken aufgefüllt hatte, war Mila durch das weitläufige Freigehege gelaufen. Es war inzwischen hell geworden, der Hof und sein Umland lagen in einem weichen Licht. Die Hühner schwirrten um Mila herum, der Hahn hingegen stand abseits auf der breiten Scharrfläche und blickte argwöhnisch. Es war seltsam, sich zwischen den Hühnern zu bewegen, auf deren Terrain, aber Mila fühlte sich nicht als Eindringling, sondern als Teil von etwas Vertrautem. Ein eigenartiges Gefühl ergriff sie, als könnte die Welt ein geschlossenes Ganzes sein, alle Dinge stünden im Einklang miteinander, die bedeutsamen genauso wie die unwichtigen, die Tiere und Menschen, Pflanzen und Gebäude, der Himmel und die Erde, auf der sie ging, alles und alle gehörten zusammen, nur gemeinsam ergaben sie ein stimmiges Bild, nichts und niemand durfte fehlen. Aber es fehlte etwas und jemand. Schon seit einiger Zeit. Das Gefühl täuschte sie also, dennoch ließ es Mila nicht los. Sie breitete die Arme aus und drehte sich im Kreis, einmal, zweimal, mehrfach, so oft, bis sie benommen war. Dann ließ sie sich mit einem Glucksen auf den Boden sinken, auf eine Stelle, die noch nicht von den Hühnern zertreten und verdreckt war, und streckte die Arme und Beine aus wie sie es als Kind im Schnee getan hatte, um einen Engel in das Weiß zu malen. Der Augenblick war so schön und leicht, dass Mila sogar Almuts Nähe vergaß.

Später, als sie das Frühstücksgeschirr abräumten und das Geschehen im Freigehege längst in den Hintergrund gerückt war, fragte Mila, ob man irgendwo in der Umgebung gut schwimmen könne. Almut beschrieb ihr den Weg zum Kaltsteinsee, der vor langer Zeit durch einen Murenabgang entstanden war.

»Er liegt ein gutes Stück entfernt im Wald. Du kannst mein Fahrrad nehmen. Es steht neben dem Hühnerstall«, sagte Almut. Dann gab sie Mila einen Haustürschlüssel. »Für den Fall, dass ich nicht da bin, wenn du zurückkommst.«

Das alte Damenrad lehnte an der Stallwand neben einigen Landgeräten, die der Größe nach geordnet dastanden. Der grüne Rahmen war etwas verkratzt, und die Reifen vertrugen sicherlich mehr Luft, aber sonst schien es in Ordnung zu sein. Mila packte ihren Jutebeutel in den Korb, der am Lenkrad befestigt war, nahm die Pumpe aus der Halterung und freute sich, dass sie noch funktionierte.

Die Federn unter dem Ledersattel quiekten, als sie losfuhr, zunächst noch ein wenig wackelig, über Schotter und Kies hinweg, dann sicherer über einen breiten Weg in den Wald hinein.

Inzwischen war es noch heißer geworden, die Sonne brannte fast hochsommerlich, ein warmer Wind blies Mila ins ärmellose Kleid. Der Weg war kurvenreich, mal ein Stückchen bergab, dann wieder hinauf. Nach etwa zwanzig Minuten sah sie einen grauen Gebirgszug, unter dem der See schimmerte. Sie trat schneller in die Pedale. Schon bald tauchte die glitzernde, blaue Oberfläche des Wassers zwischen den Bäumen auf wie eine stumme Einladung. Überall breiteten sich sandige Buchten aus, und nur hier und da lagen Menschen auf Decken oder Handtüchern, manche auch auf dem langen Holzsteg am Ufer.

Mila fuhr voller Vorfreude um den halben See, bis sie eine geeignete Stelle entdeckte, einen schmalen Uferabschnitt, versteckt zwischen Brombeergebüsch und Brennnesseln, nur über einen Pfad erreichbar. Davor standen mehrere hochgewachsene Birken, deren Wipfel und Äste ein Gewölbe aus hellgrünen, gezackten Blättern und gebogenen Zweigen bildeten. Es war ein idealer Ort, ein abgeschiedenes Plätzchen, das sie sich erhofft und nun gefunden hatte. Sie stieg vom Fahrrad, schob es die Böschung hinab und lehnte es an eine Birke. Sie hatte kein Schloss dabei, in der Stadt wäre das ein Problem, aber hier? Sie sah sich kurz um, bevor sie ihren Jutebeutel aus dem Korb nahm, das Rad einfach stehenließ und zur Bucht ging. Dort zog sie die Schuhe aus. Der Sand kribbelte unter ihren Füßen. Sie zog ihr Handtuch aus dem Beutel, breitete es auf dem Boden aus und streifte das Kleid ab, sodass sie im Bikini dastand. Sie atmete tief durch und ließ sich von der wohltuenden Frische des Sees einhüllen, die von den Zweigen der Bäume und Büsche am Uferrand reflektiert wurde. Dann watete sie bis zu den Knien ins Wasser, das klar und verführerisch vor ihr lag. Sie spürte kleine, spitze Steinchen unter ihren Sohlen, grub die Zehen tiefer in den Grund und stand drei, vier Sekunden lang still, bis sie weiterging und in den See eintauchte. Das Wasser war kühl. Herrlich kühl. Es warf kleine Wellen, etwas schwamm darauf, vielleicht ein Ast oder Schilf. Mila schwamm hinaus, kraulte und genoss es, vom Wasser getragen zu werden.

Nach einigen Minuten näherte sie sich dem westlichen Ufer, ein paar Jungs sprangen von dem Holzsteg, kletterten wieder hoch und sprangen noch mal ins Wasser. Über dem Gebirge schwebten Vögel in eleganten Bögen, mit weit ausgebreiteten Flügeln schienen sie nach Beute Ausschau zu halten. Milas Füße streiften angeschwemmte Schilfblätter, und obwohl sie die Berührung nicht als unangenehm empfand, war es ein Zeichen für sie, umzudrehen. Also schwamm sie zurück, dieses Mal jedoch dichter am Ufer entlang, weil das Wasser dort wärmer war und sie keinem anderen Schwimmer begegnete.

Wieder angekommen in der kleinen Bucht, setzte sie sich aufs Handtuch, nahm die Wasserflasche, trank in großen Zügen und spürte die Sonne auf Gesicht und Armen, die sie trocknete, bevor sie sich dick eincremte und hinlegte. Sie hatte ihre Sonnenbrille vergessen, und obwohl sie die Augen schloss, funkelte es hell hinter ihren Lidern. Das Geschrei der Jungs vom Steg gegenüber drang gedämpft zu ihr, irgendwo klopfte ein Specht im Wald, rhythmisch und beharrlich, wie ein unnachgiebiges Metronom. Die Geräusche störten sie nicht, sondern lullten sie eher ein. Mila überkam eine wohltuende Müdigkeit und allmählich glitt sie in einen traumlosen Schlaf, dem sie sich widerstandslos hingab.

Als sie wieder aufwachte, war sie nicht mehr allein. Zunächst nahm sie die Gestalt neben sich nur vage wahr, verschwommen wie hinter einer dicken Glasscheibe. Doch als sie den Kopf zur Seite drehte, erkannte sie die Eisverkäuferin, die lässig auf einer bunten Fleecedecke lag, in einem schulterfreien Badeanzug und so unbefangen, als hätten sie sich verabredet, den Tag am Wasser miteinander zu verbringen. Noch halb im Schlaf und ohne ihre Verwirrung zu verbergen, richtete Mila sich auf.

»Luise …?«

Luise lächelte und nahm die Sonnenbrille ab. »Ich hoffe, ich hab dich nicht geweckt. Dass wir uns wieder über den Weg laufen, war mir ja klar, aber dass wir uns so schnell wiedersehen, und das an meinem Lieblingsplatz am See, ist schon ein witziger Zufall, findest du nicht?«, erwiderte sie fröhlich. »Hey, es stört dich doch hoffentlich nicht, wenn ich so nah bei dir liege, oder?«

»Und wenn schon? Ist doch dein Lieblingsplatz. Ich kann dich ja wohl kaum vertreiben,« sagte Mila amüsiert und dachte kurz darüber nach, ob es ihr etwas ausmachte, dass Luise so nah bei ihr war. Eigentlich hatte sie vorgehabt, die Zeit am See allein zu genießen, aber irgendwie fand sie es auch schön, dass Luise sich einfach zu ihr gelegt hatte. »Sag mal, musst du nicht in die Schule oder so? Oder Eis verkaufen?«

»Ich hab Ferien, und die Eisdiele macht erst mittags auf. Aber warum fragst du?« Luise setzte sich jetzt ebenfalls auf und zuckte mit den Schultern. »Scheinbar störe ich dich ja wirklich. Und ich dachte, du freust dich, mich zu sehen …«

Mila sah, wie sie auf ihre Lippen biss. »Du störst mich nicht. Kein bisschen. Das hast du falsch verstanden. Ich freu mich, dass du da bist.«

»Echt jetzt?«

»Ja, echt jetzt.«

Luise schien ein wenig aufzuatmen und setzte die Sonnenbrille wieder auf. Mila bemerkte, dass Luises Blick kurz über ihren Oberkörper glitt. Sie überlegte, etwas zu sagen, doch stattdessen presste sie die Lippen zusammen, als wollte sie sich zurückhalten. Mila fragte sich, was ihr gerade durch den Kopf ging. Luise gefiel ihr. Sie war schlank, aber trotz ihres feinen Körperbaus wirkte sie nicht zerbrechlich, sondern eher energisch. Ihre Beine waren schmal, und ihre helle Haut leuchtete im Sonnenlicht.

Luise strich eine Haarsträhne aus ihrer Stirn. »Und, bist du bei Almut untergekommen?«

»Ja, bin ich.«

»Hammer! Hätte nicht gedacht, dass die dich reinlässt.«

»War auch nicht leicht.« Mila zeigte zu den Birken. »Und jetzt fahre ich sogar mit ihrem Rad.«

»Sie mag dich wohl«, sagte Luise und lächelte, zeigte ihre Zahnlücke und die Grübchen.

»Vielleicht.«

»Und, verrätst du mir, woher du kommst und was du in unserem Dorf machst?«

»Nein.«

»Nein?« Luise runzelte irritiert die Stirn.

»Nein. Vielleicht später mal. Jetzt nicht«, sagte Mila ernst.

»Warum machst du ein Geheimnis draus?«

»Weil ich mir erst selbst über einiges klarwerden muss.«

»Verstehe«, sagte Luise.

»Das kannst du nicht, ich verstehe es ja selbst noch nicht«, entgegnete Mila und schaute abwesend über das Wasser. Erst jetzt fiel ihr auf, dass der Specht nicht mehr klopfte und die Jungs nicht mehr auf dem Steg waren. Auf der anderen Uferseite spielte inzwischen eine Gruppe junger Männer und Frauen Volleyball. »Was weißt du eigentlich über Almut?«, fragte sie plötzlich, es sollte wie nebensächlich klingen, aber es klang nicht so.

Luise richtete ihren Blick dahin, wo Mila hinsah. »Nicht viel.«

»Nicht viel bedeutet allerdings, dass du etwas über sie weißt.«

»Nur ein paar Dinge.«

»Was für Dinge?«

Luise dachte nach und legte den Kopf in den Nacken, bevor sie antwortete. »Ihr Vater hat die Familie verlassen, als Almut zur Welt kam. Und ihre Mutter hat sie dann allein großgezogen. Die hieß Hildegard. War eine ziemlich herrische Frau, verbittert, weil ihr Mann sie im Stich gelassen hatte, mit einem Kind und dem großen Hof und so.«

»Demnach hatte es Almut schwer?«, fragte Mila.

Luise störte wieder die Haarsträhne in der Stirn, die einfach nicht hinter ihrem Ohr bleiben wollte. Sie versuchte, sie beiseite zu pusten. »Das kann man wohl sagen. Oder noch deutlicher. Sie hat die Arschkarte gezogen. Hildegard starb vor ein paar Jahren, ich glaub an einem Schlaganfall, und Almut musste den Hof allein weiterführen. Ist schon ziemlich lange her. Ich kann mich trotzdem noch an Hildegard erinnern, groß, dünn, ihr Haar vollständig ergraut und ohne jede Freude im Gesicht, unglücklich eben. Sie verströmte eine schlechte Aura, und ich hab immer die Straßenseite gewechselt, wenn ich ihr im Dorf begegnet bin.«

Mila zog die Beine eng an ihren Oberkörper. »Aber das ist noch nicht alles, da gibt es noch mehr, richtig? Erzähl es mir. Ich meine, in so einem Dorf weiß doch jeder über den anderen Bescheid, stimmt's?«

»Das glaubst du wirklich?«

»Ja. Sei ehrlich, hier entgeht niemandem etwas, jeder kennt die Gewohnheiten des anderen, seine Geschichten und auch die Leichen, die er im Keller versteckt. Nichts bleibt verborgen, hab ich recht?«

Luise kicherte, dann sagte sie leise, als befürchtete sie, jemand könnte ihnen zuhören: »Es geht sogar noch darüber hinaus. Nicht nur, dass jeder mit der Geschichte des anderen vertraut ist und dessen Leichen kennt, nein, wir sind alle über ein paar Ecken miteinander verwandt, trauern gleichermaßen, egal, wer von uns stirbt, gratulieren der Mutter und dem Vater, wenn ein Kind geboren wird, und freuen uns, als wär's das eigene. Bei uns halten auch alle zusammen, wenn sie zusammenhalten müssen. Streitigkeiten werden in der Gemeinschaft geregelt, nicht vor Gericht. Außerdem haben wir eine eigene Sprache, die von der üblichen Landessprache abweicht. Und neue Häuser werden wie die alten gebaut, damit alles bleibt, wie es ist und immer war ...«

Mila schaute zunächst verblüfft, bevor sie schmunzelte und die Schultern zuckte. »Schon gut, ich gebe zu, ich hab zu dick aufgetragen und kriege jetzt die Quittung dafür ...«

»Viel zu dick.«

»Glaub mir, ich hab mich eher zurückgehalten, es geht noch sehr viel dicker.«

»Das geht es doch immer, oder?«, sagte Luise. »Doch jetzt mal im Ernst: In so einem Dorf gibt es oft Geschichten und Geheimnisse, die nur eine Generation überdauern und mit ihr verschwinden. So ist das jedenfalls bei uns.«

Mila blickte sie neugierig an. »Aber aus jeder Geschichte und jedem Geheimnis entstehen auch immer Gerüchte. Welche Gerüchte machen über Almut die Runde?«

Luise seufzte. »Na ja, es gab immer das Gerede, sie hätte einen anderen Menschen in den Tod getrieben. Aber unsere Eltern verraten uns nichts. Meine Mutter meinte nur, der sollen wir aus dem Weg gehen, die sei nicht gut, die wäre für ihre Sünden bestraft worden, sogar zweifach. Mehr sagt sie nicht. Auch mein Vater hält den Mund. In unserer Welt kann halt geschwiegen werden, wenn geschwiegen werden soll. Und je mehr man nachbohrt, umso beharrlicher wird das Schweigen. Klingt komisch, ist aber so. Ist wie eine Wand, durch die man nicht kommt, so sehr man auch auf die andere Seite möchte.«

»Zweifach bestraft«, wiederholte Mila. »Hört sich irgendwie unheimlich an.«

»Ja, ziemlich, doch was soll's? Almut wird dir schon nichts antun«, sagte Luise, erhob sich plötzlich und streckte die Arme nach Mila aus. »Komm, lass uns eine Runde schwimmen, damit wir auf andere Gedanken kommen.«

Mila überlegte kurz. Sie war zwar noch nicht zufrieden, weil sie glaubte, dass Luise ihr noch nicht alles über Almut gesagt hatte, was sie wusste, dennoch ließ sie es fürs erste gut sein und nickte. »Na, meinetwegen.«

Sie fasste nach Luises Händen und ließ sich von ihr hochziehen. Luise war überraschend stark, sie wankte kein bisschen.

Sie schwammen hinaus, in südliche Richtung, bis zu einer Sandbank, die hinter dichtem Schilf verborgen war. Dort legten sie sich nah ans Wasser und ließen sich von der Sonne bräunen, die jetzt genau über dem See stand.

»Schau mal dort drüben«, sagte Luise nach einer Weile und zeigte auf einen Gebirgszug. »Da drin gibt's eine Klamm, die zu einer tollen Gumpe führt. Ist wirklich richtig schön dort. Möchtest du irgendwann mal dahin mitkommen?«

»Natürlich, wenn du sagst, dass es sich lohnt.«

»Es lohnt sich, versprochen.« Luise überlegte kurz. Dann fragte sie: »Hast du vielleicht schon morgen Zeit?«

»Schon morgen?« Mila war überrascht.

»Ja.«

Irgendwann war also Morgen. Mila lächelte und nickte. »Morgen klingt gut.«

»Abgemacht«, sagte Luise erfreut.

Minuten später bemerkten sie eine kleine Gestalt, die in ihrer Bucht zwischen dem Handtuch und der Decke stand. Ein Junge, zu weit weg, um ihn gut erkennen zu können. Er stand leicht gebeugt da, als würde er auf etwas warten oder sich nicht trauen, ins Wasser zu gehen. Luise hob den Arm und winkte.

»Das ist mein Bruder«, sagte sie fröhlich.

»Dein Bruder? Ich hätte auch immer gern einen gehabt, aber lieber einen älteren.«

»Johann ist mein älterer Bruder. Komm, du musst ihn kennenlernen.«

Johann winkte zurück. Dann hüpfte er, spreizte die Beine seitlich ab, führte sie wieder zusammen und streckte die Arme nach oben, bis sich seine Hände knapp über seinem Kopf berührten. Irgendetwas an dem, wie er sich bewegte, stimmte nicht, doch Mila konnte sich nicht erklären, was es war. »Er macht einen Hampelmann, wie witzig«, sagte sie erheitert.

Sie schwammen zurück, und noch bevor sie die Bucht erreichten, erkannte Mila, was an Johann anders war. Down Syndrom. Sie stiegen aus dem Wasser, und Johann starrte Mila unbefangen an, was ihr nichts ausmachte, weil seine Blicke weder etwas Aufdringliches noch Unangenehmes hatten. Er war nur neugierig. Und nervös.

»Glotz Mila nicht so an wie eine Außerirdische, Johann. Bitte! Sonst denkt sie noch, dass du sie anbaggerst«, sagte Luise augenzwinkernd.

Johann senkte den Kopf und stülpte die Unterlippe vor.

»Darf ich vorstellen, das ist mein Bruder, Johann, der feinste Mensch im ganzen Universum. Und das ist Mila, die sich in unser Nest verirrt hat, warum auch immer.«

»Ich freue mich, dich kennenzulernen, Johann«, sagte Mila lächelnd. »Ich freue mich sehr.«

»Ich freue mich auch. Ich freue mich auch sehr«, erwiderte Johann, sah wieder auf, faltete die Hände wie zum Gebet und strahlte über das ganze Gesicht.

Gegen zwei fuhren Luise und Johann zurück ins Dorf, weil Luise in der Eisdiele arbeiten musste. Auch ihre Räder standen an den Birken, ebenso unverschlossen. Mila wollte noch am See bleiben. Sie hatte Zeit, niemand wartete auf sie. Sie sah den beiden hinterher. Luise fuhr vorneweg. Johann drehte sich noch einmal um und winkte heftig, wie schon zuvor in der Bucht. Er wackelte gefährlich, stürzte beinahe und fing sich wieder. Froh, dass er nicht gefallen war, streckte Mila beide Daumen in die Höhe. Johann lachte ausgelassen. Sekunden später wurden er und Luise vom Wald verschluckt. In der kleinen Bucht war es wieder still. Mila setzte sich auf ihr Handtuch und versuchte, die Wörter und Sätze zu ordnen, die in ihrem Kopf herumschwirrten wie lose Puzzleteile.

Hildegard, eine verlassene und verbitterte Mutter, die an einem Schlaganfall gestorben war.

Sünden, für die Almut eine zweifache Strafe erhalten hatte.

Geheimnisse, die eine Generation überdauerten und mit ihr verschwanden.

Und schließlich dachte sie noch an Johanns Worte nach ihrer Begrüßung. Er hatte gesagt, dass er sie gestern gesehen habe, als sie über die Brücke ging, trotz des großen Rucksacks auf dem Rücken mühelos, wie mit Federn unter den Schuhen. Und dass er immer daran geglaubt habe. Immer und immer.

Woran?, hatte sie gefragt. Aber das hatte er nicht beantwortet, sondern nur verlegen zu Boden geschaut. Und nachdem sie und Luise sich wieder gesetzt hatten, hockte er sich zu ihren Füßen, ohne zu fragen, ob er bleiben dürfe, als sei sein natürlicher Platz bei seiner Schwester, jetzt sogar bei seiner Schwester und ihr, als komplettiere er ein Dreieck, das wichtig und ohne ihn nicht möglich war. Die meiste Zeit war er still gewesen, ein unaufdringlicher Beobachter und Zuhörer, der nicht zeigte, was er dachte, während Mila und Luise sich unterhielten, ungezwungen, als wäre Johann gar nicht da.

»Noch ein Jahr Schule«, meinte Luise. »Dann geh ich weg und studiere Jura, wie mein Vater. Und wenn ich fertig bin, komme ich zurück und übernehme seine Kanzlei.«

»Das hört sich nach einem ziemlich durchdachten Plan an«, sagte Mila.

»Und du? Studierst du?«, fragte Luise.

»Nein, aber ich hab's noch vor. Germanistik, vielleicht zusätzlich auch Anglistik. Nach der Schule habe ich mich erst einmal mit Aushilfsjobs über Wasser gehalten, bin in eine WG gezogen und danach viel gereist.«

»Das würde ich auch gerne. In welchen Ländern und Städten warst du?«, wollte Luise wissen.

»In vielen«, sagte Mila und zählte einige auf, ohne auf eine Ordnung zu achten. »In New York. In Kalifornien, in der Türkei und Marokko. Da war ich auch schon mal früher mit meinen Eltern. Danach war ich in halb Europa unterwegs. Portugal. Spanien. Frankreich. In Ericeira habe ich Wellenreiten gelernt, in Tarifa Kitesurfen, und an der Côte d'Azur bin ich mit einem alten Skipper und seiner Crew gesegelt. Ich habe viele Menschen getroffen und kennengelernt, wie man es nur kann, wenn man allein reist. Und mich selbst habe ich dabei auch neu entdeckt. Im Grunde tue ich das immer noch.«

»Also bist du deshalb hier«, sagte Luise grüblerisch. »Um noch mehr über dich zu erfahren.«

Mila schaute sie aufmerksam an und legte ihr eine Hand auf die sonnenwarme Schulter. Sie antwortete nicht. Das brauchte sie auch nicht, denn sie hatte das Gefühl, dass Luise verstand.

Nach dem Frühstück hatte Almut den Hühnerstall gefegt und im Gemüsegarten das Unkraut gezupft, das überall aus dem Boden drängte. Erst danach hatte sie sich gewaschen und war zu Benno gegangen. Der war unterwegs, Möbel ausliefern, wie sie von den Gesellen erfuhr. Sie hatte sich in das kleine Büro neben der Werkstatt gesetzt und sich an die Buchhaltung gemacht. Damit kannte sie sich aus. Das hatte sie von ihrer Mutter gelernt. Für den eigenen Hof. Bereits seit Jahren half sie Benno im Büro. Immer dienstags und donnerstags. Immer um dieselbe Uhrzeit. Ein Hinzuverdienst. Und ein bisschen Abwechslung. Nur das führte sie hierher. Mehr nicht.

Später, nachdem sie bei Benno fertig gewesen und zurückgekehrt war, zog sie wieder ihre Arbeitsklamotten an, molk die Kühe und mistete den Stall aus, während die Tiere auf der Weide waren.

Der Tag neigte sich allmählich seinem Ende zu. Aber er war noch nicht vorbei. Als Almut ins Haus kam, stand Mila in der Küche und kochte.

Sie bereitete Tagliatelle in Champignon-Tomaten-Sauce zu. Dazu machte sie einen frischen Kopfsalat mit einem Dressing aus Öl, Essig, Senf, Honig, Limette, Salz und Pfeffer. Die Nudeln, den Salat und die Tomaten hatte Mila in Almuts Vorratskammer gefunden, nur die Pilze fehlten. Sie war ins Dorf geradelt, hatte in dem Lebensmittelgeschäft am Marktplatz frische Steinchampignons und eine Flasche Wein gekauft, Luise zugewinkt und noch, einem spontanen Einfall folgend, in dem Lädchen *Alles für Alle* ein hübsches Tischwindlicht aus buntem Glas, zwei Laternen aus Metall und rote Kerzen ausgesucht. Die Fahrt zurück war schwierig gewesen, die Laternen schlenkerten heftig an ihrem Lenker. Mila hatte Mühe, das Gleichgewicht zu halten und war froh, als sie heil auf dem Hof ankam. Sie stellte das Windlicht auf den Terrassentisch und die Laternen mit den Kerzen an die Wand, in der Hoffnung, dass Almut die Dekoration gefallen würde. Dann ging sie in die Küche. Sie fand sich gut zurecht. Alles war aufgeräumt, alle Dinge hatten ihren Platz, in der Vorratskammer ebenso wie auf den Regalen und in den Schubläden.

Mila bemerkte Almut erst, als sie von der Pfanne aufsah und nach dem Salzstreuer griff. Almut stand im Flur. Sie war leise ins Haus gekommen, Mila hatte die Haustür nicht gehört. Almuts Gesicht war leicht gerötet, mit tieferen Falten auf der Stirn und um den Mund herum als am Morgen. Und noch immer trug sie die dieselben Gummistiefel und denselben Overall wie in der Früh.

»Möchtest du dich noch umziehen, bevor wir essen? Es dauert nicht mehr lange. Vielleicht noch zehn Minuten«, sagte Mila gutgelaunt und fand selbst, dass es eigenartig klang. »Ich hoffe, du bist hungrig.«

Almut erwiderte etwas, gedämpft, Mila verstand es nicht. Dann drehte sie sich abrupt um und ging die Treppe nach oben. Kurz darauf hörte Mila Wasser in den Rohren rauschen.

Als Almut wieder nach unten kam, war der Tisch auf der Terrasse schon gedeckt. Die tiefen Teller waren mit Nudeln und der Soße angerichtet, zwei kleine Schüsseln mit dem angemachten Salat gefüllt, und in den Gläsern schimmerte der Wein. Auch wenn es noch hell war, hatte

Mila die Kerzen angezündet. Almut setzte sich wortlos an den Tisch.

»Bon appétit«, sagte Mila und klatschte beschwingt in die Hände. »Ich hoffe, es schmeckt. Meine Mutter hat mir das Kochen beigebracht. Sie war eine verdammt gute Köchin.«

Almut zauderte. Ihre dunklen Augen blickten skeptisch. »Warum?«, fragte sie.

»Was meinst du?«

»Das Essen. Der Wein. Und die Kerzen. Das meine ich.«

»Einfach so. Es gibt keinen bestimmten Grund.«

»Es gibt immer einen Grund.«

Mila lehnte sich zurück. »Na gut, wenn du einen brauchst ... nimm Dankbarkeit.«

»Aha.« Almut klang nicht überzeugt. Sie deutete auf ihr Weinglas. »Ich trinke selten Alkohol.«

»Selten heißt nicht nie.«

»Und ich mag keine Veränderungen.«

Mila war verwirrt. »Das Windlicht und die Laternen stören dich? Ich bin hier ... und die Sachen stören dich?«

»Sind sehr viele Veränderungen auf einmal. Es weicht zu vieles ab ...«, flüsterte Almut. Sie klang seltsam distanziert, ihre Stimme weiter weg, als sie sein sollte.

»Ich bringe das alles wieder fort, wenn du möchtest. Schade, ich hab's nur gut gemeint«, sagte Mila und spürte, wie sich Enttäuschung in ihr breitmachte. Unruhig nahm sie das Weinglas, trank einen Schluck und wartete ab. Die Situation erinnerte sie an gestern, ihre erste Begegnung, an der Haustür. Das Abwarten. Die Unruhe in ihr. Schließlich begann Almut zu essen. Wenigstens das, dachte Mila. Dann nippte Almut auch noch an ihrem Weinglas. Nachdem sie aufgegessen hatten, war das Glas leer. Mila war wieder zufrieden. Gemeinsam trugen sie das Geschirr in die Küche. Wie am Vorabend. Es war noch keine Gewohnheit und ganz bestimmt noch kein Ritual, trotzdem fühlte es sich schon vertraut an. Das Windlicht und die Laternen blieben einfach stehen, und sie verschwendeten kein Wort mehr darüber.

Als sie wieder draußen saßen, sagte Mila: »Lass uns ein Spiel spielen, ohne Brett und Figuren. Wir haben das manchmal in unserer WG gespielt. Es heißt: *Stell dir vor, ein anderes Leben zu leben*. Derjenige, der er es sich vorstellt, beschreibt es und der andere stellt Fragen dazu …«

»Das spielen doch nur Menschen, für die ein anderes Leben infrage kommt.«

»Nein, das stimmt nicht. Das spielen eher Menschen, deren Vorstellungskraft …«

»Es ist albern. Und unnötig«, unterbrach Almut sie barsch.

»Warum?« Mila ließ nicht locker.

»Träumereien ändern nichts.«

»Das stimmt nicht. Jede Veränderung beginnt immer mit einer Vorstellung von ihr.«

»Ich wünsche mir keine Veränderungen und kein anderes Leben. Also werd ich es nicht spielen. Und damit basta!«, sagte Almut nachdrücklich.

Mila machte eine abwehrende Geste. »Schon gut, kein Grund, sich aufzuregen. Du wünschst dir kein anderes Leben und willst dir auch kein anderes vorstellen, ich hab's kapiert. Aber bei dem Spiel geht's gar nicht darum, sich unbedingt ein besseres Leben zu erträumen. Das denken viele. Der Punkt ist vielmehr, dass man während des Spiels merkt, wie sehr jeder von uns sein Leben selbst in der Hand hat. Jeder kann was ändern, wenn er das will, ohne auf andere angewiesen zu sein. Aber egal. Du willst es nicht spielen, und du magst keine Veränderungen. Also spielen wir es nicht.«

»Ja, egal.« Almut schaute zu den Bergen hinauf und beobachtete schweigend einen Paragleiter, der vor dem Gebirge ins Tal hinabsegelte. Er war spät dran.

Mila wartete ein paar Sekunden ab, dann fragte sie: »Warum wohnst du eigentlich allein? Ich meine, der Hof ist groß, zu groß für nur einen Menschen …«

»Weil es sich so ergeben hat. Und weil es sich so ergeben hat, sollte es wohl auch so sein«, antwortete Almut knapp und ohne Regung. »Es ist gut, wie es ist.«

Mila beugte sich vor. Sie glaubte ihr nicht. »Ich weiß das von deinem Vater und deiner Mutter. Er ist fort und sie gestorben. Luise hat es mir gesagt, die Eisverkäuferin, ich hab sie am See getroffen. Meine Mutter ist auch tot. Sie starb vor zweiunddreißig Monaten. Mein Vater lebt noch, aber er ist anders geworden und für mich weniger greifbar, seit meine Mutter gestorben ist. Komisch ist das, als hätten sich einige Teile von ihm aufgelöst und andere wären hinzugekommen. Manchmal ist er wie ein Fremder für mich.« Sie schluckte. »Na ja, ich wollte dir nur sagen, dass ich weiß, wie es sich anfühlt, wenn man allein ist.«

In Almuts Gesicht zuckte es kurz. Aber sie äußerte kein Bedauern, keine Floskeln, die Hilflosigkeit verrieten, wie es viele andere oft taten, die froh waren, selbst nicht betroffen zu sein. Vielleicht lag es daran, dass Almut schon viel Schlechtes durchgemacht hatte und ein Schicksal trug, von dem Mila sicher noch längst nicht alles wusste und das Luise mit ihrer schnoddrigen Art abgewertet hatte, als sie sagte, Almut habe die Arschkarte gezogen. Jedenfalls saß Almut nun stoisch da, mit abwesendem Blick. Dennoch wirkte sie wieder ein bisschen entspannter und versöhnlicher, weniger kühl als noch vor ein paar Minuten.

Der Paragleiter war verschwunden.

Mila redete weiter. Sie sprang von ihrem Vater zu Luise zurück und sprach über Banalitäten. Sie erzählte von ihren Stunden am See und dass sie morgen mit Luise durch die Klamm zu einer besonderen Gumpe wollte, weil sie merkte, dass sie sich zu weit vorgewagt hatte. Und weil sie wusste, dass Almut keine Fragen stellen würde.

Almut war noch nicht bereit.

Vielleicht wäre sie es morgen.

Oder übermorgen.

Irgendwann in den nächsten Tagen.

Mila hoffte es.

Almut war unruhig. An Schlaf war nicht zu denken. Im Nachthemd ging sie die Wendeltreppe hinauf, die von ihrem Schlafzimmer auf den Dachboden führte, in ihr Atelier mit den freiliegenden Holzbalken und den großen Gaubenfenstern, durch die der Mond auf die Bilder schien. Rötlich und aufmerksam stand er an einem klaren Himmel, ein stiller Beobachter. Almut schaltete die Stehlampe und den Deckenventilator ein, dann ließ sie sich auf einen breiten Stuhl sinken, den Benno vor Jahren gefertigt hatte. Inmitten des Raums saß sie still, wie zuvor auf der Terrasse, und lauschte, ohne zu wissen, worauf. Umgeben von ihren Zeichnungen, die dicht beieinander auf Staffeleien standen, tasteten ihre Blicke unruhig über die Bilder der gesichtslosen Menschen, bis sie an einem besonderen hängen blieben. Eine junge Frau und ein Mann, die sich über das Eis eines zugefrorenen Baches tasteten. Sie liefen auf eine verschneite Hütte zu. Zwei Wanderer, in einer weißen Landschaft, über ihnen ein in finsteres Grau getauchter Himmel. Almut starrte auf die Silhouette des Mannes, dessen Gesicht sie auch nach all den Jahren noch hätte zeichnen können, jedes Detail. Als sie spürte, wie sich die Erinnerung näherte, das Schöne und der Schmerz, hob sie die Hände, als wollte sie eine Fliege verscheuchen.

Stell dir vor, ein anderes Leben zu leben. Wie wäre es gewesen, wenn Ludger bei ihr geblieben wäre? Welches Leben hätten sie gelebt und würden sie noch leben?

Sie konnte es sich nicht vorstellen.

Sie schloss die Augen und hörte das Blut in ihren Ohren rauschen. Minuten vergingen, und ihr Atem wurde schwerer. Plötzlich flüsterte das Bild ihr zu, leise, dennoch klar und deutlich. Es sprach eindringlich. Wartete auf eine Antwort. Und blieb so lange geduldig, bis Almut schwach wurde. Da zog es sie mit sich fort.

In dem Jahr, in dem Ludger ins Dorf gekommen war, fing es ungewöhnlich früh an zu schneien. Schon Anfang Oktober lag der Schnee über einen Meter hoch, die Straßen mussten täglich geräumt werden, Weiden und Felder lagen unter einer schweren Decke, und die Berge wirkten noch mächtiger als sonst, eingehüllt in ein strahlendes Weiß. Almut mochte es, wenn der Winter Einzug hielt, das Tiefblau des Himmels über den Höhen und den Schnee, der das Tal in eine ruhige Stille tauchte.

An einem dieser Oktobertage brachen sie am Vormittag auf, nur Ludger und sie, in warmer Kleidung, mit Rucksäcken und Stöcken, bereit für Herausforderungen und Entdeckungen. Eine Woche zuvor hatte Ludger sie gefragt, ob sie ihn auf einen der Berge begleiten wolle. Er wanderte gerne, auch im Schnee, aber in dieser Gegend kannte er sich noch nicht gut genug aus. Sie war einverstanden gewesen. Und nicht nur das. Nachdem sie die Kühe versorgt hatte, stand sie Stunden vor dem Aufbruch voller Vorfreude auf dem Hof und beobachtete den schmalen

Streifen Licht über dem Gebirge, der immer heller und breiter wurde und winzige Funken auf die Bergspitzen warf. Almut fragte sich, ob Ludger in diesem Moment am Fenster stand und das Lichtspiel und die Schönheit der Natur darunter ebenfalls sah.

Sie hatte die Tour geplant und sich tagelang den Kopf darüber zermartert, wohin und wie lange sie wandern würden, und ihre Aufregung war immerzu gewachsen. Sie hatte sich nicht nur vorgestellt, welche Wege sie gehen, sondern auch, worüber sie sprechen würden. Wörter, Sätze, die sofort zerfielen, wenn Almut sie fand. Sie ermahnte sich wieder und wieder, mit diesem Unfug aufzuhören. Niemand konnte solche Gespräche im Voraus planen. Und trotzdem schlug ihr Herz wie verrückt, wenn sie an den Ausflug dachte, ohne dass sie es beruhigen konnte. Eines Nachts begann sie auch noch, sich verbotene Dinge vorzustellen, und die Erregung machte ihr Angst. Sie schämte sich und war erleichtert, als die Bilder wieder verschwanden. Doch schon in der nächsten Nacht kehrten die Vorstellungen zurück, und dieses Mal ließ Almut sie einfach zu.

Nachdem Ludger sie abgeholt hatte, liefen sie zuerst durch den Wald hinter dem Hof und danach durch den Kalttobel, eine Schlucht, die am östlichsten Punkt eines Fichtenwalds begann und die Eis und Schnee in eine märchenhafte Wunderwelt verwandelt hatten. Ihre Tour führte sie über einen schmalen, verschneiten Pfad. Sie gingen vorsichtig, weil die Hänge zur Talseite steil und tief waren, auch über Brücken hinweg, die über zerklüftete Felsengründe führten. Hinter ihnen blieben Gesteinsüberhänge zurück, an denen riesige Eiszapfen hingen, die bizarre Vorhänge bildeten. Wasseramseln tauchten auf der Suche nach winzigen Fischen ins Wasser eines klaren Bachs, an dessen vereisten Rändern Strudellöcher zu sehen waren.

»Wie ein wunderbares Gemälde«, staunte Ludger, als sie oberhalb der Schlucht auf einem großen Felsen rasteten. »Danke, Almut.«

»Wofür?«

Er breitete die Arme aus. »Für das hier. Dass du diesen Weg und diese Schlucht ausgesucht hast, diesen magischen Ort mit seiner Einsamkeit, an dem wir gerade sitzen, als befänden wir uns am Ende der Welt, nur du und ich. Es ist unglaublich.«

Ihre Blicke fanden sich, nicht lange, doch lange genug. Almut zitterten die Knie. Sie öffnete den Rucksack, um etwas zu tun, etwas, das sie beruhigte, und holte die Thermoskanne und Tassen heraus. Sie tranken Tee, aßen belegte Brote und Plätzchen, die Almut am Abend zuvor gebacken hatte. Dann zog Ludger eine Flasche Marillenschnaps aus seinem Rucksack und füllte zwei Gläser. Seine Bewegungen waren geschmeidig, das mochte Almut genauso wie seinen Scharfsinn und seine Bildung. Ludger reichte ihr ein Glas, seine Augen glänzten und schauten sie durchdringend an, als könnte er all ihre Gedanken und Gefühle lesen. Er lächelte. Sie stießen an und tranken. Der Schnaps brannte in ihrer Kehle, sie musste husten. Es war ihr peinlich, und sie wurde rot, doch Ludger lachte und legte eine Hand auf ihren Rücken.

»Vierzig Umdrehungen«, sagte er. »Da darf man schon mal husten.«

Almut lachte mit.

Später, als sie über einen verschneiten Hügel in Richtung einer nahen Bergspitze stapften, zogen vom Westen erste Wolkenfetzen heran, die sich rasch zu bedrohlichen Türmen formten. Der Wind trieb sie über die Berge, er war kalt und schneidend. Almut blieb stehen und kniff die Augen zusammen. Ludger folgte ihrem Blick.

»Ein Unwetter?«, fragte er, nicht besorgt, eher aufmerksam.

»Es zieht zu uns rüber«, antwortete Almut. »Viel zu schnell.«

»Was schlägst du vor? Sollen wir umkehren?«

Sie überlegte. Und schüttelte den Kopf. »Dafür ist es schon zu spät.«

Sie drehte sich um und zeigte auf eine Schutzhütte, die an einem Hang unter einem felsigen Bergmassiv lag, vielleicht noch fünfhundert Meter entfernt. Der Weg dorthin führte über unwegsames Gelände, das im letzten Winter von einer Lawine heimgesucht worden war, die drei Wanderer beinahe das Leben gekostet hätte. Die Gruppe hatte das Gebiet schon fast hinter sich gebracht, als das Donnern der herabstürzenden Schneemassen die Stille durchbrach. Die Männer spürten, wie der Boden unter ihren Füßen vibrierte und der Schnee sich zu bewegen begann. Eilig ergriffen sie die Flucht, und mit knapper Not erreichten sie die Hütte im letzten Moment. Die Lawine schoss haarscharf an der Hütte vorbei. Später erzählten sie davon im Dorf.

Das war nur eine von vielen Geschichten, die sich hier oben abgespielt hatten. Und obwohl Almut nur selten hierherkam, war sie schon immer von dem Gedanken fasziniert, dass die Wände der Hütte von vielen Abenteuern, Begegnungen und schicksalhaften Entscheidungen erzählen könnten.

»Wir müssen uns beeilen«, forderte sie ernst.

Er legte die Stirn in Falten. »Wird es sehr schlimm?«

»Ich glaube schon.« Sie atmete tief aus. »Bist du jetzt sauer auf mich?«

»Was redest du da? Warum sollte ich sauer sein?«

»Weil ich uns hierher gebracht habe …«

»Unsinn! Mach dir keine Vorwürfe. Wir werden es schon zur Hütte schaffen, bevor der Sturm uns erwischt. Also, komm, lass uns gehen.«

Seine Worte beruhigten sie, am liebsten hätte sie ihn umarmt, aber das traute sie sich noch nicht.

Später behauptete ihre Mutter, Almut habe die Route und die Hütte absichtlich ausgesucht. Es sei schon am Vortag klar gewesen, dass ein Wetterumschwung bevorstehe, aber das habe ihr ja offensichtlich in die Karten gespielt. Almut kenne sich mit dem Wetter in den Bergen aus und wisse, welche Zeichen einen Umschwung ankündigten, der kreisrunde Halo um die Sonne, das Herannahen von Cirruswolken. Sie habe sich an diesem Tag nicht heimlich aus dem Haus stehlen und mit Ludger aufbrechen dürfen oder wenigstens rechtzeitig umkehren sollen, spätestens als die hohen Federwolken in immer größerer Zahl und mit zunehmender Geschwindigkeit den Weg der tieferen Haufenwolken kreuzten. Aber Almuts Plan sei wohl ein anderer gewesen. Deshalb sei sie einfach weitergegangen, immer weiter, zu weit.

Almut ertrug die Vorwürfe, ebenso wie die Verachtung, die in ihnen mitschwang, und das unausgesprochene Urteil. Wenn ihre Mutter sie verabscheute, weil Almut geliebt hatte, war der Abscheu es nicht wert, dass sie ihm Beachtung schenkte. Ohnehin hatte vieles in den Stunden mit Ludger – an diesem Tag und in der folgenden Nacht – an Gewicht verloren, vieles, was Almut zuvor als bedeutsam erachtet hatte.

Als sie am nächsten Morgen die Hütte verließen, war es, als führte sie jeder Schritt in ein neues Leben, das nichts mehr mit dem Gestern zu tun hatte. Der Duft von frischem Schnee lag in der Luft, die Stille der verschneiten Landschaft umhüllte sie wie ein weißer Mantel. Almut wusste, dass sie eine unverrückbare Grenze überschritten hatten, und als sie Ludger anschaute, wurde ihr bewusst, was das auch für ihn bedeutete.

Tag 3

Am Morgen erwachte Mila kurz nach halb fünf vom Klingeln ihres Reiseweckers. Trotz der Hitze hatte sie gut geschlafen. Erschöpft vom Tag hatte sie kaum noch über das Gespräch mit Almut nachgedacht, als sie im Bett lag. Und auch jetzt, zu dieser frühen Morgenstunde, war sie immer noch müde. Es kostete sie eine enorme Anstrengung, die Augen zu öffnen und mit der linken Hand über die Kommode zu tasten. Sie suchte den Schalter der Tischlampe, knipste das Licht an und schaltete den Wecker aus. Ruhe. Endlich.

Sie atmete ein paarmal tief durch und schlief fast wieder ein. Aber das wollte sie nicht. Sie schob die Decke beiseite und richtete sich auf. Ein warmer Luftzug strich über sie hinweg. Die Vorhänge vor dem Fenster bewegten sich leicht. In der Ferne riefen Eulen. Mila horchte auf. Junge Eulen, glaubte sie und lauschte dem melodiösen Rufen. Dann setzte sie sich auf die Bettkante, presste die Knie zusammen und streckte die Arme nach oben. Sie gähnte kräftig und versuchte, die Müdigkeit abzuschütteln, was ihr nur halbwegs gelang. Schließlich stand sie auf, schlich über den Flur ins Bad, putzte sich die Zähne und kämmte sich flüchtig die Haare. Wieder in ihrem Zimmer betrachtete sie das Tagebuch auf der Kommode, als sähe sie es zum ersten Mal. Damals, nach ihrer Rückkehr aus Tanger, hatte sie es noch manchmal benutzt, doch irgendwann hatte sie es in eine Schublade gelegt und vergessen. Erst nachdem ihre Mutter gestorben war, erinnerte sie sich wieder daran und begann, auf ihren Reisen gelegentlich ein paar Beobachtungen und Gedanken hineinzuschreiben.

Gestern hatte sie nichts eingetragen. Ohnehin schrieb sie nicht jeden Tag, nicht einmal jede Woche hinein. Und das aus gutem Grund. Sie hatte nach dem Tod ihrer Mutter nicht nur die Anrede in ihren Einträgen geändert, als könnte das ihren Schmerz lindern, sondern schrieb auch nur noch in Maßen, weil sie die Momente des Schreibens als etwas Wertvolles empfand, das sie bewahren wollte. Und jetzt war wieder ein solcher Moment, sie spürte es, auch wenn erst zwei Tage seit ihrem letzten Eintrag vergangen waren.

Mila nahm den Stift und das Buch und setzte sich auf die Bettkante. Sie musste nicht lange nach Sätzen suchen; sie kamen wie von selbst.

Liebe Mama,

ich bin schon ein paar Schritte weiter, doch eben nur ein paar. Ein wenig schlauer bin ich auch geworden, aber natürlich noch nicht schlau genug. Seltsamerweise habe ich den Eindruck, dass die Zeit für mich arbeitet, in manchen Situationen jedoch auch gegen mich.

Du hast mir beigebracht, dass Widersprüche nicht immer gegensätzlich sein müssen, weißt du noch? Als ich dich fragte, ob du Papa noch immer liebst, nach all den Jahren und trotz eurer Gegensätze. Ja und nein, hast du geantwortet. Wie das gehe? Manchmal seien Gefühle in der Lage, alles Logische außer Kraft zu setzen, hast du gesagt. Starke Gefühle können uns dann und wann sogar verstören, zumindest irritieren und uns lehren, dass wir nicht alles im Griff haben. Und manchmal widersetzen sie sich eben auch der landläufigen Ansicht, dasselbe könne unmöglich in ein und derselben Hinsicht zugleich sein und nicht sein.

Wie wunderbar du mir die Welt und die Dinge und Menschen in ihr erklären konntest! Und mit welcher Begeisterung!

Auch deshalb wüsste ich zu gerne, was du über das Mädchen sagen würdest, das ich kennengelernt habe. Ich glaube, Luise würde dir gefallen. Sie ist etwas jünger als ich, geht noch zur Schule, und nachmittags verkauft sie Eis. Und sie ist geradeheraus, das mag ich. Allerdings lässt sie sich auch schnell durcheinanderbringen, ja, ich habe das Gefühl, sie ist manchmal unsicher. Vielleicht täusche ich mich aber auch. Jedenfalls bin ich gespannt, was ich noch an ihr entdecke. Heute wollen wir zu einem Tümpel, irgendwo in einer Klamm. Dort soll es sehr schön sein.

Wenn ich über Luise erzähle, darf ich ihren Bruder nicht vergessen. Sein Name ist Johann, ein lieber Kerl. Er ist älter als Luise, was man ihm nicht sofort ansieht, weil er das Down Syndrom hat. Eigenartig, dass beeinträchtigte Menschen oft jünger aussehen als sie sind. Jedenfalls freue ich mich, dass ich die beiden getroffen habe. Und ich freue mich auf die Stunden in der Klamm, auf die Stunden mit Luise.

Jetzt ist es schon kurz nach fünf. Höchste Zeit, dass ich mich anziehe und runtergehe. Ich möchte Almut überraschen und ihr mit den Kühen helfen. Wie gestern.

Ich schreibe wieder.

Aber das weißt du ja.

Mila

Es war schon wieder viel zu warm, obwohl die Sonne gerade erst aufgegangen war. Ähnlich hatte auch der Sommer vor zwanzig Jahren begonnen, mit ein paar heißen Tagen, die sich endlos lange dahinzogen und zu Wochen addierten, Wochen, in denen die Trockenheit nicht weichen wollte, erinnerte sich Almut, während sie leise die Tür schloss. Es war das Jahr der großen Dürre gewesen, ein Jahr des Notstands für die ganze Gegend. Das Wasser war aus den umliegenden Gewässern abgepumpt und in die Dörfer transportiert worden, in großen Tankwagen, die Tag und Nacht durch die Täler fuhren. Almut erinnerte sich noch an das stete Brummen und Getöse, genauso wie an das

Fluchen der Bauern, in dem sich ihre Existenzängste widerspiegelten, und das, was sie hinter vorgehaltener Hand flüsterten, die unterschwelligen Vorwürfe, die Almut galten. Die Mauern ihrer Höfe hatten sich aufgeheizt, sogar der Efeu und der Wein an den Häusern waren verdorrt. Almut hoffte, dass sich Ähnliches in diesem Jahr nicht wiederholte, dass die Grundwasserspeicher nicht wieder versiegen würden, die Erde nicht abermals vertrocknete und die Ernte nicht noch einmal so schlechte Ergebnisse brachte. Sie wusste selbst, dass es für ihre Sorge noch früh war, aber die Sonne brannte intensiver als üblich, was für einen heißen Sommer sprach. Vielleicht aber lag es auch an der Nacht, an den Erinnerungen an Ludger und die Wanderung in jenem frühen Winter, auf den der trockene Sommer gefolgt war – eine Zeit, die für Almut so vieles verändert hatte.

Zwanzig Jahre war das jetzt her. Sie schüttelte erstaunt den Kopf und ging zur Weide. Zwanzig Jahre. Wie schnell die Zeit verging, wenn sich die Tage glichen.

Sie trat zum Gatter. Ein paar Meter weiter unten lehnte Mila am Zaun. Almut hielt kurz inne und lächelte in sich hinein. Damit hatte sie nicht gerechnet. Dass Mila bereits auf sie wartete. Die junge Frau kickte einen Stein beiseite und begrüßte sie munter.

»Schön«, sagte Almut und öffnete das Gatter. Mehr musste sie nicht sagen.

Es stimmte. Es war schön.

Almut stand vor dem Stall und beobachtete, wie Mila und Luise auf ihren Rädern in den Wald fuhren, in Wanderstiefeln, Sportshorts und mit den Tagesrucksäcken, die Luise mitgebracht hatte. Sicher hatte sie nicht nur Proviant, sondern auch die nötige Ausrüstung für den Weg durch die Klamm eingepackt. Almut schätzte sie, Luise war ein anständiges und verlässliches Mädchen, das sich liebevoll um seinen Bruder kümmerte. Es war hier geboren und aufgewachsen, wusste, worauf beim Klettern zu achten war und würde Mila daher ruhig und sicher über den Steig zur Gumpe führen. Es bestand also kein Grund zur Sorge.

Dennoch kamen Almut diese seltsamen Gedanken. Unnütze Gedanken. Nur weil ein winziger Teil von Milas Leben in ihre Nähe gerückt war, hatte sie weder das Recht noch die Pflicht, sich um Mila Sorgen zu machen. Im Grunde ging es sie überhaupt nichts an, was die junge Frau tat, wohin sie ging und mit wem. Sie war bloß ein zahlender Gast. Nicht mehr.

Wirklich? Nicht mehr?

Seit Milas Ankunft hatte Almut das unerklärliche Gefühl, dass etwas in ihre geordnete Welt eindrang, etwas, das alles verändern würde. Normalerweise hatte sie ihre Gefühle im Griff, aber dieses war anders – verwirrend und hartnäckig.

Nachdem Mila und Luise verschwunden waren, zupfte sie noch ein paar Sekunden gedankenverloren an ihrem Overall, bis sie ein lautes Motorengeräusch hörte. Ein großer Milchtransporter fuhr vor und stoppte in Höhe des Melkstands. Georg, der Sohn des Molkereibesitzers, schaltete den Motor ab und sprang aus der Kabine. Er war in Eile, wie immer, und schaute sich hektisch nach Almut um. Und weil Almut wusste, dass er einen eng getakteten Zeitplan hatte, wollte sie ihn nicht warten lassen. Sie ging zu ihm, sah, wie sich seine Gesichtszüge entspannten, als er sie bemerkte, und nickte ihm kurz zu, bevor sie gemeinsam zum Tank liefen.

»Am einfachsten ist es, wenn wir uns die Sicherheitsgurte schon jetzt umlegen. Zum Steig sind es nur ein paar

Minuten. Die Helme setzen wir später auf«, sagte Luise, nachdem sie die Fahrräder hinter ein dichtes Gebüsch gelegt hatten, in unmittelbarer Nähe zum Klammeingang, dort, wo zwischen Felswänden ein türkisfarbener Gebirgsbach entsprang, der ein Stück abwärts breiter wurde und über helle Kiesbänke strudelte.

»Sicherheitsgurte? Helme?«, fragte Mila erstaunt.

»Ja.« Luise öffnete ihren Rucksack und kramte einen Sitzgurt mit Beinschlaufen sowie Handschuhe mit abgeschnittenen Fingern heraus. »Ich hab dir die gleichen Sachen mitgebracht.«

»Wozu brauchen wir die?«

»Hatte ich das nicht gesagt?« Luise schien überrascht. »Zur Gumpe müssen wir über einen Klettersteig, danach einen ziemlich versteckten Weg entlang und durch eine Felsspalte hinunter zum Wasser. Keine Bange, der Steig ist nicht besonders schwierig und die Spalte nicht sehr lang.«

»Ist schon okay. Aber du hast wirklich nichts davon gesagt.«

»Ohne Witz?« Luise zuckte die Schultern. »Sorry, ich hoffe, du bist mir jetzt nicht böse. Aber vertrau mir, es ist gut, dass der Weg über den Klettersteig führt und der Pfad dahinter schwierig zu finden ist. Das bewahrt den Ort davor, zu einem Insta-Hotspot zu werden, so schön und magisch wie er ist.«

Mila gefiel nicht, was sie hörte. Als Luise gesagt hatte, sie bringe alles für den Ausflug mit, Mila müsse sich um nichts kümmern, hatte sie gedacht, Luise meine nur etwas zu essen und zu trinken, Badehandtücher und Sonnencreme. Aber von einer Kletterausrüstung war nicht die Rede gewesen. Hatte Luise etwa befürchtet, dass sie nicht mitkäme, wenn sie von dem Steig erfuhr? Und war die

Gumpe ein Ort, an dem sie ungestört sein konnten? Wollte Luise etwa nur deshalb dorthin?

»Ehrlich, der Fels, über den wir müssen, ist nicht sonderlich hoch. Wenn man weiß, wie es geht, ist das Klettern ziemlich harmlos. Ich zeig's dir. Es wird dir gefallen. Bist du schon mal geklettert?«, fragte Luise.

Mila schüttelte den Kopf. Seit sie aus einem Krankenhausfenster im achten Stock geblickt hatte, mied sie Höhen und Situationen, in denen ihr der Boden unter den Füßen zu entgleiten drohte. Sogar beim Kitesurfen hatte sie immer darauf geachtet, nicht von einer Böe erwischt zu werden und abzuheben. Sie hatte ein mulmiges Gefühl. Natürlich. Sie zauderte, überlegte und wägte ab. Sie war hierhergekommen, um mehr über sich selbst zu erfahren, und vielleicht gehörte auch das dazu: die Überwindung einer tiefen Angst, auch wenn es nicht leicht war.

Sie entschied sich und legte den Gurt an, so, wie Luise es ihr zeigte, die noch einmal kontrollierte, ob Mila alle Schlaufen zugezogen hatte, bevor sie ihre Rucksäcke wieder aufnahmen. Dann gingen sie los, über einen holprigen Pfad, der zwischen Wildbach und Felswand führte, zunehmend schmaler und steiler wurde, bis sie nach einer Weile vor dem Klettersteig standen, einem Netz aus horizontal und vertikal verlaufenden Drahtseilen, Eisentritten und Leitern in einer breiten Felsspalte.

»Da müssen wir rauf«, meinte Luise, legte den Kopf in den Nacken und deutete nach oben.

Mila schaute die Felswand hinauf. Sie sagte kein Wort, taxierte das Gestein und die eisernen Vorrichtungen und versuchte, sich nicht anmerken zu lassen, dass sie nervös war.

Sie holten die Helme aus den Rucksäcken und setzten sie auf.

»Es gibt nur zwei Dinge, die du dir merken musst«, sagte Luise, während sie Milas Ausrüstung noch einmal prüfte. »Erstens: Immer den Fuß belasten, der auf dem Tritt steht. So kannst du mit dem anderen Bein hochklettern. Und zweitens: Achte darauf, dass du immer mit zwei Karabinern gesichert bist, klar? Das ist das Wichtigste beim Klettern.« Sie lächelte Mila zu. »Glaub mir, das kriegst du locker hin.«

Mila nickte. »Okay, mach's mir vor.«

»Klar.« Luise hakte sich im ersten Abschnitt in das Drahtseil ein, setzte einen Fuß auf den untersten Eisenbügel und zog sich an einem höherliegenden nach oben. »Schau nicht nach unten, konzentrier dich nur auf das Einhaken, auf deine Griffe und wie du deine Füße aufs Eisen setzt. Dann ist es easy«, rief sie und bewegte sich flink nach oben, mehr als das, sie war stark, biegsam, leicht, alles in einem. Mila staunte. Diese Luise war eine andere als jene, die Mila von ihren ersten beiden Begegnungen kannte. Diese Luise war ganz in ihrem Element. Sie strahlte Sicherheit aus, erweckte Vertrauen und kletterte auf eine Weise, dass Mila ihre Bewegungen sehen und nachvollziehen konnte. Es war faszinierend, wie ihr Körper am Fels eine starke, athletische Form annahm und dabei jeden Tritt und Griff mit Routine und Kraft ausführte. Es sah wirklich nicht schwer aus. Im Gegenteil. Mila schöpfte Mut. Luise blieb auf einem Eisentritt in der Mitte der Wand stehen und beobachtete sie, ohne sie zu drängen oder aufzufordern, sondern abwartend und ruhig. Mila hakte die beiden Karabiner in das untere Ende des Drahtseils ein, setzte den rechten Fuß auf den ersten Eisentritt, dann den linken Fuß auf den zweiten und bewegte sich nach oben. Bei all dem blieb sie aufmerksam. Sie hakte einen Karabiner aus und in den zweiten Abschnitt wieder ein, dann nahm sie den anderen Karabiner und tat dasselbe noch mal. Nach einer Weile wurde sie etwas sicherer, und Luise kletterte höher, stoppte, sah zu Mila zurück und kletterte wieder weiter. Mila konzentrierte sich auf jeden Griff, jeden Schritt und fand allmählich einen Rhythmus, der er es ihr schon bald möglich machte, die Felswand nicht als ihren Gegner zu betrachten, sondern als Herausforderung, die es zu meistern galt. Ihr Wille trieb sie immer weiter nach oben. Ihre Hände und Füße spürten den Halt der Eisenklammern, die Furcht wich schrittweise einem Gefühl der Freiheit, das ihr genauso half, den Felsen zu erklimmen wie die Erkenntnis, dass sie ohnehin nicht allzu tief stürzen würde, wenn sie immer gesichert war.

»Du hast es raus, Mila, du hast es raus«, rief Luise zwischendurch begeistert. »Wahnsinn, wie schnell du schon bist!«

Mila freute sich. Ich hab's raus, ja, und es fühlt sich gut an. Verdammt gut.

Der Aufstieg dauerte ungefähr fünfzehn Minuten, dann waren sie auf einer Kuppe angelangt und legten die Gurte ab. Sie machten eine Pause, sahen sich an und lächelten, froh darüber, dass Mila den Steig so gut bewältigt hatte. Luise führte sie durch ein Dickicht aus rankendem Gestrüpp und Bäumen. Der Pfad war kaum erkennbar, verschlungen und fast vollständig von der Vegetation verdeckt. Äste und Zweige knackten unter ihren Füßen, der Himmel spannte sich dicht über ihnen. Nach einiger Zeit erreichten sie eine Felsspalte, deren Öffnung von dichtem Gebüsch verborgen in einem grasigen, felsdurchsetzten Steilhang lag. Der Durchlass war schmal und niedrig, und sie mussten sich kleinmachen, um auf die andere Seite des Felsens zu gelangen, wo sie auf einem breiten Felsplateau stehenblieben und nach unten schauten, die Helme in den Händen.

Luise hatte nicht zu viel versprochen. Dreißig Meter unter ihnen befand sich ein malerischer Platz mit einem breiten Wasserfall, der zwischen zwei Felsen in ein Becken stürzte, das von einem Wall aus wildwucherndem Gestrüpp und schroffen Felswänden auf der einen sowie einer steilen Böschung auf ihrer Seite umgeben war. Am Ufer wuchsen in kleinen Gruppen Sträucher und Bäume, an einer Stelle schimmerte ein kleiner Sandfleck im Licht der Sonne, während das Wasser in einem hellen Grün leuchtete und eine Erfrischung versprach, nach der sich Mila noch mehr sehnte als gestern am See. Unterhalb der Böschung lagen zwei bemooste Baumstämme am Ufer, gegenüber ragten mehrere krumme Zirben gen Himmel.

Luise lächelte. »Der Aufstieg hat sich gelohnt, gib's zu.«

»Ein Gebirgspool, nur für uns«, sagte Mila. »Und wie sich das gelohnt hat!«

»Willst du ein Foto machen?«

»Ich hab mein Handy nicht dabei, weil ich es zurzeit gar nicht nutze.« Mila blickte fragend. »Hm, ich dachte, ich hätte dir das erzählt.«

»Hast du auch, gestern.« Luise zuckte die Achseln. »Hab es nur nicht geglaubt.«

Mila lachte. Sie mochte Luises Offenheit. »Du dachtest, ich lüge dich an?«

»Vielleicht, ja.« Luise klang ein bisschen verlegen. »Aber ehrlich, ist es nicht komisch, ganz ohne Handy und Internet?«

»Total! Ist ziemlich ungewohnt. Aber es hat auch was. Einfach nicht erreichbar zu sein. Nicht ständig von Nachrichten oder Posts abgelenkt zu werden. Klingt vielleicht verrückt, aber irgendwie fühlt sich das Leben so viel echter an, irgendwie … greifbarer.«

»Und deine Eltern? Machen die sich keine Sorgen, wenn sie nichts von dir hören? Oder dein Freund?«

»Zerbrich dir darüber mal nicht den Kopf«, sagte Mila. »Alles ist, wie es sein soll.«

Luise schaute zweifelnd. Sie öffnete den Mund und schloss ihn wieder. Dann nickte sie, als wäre sie mit der Antwort zufrieden. Mila spürte, dass Luise noch Fragen hatte, die sie jedoch nicht stellte. Ihre Finger glitten über Luises Handgelenk, und nach einem kurzen Moment schlossen sie sich um ihre Hand. Luise ließ es geschehen. Sie standen eng beieinander, eng genug, dass Mila sie riechen konnte, einen frischen Duft, als hätte Luise stundenlang auf einer Wiese gelegen, inmitten von Gräsern und Blumen. Es war ein leichter, schwebender Geruch. Mila mochte ihn.

»Willst du, dass ich deine Hand loslasse?«, fragte sie.

Luise schüttelte den Kopf.

»Gut«, sagte Mila, froh über Luises Reaktion.

Sie liefen die Böschung hinunter. Erst an der Gumpe ließen sie einander wieder los, legten die Rucksäcke neben einen der umgestürzten Baumstämme und zogen sich aus. Mila bemerkte die nervöse Energie in Luises Bewegungen, wie sie sich umsah, ob vielleicht doch irgendwer in der Nähe war, und wie hell ihre Haut leuchtete.

Aber sie waren allein.

Mila lief als erste los, tauchte kopfüber ins Wasser, das sie mit einer erregenden Kälte empfing. Sie liebte es, nackt zu schwimmen. Luise folgte ihr jauchzend. Sie tauchten und kraulten, genossen die Kühle, die Zweisamkeit im Becken, und waren von den vielen Steinen fasziniert, die auf dem Grund leuchteten wie kleine Lichter. Irgendwann schwammen sie vorsichtig in Richtung Wasserfall, wobei sie darauf achteten, nicht in die Walze zu geraten, einen gefährlichen

Strudel, der durch die starke Strömung vor dem Wasserfall gebildet wurde. Am Rand des Beckens, wo das Wasser nur hüfttief war, tasteten sie sich schließlich dicht am Fels entlang, blieben unter dem Überhang stehen und lauschten dort dem dröhnenden Wasser über ihren Köpfen.

»Irgendwo über uns hat der Gebirgsbach seinen Ursprung«, rief Luise in das Tosen hinein.

»Verrückt!«, schrie Mila und schaute die felsige Wand hinauf.

»Stell dir nur seinen irren Weg vor, wie er sich im Becken sammelt, über einen Wasserfall in das nächste fällt und zwischen den Felsen durch die Klamm fließt«, sagte Luise voller Begeisterung und mit eifrigen Gesten. »Im Tal wird er dann zu einem Fluss, schlängelt sich durch das halbe Land und trägt Kähne und Ausflugsschiffe. Ist das nicht großartig?«

Mila schloss die Augen und stellte sich den Flusslauf vor, ließ ihre Gedanken mit dem Fluss treiben, dachte, hier oben wird er geboren, hier ist er unberührt, ein wilder, unaufhaltsamer Bach. Aber das Wichtigste, er muss nicht nach seiner Herkunft suchen, er weiß, wo er herkommt und kennt seine erste Gestalt, er erinnert sich solange an sie, bis er in ein größeres Gewässer mündet, in dem er sich allmählich verliert. Die erste Gestalt. Der Gedanke war aufregend. Alles hat eine erste Gestalt, eine unschuldige und unverdorbene Form.

Sie öffnete die Augen wieder. Luise stand ruhig neben ihr und blickte in den Wassersturz, abwesend, ihre Lippen fest aufeinandergepresst. Wie schön sie war! Und wie reizvoll mit diesen klaren, markanten Gesichtszügen und ihrer Nacktheit, die Mila hypnotisierte. Zärtlich legte sie eine Hand zwischen Luises Schulterblätter und strich mit den Fingern über ihre Haut, die kühl war vom Wasser.

Mila war besonnen und wartete geduldig, bis Luise sich ihr zuwandte, mit einer Bewegung, die anmutig war, leicht, wie der Flügelschlag eines Vogels. Haarsträhnen klebten an ihren geröteten Wangen, sie zitterte ein bisschen. Mila sah es, legte beide Hände um Luises Kopf und zog sie zu sich. Dann zeichnete sie mit den Daumen ihre Brauen nach und tastete über ihre Sommersprossen, Punkt für Punkt, bevor sie Luise sanft auf die Lippen küsste.

Sie lagen auf einer Decke hinter dem Baumstamm, die nackten Beine ineinander verschlungen. Der Himmel über ihnen war wolkenlos, die Luft glühte, und der heiße Wind streichelte über ihre Haut.

»Hast du schon öfter … ich meine … du hast doch schon mal… ich meine, bist du …«, stammelte Luise. Ihre Stimme war matt.

»Ob ich auf Frauen stehe, willst du wissen?« Mila lächelte, halb amüsiert, halb ernst. Sie hatte die Frage erwartet. Sie fühlte sich auf einmal fürsorglich und auf eine gewisse Art gerührt. »Mir ist völlig egal, welches Geschlecht jemand hat, wenn ich die Person mag. Es geht nicht darum, was, sondern wer und wie jemand ist. Verstehst du, was ich meine?«

Luise nickte.

»Außerdem halte ich es für wichtig, dass ich immer nur tue, was sich für mich richtig anfühlt.«

«Hat es sich eben für dich richtig angefühlt …?«

»Und wie!« Mila lachte. »Hast du das nicht gespürt?«

»Vielleicht … ja, ich denke schon …«

»Und was ist mit dir?«

»Mit mir?«

»Hast du das noch nie gemacht? Ich meine, mit einem Mädchen, einer Frau …«

»Nein.« Luise zögerte. »Es ist … neu für mich. Ich hatte schon etwas mit einem Jungen, klar, aber das hier fühlt sich … anders an.«

»Es irritiert dich?«

»Ein bisschen schon …«

»Es ist normal, dass du so fühlst.«

Luise war jetzt sehr ernsthaft. »Trotzdem hat es sich gut angefühlt. Und richtig. Wird es mich verändern?«

»Wenn du möchtest, macht es dich reicher«, antwortete Mila, es klang nicht altklug, sie sagte es anders, rasch und mit einem Verständnis, das Mut machte.

Luise überlegte. Sie schien nicht zu wissen, was sie sagen sollte und biss sich auf die Lippen.

»Hey, jetzt zieh nicht so ein ernstes Gesicht. Sonst mach ich mir noch Vorwürfe«, meinte Mila und strich ihr über die Wangen, den Mund, das Kinn, die Berührung war wie ein langer Kuss, nur mit den Fingerspitzen.

»Ich denke darüber nach, was die im Dorf sagen würden, wenn sie …«, sagte Luise und verschluckte das Satzende.

»Ist nicht dein Ernst!«

»Doch.«

Mila schaute sie ungläubig an. »Ihr lebt doch hier nicht hinterm Mond. Muss ich dich an das erinnern, was du gestern gesagt hast? Dass in eurem Dorf geschwiegen werden kann und so. Ich bin dir aufs Füßchen getreten, und du hast dich gewehrt und dein Dorf verteidigt. Oder hast du mir nur etwas vorgemacht? Oder dir selbst?«

»Ich weiß, was ich gesagt hab …«

»Mensch, Luise, es kann dir doch völlig egal sein, wenn sie sich das Maul über uns zerreißen.«

»Im Grunde hast du recht. In der Stadt ist das wahrscheinlich einfacher, weil man dort anonymer ist. Versteh mich nicht falsch. Ich denke drüber nach, weil ich meine

Heimat echt mag – die Leute, ihre Art zu leben und so, und auch die Seen, Wälder und Berge. Ich liebe das alles und fühle mich hier zu Hause. Ich gehöre hierher …«

Irgendetwas an der Art, wie Luise das sagte, berührte Mila. Sie verstand, was Luise meinte, und flüsterte: »Wie die Flussquelle.«

»Wie die Flussquelle«, bestätigte Luise und schaute zum Wasserfall.

»Und deshalb würde es dich nerven, wenn die Leute über uns reden? Auch wenn wir gegen kein Gesetz und keine Regel verstoßen haben?«

»Vielleicht, ja. Vielleicht aber auch nicht. Ich bin mir nicht sicher. Ich sagte ja, ich denke drüber nach.«

Mila seufzte. »Es gibt doch immer Geschwätz. Überall. Und immer hört das irgendwann auf. Also sollte es dir echt egal sein.«

»Das klingt einfacher als es ist. Frag mal meinen Bruder. Er weiß das. Nicht nur, weil er beeinträchtigt ist. Seine Geschichte gehört leider nicht zu denen, über die im Dorf geschwiegen wird«, erwiderte Luise. »Vielleicht, weil sie noch nicht lange genug zurückliegt, oder weil er anders ist und sich manche vor ihm fürchten.«

»Vor Johann? Wie kann man sich vor ihm fürchten?« Mila setzte sich auf und sah sie fragend an.

Luise richtete sich ebenfalls auf und erwiderte ihren Blick. Ihre Stimme veränderte sich leicht, wurde etwas dunkler, rauer. »Na ja, manche sagen, dass er unheimlich ist, weil er Dinge sehen würde, die andere nicht sehen könnten, manchmal auch Ereignisse, die in der Zukunft lägen. Ich weiß, dass Johann nicht hinhört, wenn sie über ihn reden, und trotzdem hört er sie.«

»Was meinst du damit? Was sieht er?« Mila erinnerte sich an das, was Johann bei ihrer Begegnung am See gesagt hatte. Dass er daran geglaubt habe. Immer und Immer. Es war ihr merkwürdig erschienen. Schließlich hatte sie es auf ein besonderes Wahrnehmungsvermögen geschoben, das er durch das Down Syndrom womöglich hatte.

»Es kommt vor, dass er einen anstarrt, regelrecht fixiert und plötzlich behauptet, man sei traurig oder verärgert oder fröhlich, je nachdem. Und das in Situationen, in denen man sich eigentlich verstellt, weil man nicht zeigen will, wie es einem geht, wofür es in dem Moment auch gute Gründe gibt. Fast immer stimmt es, was er sagt, und dann ist es, als habe er tief in einen hineingesehen.«

»Aber das ist noch nicht alles, oder?«, bohrte Mila nach.

Luise schüttelte den Kopf. »Natürlich nicht. Es gab da mal einen Vorfall. Ist schon einige Jahre her. Über den wurde lange Zeit gesprochen. Manchmal sogar heute noch.«

»Willst du es mir erzählen?«

Luise schaute auf das Wasser und nickte fast unmerklich. Sie winkelte die Beine an und grub ihre Zehen in den Kies. »In der Werkstatt, in der Johann arbeitet, hatte er eine Freundin. Sarah. Sie war geistig ein bisschen zurückgeblieben und querschnittsgelähmt. Sie waren kein Paar oder so, aber er hatte sie sehr gern.«

Mila zuckte mit den Mundwinkeln. Das war Antwort genug.

»Ich weiß nicht einmal genau, welche Krankheit Sarah hatte. Irgendetwas war an ihrem zentralen Nervensystem kaputt. Von Zeit zu Zeit hatte sie auch epileptische Anfälle. Ist schon ein ziemlicher Mist, wenn man so etwas hat. Jedenfalls wurden sie nachmittags von einem Bus aus der Werkstatt abgeholt, der sie jeden Tag um dieselbe Uhrzeit nach Hause fuhr. Johann saß immer neben ihr. Auch an jenem Dienstag. Aber kaum waren sie losgefahren, klammerte sich Johann an Sarah und fing wie aus heiterem

Himmel bitterlich an zu weinen. Er wurde mit jeder Sekunde hysterischer, so haben es die anderen später erzählt, so hysterisch, dass sich Sarah von ihm befreien wollte. Allerdings ließ er nicht ab von ihr und schrie, er wolle sie nicht loslassen, nie und nimmer, diese Fahrt solle nicht enden, sie dürfe nicht enden, sie solle irgendwohin führen, aber Sarah dürfe auf keinen Fall nach Hause fahren. Der Busfahrer reagierte und stoppte den Bus. Doch er konnte Johann nicht beruhigen und rief meinen Vater an, der ihn abholen musste.«

»Und, was ist danach passiert?«

Luise legte die Wange an Milas Schulter und erzählte mit geschlossenen Augen weiter. »Noch am selben Abend hatte Sarah einen Anfall. Sie stürzte aus ihrem Rollstuhl und schlug mit dem Kopf auf den Boden. Es war ein schrecklicher Unfall. Sie hatte eine Hirnblutung und starb nur ein paar Stunden später in der Klinik. Johann hat sehr darunter gelitten. Tagelang saß er apathisch auf seinem Bett, sprach und aß kaum. Es dauerte, bis er in seinen Alltag zurückfand. Eine furchtbare Zeit war das. Das Dorf war regelrecht in Aufruhr. Man redete hinter vorgehaltener Hand über das Unglück und das, was zuvor im Bus geschehen war. Und man suchte nach Erklärungen, wo es doch überhaupt keine gab.«

»Was für eine traurige Geschichte. Schon klar, dass darüber geredet wurde«, flüsterte Mila und stellte sich vor, wie die Leute im Dorf über Johann getuschelt hatten und noch immer tuschelten, was sie über ihn verbreiteten und womit sie ihm wehtaten. *Schaut mal, da kommt er, der Junge mit dem zweiten Gesicht. Der behinderte Seher. Wenn der sich an dich klammert, bist du Stunden später tot. Lasst uns besser einen Bogen um ihn machen, einen großen Bogen, damit er uns nicht anglotzt oder sogar berührt …*

»Das Geschwätz hat nachgelassen, aber es ist nie ganz verstummt.«

»Armer Johann.«

»Du darfst ihn nicht bedauern«, sagte Luise mit Nachdruck, fast beschwörend. »Er mag es nicht, wenn man ihn bemitleidet. Und sprich mit ihm nie über Sarah. Niemals. Bitte.«

»Ich halte mich dran, versprochen«, erwiderte Mila und dachte nicht nur an Johann, sondern auch an Hildegard und Almut. Sie überlegte, wie hoch wohl der Preis war, hier geboren und aufgewachsen zu sein, weil es offenbar nicht nur die Berge waren, die das Leben bereicherten und einengten. Ebenso fragte sie sich, ob sie die Gegend verlassen würde, wenn sie hier aufgewachsen wäre. Wahrscheinlich, ja. Wirklich wissen konnte sie es jedoch nicht. Aber egal, ob hier oder in der Stadt, irgendwann stellte sich für jeden die Frage nach dem Bleiben oder Gehen, ganz gleich, wo er herkam und lebte. Es gab immer jene, die blieben und jene, die gingen, und derjenige, der blieb, hatte das Gefühl, da draußen etwas zu verpassen, und derjenige, der ging, das Gefühl, etwas verloren zu haben. Oder war es anders? War derjenige, der blieb, einfach nur zufrieden, und derjenige, der ging, frei?

Mila spürte Luises Hand auf ihrem Bein.

»Ist alles in Ordnung?«, fragte Luise.

«Mir geht es gut.« Mila lächelte. »Und ich bin dankbar, hier zu sein, mit dir.«

Sie erzählte ihr nicht, dass sie gerade in sich hineinhorchte, um herauszufinden, ob sie sich zufrieden oder eher frei fühlte.

Es war schon spät am Nachmittag, als sie zurückkamen. Die Gerüche der Felder, Bäume und Ställe hingen schwer in der Luft. Der Hof lag friedlich da, fast wie verlassen. Almut hatte die Fensterläden zugeklappt. Die Pflastersteine vor dem Haus waren sauber, frisch gefegt und mit einem Wasserschlauch abgespritzt. Nur auf dem rissigen Lehmboden unter der Kastanie lagen ein paar herabgefallene Zweige und trockene Blätter.

Nachdem sie sich von Luise verabschiedet und das Rad neben dem Stall abgestellt hatte, ging Mila über den Hof. Die Haustür war abgeschlossen. Almut war unterwegs. Mila schloss auf und ging ins Haus. Sie lief durch den Flur und die Treppe nach oben. Ihr Kopf brummte, und ein wenig schwindlig war ihr auch. Sie hatte es schon gespürt, als sie auf dem Rückweg waren. Sie hatte einfach zu lange in der Sonne gelegen. Aber nicht nur die Hitze hatte sie erschöpft, auch der Auf- und Abstieg, das Schwimmen und Herumliegen, die tiefen Gespräche und die Intimität, die sie mit Luise geteilt hatte. All das hallte noch in ihr wider, während sie sich in ihrem Zimmer auszog, über den Flur ins Badezimmer lief und ausgiebig duschte. Als sie fertig war, stopfte sie die schmutzigen Klamotten des Tages in den mittlerweile überquellenden Wäschesack. Höchste Zeit, dass sie sich darum kümmerte. Sie ging mit dem Sack nach unten, fand die Tür zum Keller und dort auch den Waschraum. Sie sortierte die Kleidung und stellte die erste Maschine an. Als sie sich wieder aufrichtete, fuhr ein stechender Schmerz durch ihren Kopf. Sie blieb benommen stehen, atmete tief durch und presste die Fingerspitzen gegen ihre Schläfen, massierte sie und hoffte, dass der dumpfe Druck hinter ihnen abnahm. Stattdessen schwoll er an, rasch und unerbittlich. Mila fluchte leise. Eine Schmerztablette würde helfen. Sie wollte nicht warten, bis es sich anfühlte, als steckte ihr Kopf in einem Schraubstock. Und da sie Almut nicht fragen konnte, musste sie wohl selbst nach dem Medikamentenschrank suchen. Sie verließ den Keller und kam an der Küche vorbei. Um eine aufgeschnittene Honigmelone auf einem Teller kreisten ein paar Fruchtfliegen. Das Bild unterschied sich von der Ordnung, die im ganzen Haus herrschte, es war wie eine kleine Nachlässigkeit, die sich Almut erlaubt hatte. Mila lächelte, aber nur kurz. Denn im nächsten Augenblick schrie der Schmerz in ihrem Kopf wieder auf, lauter als zuvor, wie ein Stich, tief drin in ihrem Schädel. Sie stieg in den ersten Stock und ging in Almuts Bad, das größer war als ihres, genauso sauber, aber auch ebenso antiquiert. Sie fühlte sich unwohl, weil sie sich vorkam, als würde sie herumschnüffeln, auch wenn sie nur nach einer Schmerztablette suchte. Im Spiegelschrank standen nebeneinander aufgereiht ein heller Becher mit Zahnbürste, ein dunkler Becher mit einer Zahnpastatube und daneben eine Packung Zahnseide. Sonst nichts. Mila stöhnte enttäuscht auf, öffnete das weiße Schränkchen unter dem Waschbecken und musterte die fast geometrische Ordnung darin. Nur die üblichen Kosmetikartikel und ein kleiner Fön. Keine Arzneien. Aber irgendwo musste Almut ja Medikamente aufbewahren. Vielleicht in ihrem Schlafzimmer.

Sie ging den Flur entlang zu Almuts Schlafzimmer, spürte die Kühle des gusseisernen Türgriffs und drückte ihn vorsichtig nach unten. Die Tür öffnete sich. Sie traute sich kaum zu atmen, während sie auf Zehenspitzen eintrat und in einen hohen, weiten Raum blickte, den sie mit den Augen abtastete und dessen sparsame Einrichtung sie nicht überraschte. Ein breites Bett aus dunkler Eiche mit einem akkurat gefalteten Leinentuch darauf. Daneben ein massiver Kleiderschrank aus demselben Holz und in demselben Farbton, und über dem Bett ein Wandtuch aus glänzendem Chintz. Neben dem Fenster führte eine Wendeltreppe nach oben unters Dach.

In diesem Zimmer gab es nur eine Möglichkeit, um Medikamente aufzubewahren. Mila öffnete den Kleiderschrank. Jetzt fühlte sich endgültig wie eine Schnüfflerin. Egal. Sie war in Not. Doch wieder blieb ihre Hoffnung unerfüllt. Im Schrank fand sie nur Kleidung und Handtücher. Und der Druck hinter ihrer Stirn nahm noch zu. Aber statt den Raum wieder zu verlassen und woanders zu suchen, vielleicht unten in der Küche oder im Vorratsraum, schaute sie zur Treppe. Da oben war sicher der Dachboden. Und was noch? Sie legte den Kopf schräg, lauschte in die Stille hinein und überlegte angestrengt. Sollte sie sich trauen? Vielleicht fand sie dort, was sie suchte. Sie bezweifelte es zwar, denn wer bewahrte schon Medikamente in der Dachkammer auf? Dennoch, einen Versuch war es zumindest wert. Also wagte sie es, ging durch das Zimmer und trat auf die unterste Stufe, erschrak über das Knarzen, blieb stehen und setzte den anderen Fuß erst nach ein paar Sekunden auf die zweite Stufe. Sie stieg hoch. Ihr Herz klopfte heftig. Natürlich wäre es unangenehm, ja, geradezu fatal, wenn Almut jetzt nach Hause kommen und sie beim Herumstöbern erwischen würde. Sie könnte es zwar erklären. Trotzdem, die Gefahr bestand, dass es etwas kaputtmachen und das Vertrauen zerstören würde, welches sie gerade erst im Begriff war, aufzubauen. Möglicherweise schmiss Almut sie sogar raus. Das durfte nicht passieren. Vielleicht wäre es besser, kehrtzumachen, sich aufs Rad zu setzen und eine Apotheke im Dorf oder im Nachbarort zu suchen. Irgendwo in der Nähe würde sie schon eine finden. Zur Not könnte sie eine Ausnahme machen, ihr Handy einschalten und sich dorthin navigieren lassen. Das wäre wohl die beste Lösung.

Vielleicht aber auch nicht. Sie sollte wenigstens kurz nachsehen. Wirklich nur kurz. Denn das Dröhnen hinter ihren Schläfen wurde noch intensiver, von Minute zu Minute quälender, es dehnte sich allmählich zu einem beharrlichen Getöse aus, das schon bald alles andere in ihrem Kopf übertönen würde, jeden Gedanken, alle Vernunft.

Sie gelangte zu einer offenen Tür und blieb abrupt stehen. Durch die Gaubenfenster strömte helles Licht in eine geräumige Dachkammer. Mila neigte den Kopf zur Seite und hielt erstaunt inne. Dann trat sie unsicher in die Kammer und schritt auf die Zeichnungen zu, die in einem Dreiviertelkreis auf mehreren Staffeleien lehnten, jede einzelne in Schwarz und Weiß, wie die Bilder unten im Flur. In der Mitte des Kreises stand ein einfacher Stuhl, unter der Dachschräge befand sich eine großzügige Arbeitsfläche mit verschiedenen Malutensilien, die kreuz und quer lagen, unordentlich, was seltsam anmutete, weil dieses Durcheinander noch weniger zu Almut passte als das vergessene Stück Honigmelone in der Küche. Kohle- und Bleistifte in unordentlichen Häufchen, daneben verschiedene Radiergummis – einige abgerundet, andere stark abgenutzt – und Papierwischer sowie Fixiersprays, deren Dosen einen herben Geruch von Chemie verströmten.

Mila staunte. Sie befand sich in einem Atelier. In Almuts Atelier. Almut war eine Künstlerin. Wie großartig war das denn! Mila trat näher an die Staffeleien heran, bis sie unter einem Deckenventilator in der Mitte des Ateliers stand und für einen Augenblick vergaß, wonach sie suchte und dass sie hier oben nichts verloren hatte. Sie schritt die Bilder ab. Langsam. Mit wackligen Beinen. Betrachtete die Menschen darauf, Menschen ohne Gesichter, auch das hatten die Zeichnungen mit jenen im Flur gemein, das Unfertige,

Eigentümliche, ja, das Sonderbare, das einerseits schön und andererseits irritierend war. Die Landschaften balancierten zwischen Enge und Weite, während die Motive auf eine subtile Weise miteinander verwandt schienen. Mila konnte sich die Details jedoch nicht einprägen, sie verloren sich im Schmerz hinter ihren Augen. Sie wischte sich kalten Schweiß von der Stirn, ging wieder zurück zum ersten Bild und versuchte, sich zu konzentrieren. Eine Frau und ein kleines Mädchen vor einem von Wein umranktem Haus, ein Mann mit einem Hut auf dem Kopf, der davonlief, fluchtartig, entschlossen und mit einem Koffer in der Hand. Von oben rechts fiel das Licht schräg in den Bildraum, angedeutet durch diffuse Radierungen und feine Linien, die Schlagschatten erzeugten und der Zeichnung eine gewisse Unruhe verliehen. Der restliche Teil des Bildes war unscharf, lag im Zwielicht, als wäre da noch mehr, etwas, das Almut nicht darstellen und im Verborgenen halten wollte. Mila ahnte, wer die Menschen auf der Zeichnung waren. Als sie weiterging und sich die nächsten Bilder ansah, wurde ihr schummrig vor Augen. Auch ihr Nacken fühlte sich inzwischen steif an. Was um Himmels willen war nur mit ihr los? Irgendwo schlug eine Tür zu, weit entfernt, während ihr Blick von einem Bild gefesselt wurde, das eine Frau zeigte, die durch tiefen Schnee auf eine Hütte zulief. Aus ihrem Rucksack lugten Holzscheite heraus, in den Händen trug sie Decken. Mila hatte keine Ahnung warum, aber sie streckte den linken Arm aus, als wollte sie das Bild mit den Fingerspitzen berühren. Es erschien ihr fast wie ein metaphysischer Gegenstand, und am liebsten hätte sie die Konturen der Frau und die Umrisse der Hütte nachgezeichnet, aber sie hatte Angst, das Bild zu verwischen. Also zog sie die Hand wieder zurück und spürte im gleichen Augenblick, wie sich der Raum und die

Zeichnungen um sie herum zu drehen begannen. Sie hörte Schritte, jemand kam die Treppe hoch. Almut. Wer sonst? Übelkeit stieg in ihr hoch. Sie blickte sich verzweifelt um, taumelte rückwärts, wandte sich ab, stolperte zur offenen Tür und sah in dem Moment in Almuts Gesicht, als sie versuchte zu verhindern, was sie nicht mehr verhindern konnte.

Sie krümmte sich. Spürte, wie erste Zuckungen ihren Körper durchliefen. Und übergab sich vor Almuts Füßen auf den Boden.

Nachdem sie Mila geholfen hatte, ins Bett zu kommen, eine Karaffe mit Wasser und feuchtkalte Tücher geholt hatte, die sie ihr auf die Stirn und unter den Nacken legte, blieb Almut noch ein paar Minuten bei ihr. Mila flüsterte Entschuldigungen, wie leid es ihr täte, wie schlecht sie sich nun fühle, ja, wie sehr sie sich schäme, für das Suchen und Erbrechen, für das, was sie entdeckt hatte, ohne es gewollt zu haben, bevor sie still wurde und vor Erschöpfung einschlief.

Erst danach stieg Almut wieder ins Atelier hinauf. In einer Hand hielt sie alte Handtücher und Putzmittel, in der anderen einen Eimer mit Wasser. Sie schaltete den Ventilator ein, kniete sich hin und wischte das Erbrochene mit den Handtüchern auf, bevor sie den Boden mit einem Lappen schrubbte, so lange, bis nichts mehr von Milas Malheur zu sehen war und sich der strenge Geruch allmählich zu verflüchtigen begann. Dann erhob sie sich, stellte den Ventilator wieder ab und riss die Fenster auf. Von draußen drang eine klebrige Wärme herein. Sie hätte viel gegeben für ein bisschen frische Luft. Trotz der Windstille schwebte über den Feldern ein gelber Staub, der das Licht trübte. Das Grün der Wiesen und Bäume wirkte nicht so saftig wie sonst, es war fahl, selbst der Bach hatte seinen Glanz verloren, die Farben der Landschaft schienen unter der erbarmungslosen Sonne wie ausgeblichen.

Almut atmete tief durch, drehte sich um und schaute auf ihre Zeichnungen. Sie fragte sich, wie lange Mila schon hier oben gewesen war und ob sie verstanden hatte, dass die Bilder Episoden einer Geschichte erzählten – Almuts eigener Geschichte. Irgendwann hatte sie zu zeichnen begonnen, um Distanz zu den Geschehnissen aufzubauen, indem sie die Perspektive einer Künstlerin einnahm. Aber gelang ihr das wirklich? Oder war der Perspektivenwechsel nur eine andere Art von Flucht? Und wohin versuchte sie zu fliehen, wenn sie doch nur diese eine Vergangenheit und diesen einen Ort zum Leben hatte?

Sie starrte auf das Bild mit der Unglückssäule. Stifters Unglückssäule. Ludgers Unglückssäule. Die Säule, die Benno vor vielen Jahren angefertigt hatte, als sie ihn darum bat. Sie stand dort oben. Am Roten Dachstein. Vor dem letzten Anstieg.

Mila erwachte mitten in der Nacht. Es war dunkel im Raum, nur der Mond warf etwas Licht durch den dünnen Vorhang. Kleine Sterne tanzten vor ihren Augen, verschwammen und leuchteten wieder auf. Sie hatte das Gefühl, sich in einer leichten Trance zu befinden. In ihrem Nacken und auf der Stirn fühlte sie kühle Tücher, ihr Mund war trocken, und sie hatte großen Durst. Außerdem verspürte sie das dringende Bedürfnis, sich aufzusetzen, auch wenn sie ohnehin schon hochgebettet auf mehreren Kissen lag.

»Bist du wach?« Almuts Stimme.

Mila zuckte zusammen. Erst jetzt sah sie den Schemen am Fußende des Betts. Almut saß reglos auf einem

Stuhl. Mila nahm sie nur unscharf wahr. Ihre Gedanken schweiften zu den Bildern und dem, was im Atelier geschehen war – ihrem Schwächeanfall, und wie sie sich erbrochen hatte. Wie sie Almut hilflos und voller Scham angesehen und wie Almut sie gestützt und nach unten gebracht hatte.

»Ja«, antwortete sie heiser.

»Und, wie geht's dir?«

»Ich weiß nicht ... ich glaub besser. Ich bin schrecklich durstig.«

Almut stand auf und knipste das Licht an, nahm die Karaffe von der Kommode und füllte ein Glas mit Wasser. Dann setzte sie sich zu Mila auf die Bettkante und reichte ihr das Glas. »Du musst viel trinken.«

Mila richtete sich auf. »Was war denn nur los mit mir?«

»Ein Sonnenstich, nicht mehr, aber auch nicht weniger. Du hast es wohl mit der Sonne übertrieben.«

Mila trank und verschluckte sich. Sie hustete ein paarmal und trank wieder, als der Anfall nachließ. Sie war noch schwach, aber die Übelkeit und der Kopfschmerz waren abgeklungen. Erleichterung machte sich in ihr breit.

Almut sah sie aufmerksam an. Ihre Augen glänzten dunkel.

»Wie spät ist es?«, wollte Mila wissen.

»Es ist gleich Mitternacht.«

»Dann hab ich stundenlang geschlafen!«

»Ja.«

»Und wie lange sitzt du schon bei mir? Etwa die ganze Zeit?«

Almut antwortete nicht.

Es entstand eine kurze Pause. Mila öffnete den Mund, sagte aber zunächst nichts, weil sie auf eine Reaktion von Almut wartete, irgendeine Geste, ein leises Nicken, eine leichte Bewegung ihrer Augen, etwas in dieser Art. Sie wartete umsonst.

»Ich wollte nicht herumschnüffeln, Almut, ich …«, sagte sie zaghaft.

»Du hast dich schon entschuldigt. Das reicht.«

»Du bist mir nicht böse?«

»Nein.«

»Warum nicht? Ich meine, es wäre logisch, weil ich …«

Almut legte einen Finger auf ihre Lippen. »Pssst, Mila, pssst. Wenn ich sage, dass ich dir nicht böse bin, dann nimm es hin. Du hast nach einer Schmerztablette gesucht. Mehr ist nicht geschehen.«

»Okay«, erwiderte Mila. Damit hatte sie nicht gerechnet. Dass sie so einfach davonkommen würde, ganz ohne Disput und ohne Vorwürfe. Aber natürlich war sie froh darüber.

»Du hättest übrigens nur in deinem Badezimmer nachschauen müssen. Neben der Duschwanne hängt ein kleines Schränkchen an der Wand. Darin findest du jede Menge Medikamente.«

»Das meinst du jetzt nicht wirklich, oder?« Mila rieb sich die Schläfen. Fast hätte sie darüber gelacht, dass sie nicht an diese Möglichkeit gedacht hatte.

Almut hob die Schultern und fühlte ihre Stirn. »Du bist wieder kühl. Das ist gut.«

»Hatte ich denn Fieber?«

Almut nickte kaum merklich. Sie saß aufrecht, die Schultern nach hinten gebogen und kniff die Augen zusammen. Eine tiefe Falte grub sich in ihre Stirn, als sie zögernd fragte: »Wie warst du eigentlich als Kind?«

Mila schaute sie verdutzt an. Einen Augenblick war sie sprachlos, auch wenn sie innerlich jubilierte. Endlich, dachte sie, endlich stellte Almut eine persönliche Frage. Zum ersten Mal. Und was für eine!

Wie warst du eigentlich als Kind?

Mila dachte nach. In diesem Moment kam es ihr vor, als läge ihre Kindheit Lichtjahre zurück. Dann fing sie an zu reden, einfach so, leise, aber entschlossen, als böte sich ihr auf einmal eine unerwartete Gelegenheit, die sie auf keinen Fall verstreichen lassen durfte.

»Ich bin jemand gewesen, auf den die anderen gehört haben, schon im Kindergarten war das so. Und auch später in der Schule. Ich wollte nie Klassensprecherin sein, trotzdem bin ich immer vorgeschlagen und gewählt worden. Meine Eltern haben mich ermutigt. Übernimm Verantwortung, haben sie gesagt, stell dich in die Mitte des Kreises, wenn du dort stehen möchtest. Irgendwann habe ich jedoch gemerkt, dass ich dort gar nicht stehen wollte, dass mich diese Position eingeengt und gezwungen hat, für andere einzustehen, auch wenn ich deren Meinungen gar nicht vertreten mochte. Außerdem ist mir die ständige Nähe der anderen zu viel geworden, diese andauernde Erwartung, sich anpassen zu müssen, das ständige Zurschaustellen und Vergleichen, wer wie aussieht, wer glücklich ist und wer nicht, wer was hat und wer nicht. Deshalb habe ich mich irgendwann nicht mehr wählen lassen und angefangen, nach Rückzugsräumen zu suchen. Es gab da einen Park in der Nähe unseres Hauses, in dem ich stundenlang am Teich sitzen, lesen oder Musik hören konnte. Du darfst es nicht falsch auffassen. Ich bin keine Einzelgängerin oder so. In der Stadt wohne ich ja inzwischen in einer WG, und wir verstehen uns auch alle gut, meistens jedenfalls. Ich wollte nur ab und zu meine Ruhe. Doch die anderen haben mich sogar noch mehr bedrängt, wenn ich allein sein wollte. Ich hatte viele Freundinnen, aber nur wenige waren echte Vertraute. Weißt du, was ich meine?«

Almut nickte.

»Als ich älter wurde, kamen die Partys und die Jungs. Natürlich, die waren schnell da. Anfangs habe ich ihr großmäuliges Getue, hinter denen sie ihre Unsicherheit versteckten, gemocht, ihre unauffälligen Blicke, die meist sehr auffällig waren, ihr zaghaftes Kreisen um einen herum. Es war leicht, sie zu durchschauen, und eine Zeit lang hat es einen Heidenspaß gemacht, sie zu provozieren und zu manipulieren.«

Almut konnte sich ein Lächeln nicht verkneifen. »Und? Hattest du einen festen Freund und hast ihn immer noch?«

Mila lachte. »Ich hatte einen, aber der war ein richtiger Langweiler. Deshalb war es schneller vorbei, als er es sich vorstellen konnte.«

Almut stand auf. »Armer Kerl. Bestimmt vermisst er dich immer noch.«

Das Gespräch lenkte Mila so sehr ab, dass die restlichen Schmerzen und die Mattigkeit immer mehr in den Hintergrund rückten. Aber das war nicht der einzige Grund, warum sie nicht wollte, dass Almut ging. Sie beugte sich vor. »Weißt du, was ich in meiner Kindheit besonders mochte, an was ich mich noch richtig gut erinnere?«

Almut zuckte die Achseln.

»An die vielen Sonntagmorgen im Frühling und Sommer, wenn ich aufgewacht bin und im Garten das Geschirr geklappert hat, weil meine Eltern draußen den Frühstückstisch gedeckt haben. Es hat nach Kirschen und Beeren gerochen, meist süß, manchmal aber auch säuerlich – ein Duft, der durch mein offenes Fenster reingezogen ist. Dann hab ich gelauscht und gehört, wie Mama und Papa leise miteinander redeten, und mich so richtig geborgen gefühlt und gedacht, das bleibt immer so.«

Almut schaute sie an. Glänzten ihre Augen etwa? Oder spiegelte sich nur das Licht in ihnen?

»Das klingt schön«, sagte sie ernst. »Aber nichts ist für immer, nicht einmal die schönste Erinnerung. Auch sie verliert sich eines Tages.«

Mila schürzte die Lippen. »Deine Zeichnungen haben mit deinen Erinnerungen zu tun, hab ich recht? Was bedeuten die Bilder? Willst du etwas festhalten? Oder ist es andersrum? Muss etwas raus? Vielleicht möchtest du auch etwas vergessen und kannst es nicht? Und weil du es nicht kannst, zeichnest du es?«

Almut stockte kurz der Atem.

Mila war der Wahrheit nahegekommen. Sie sah es in Almuts Blick, er war unruhig, fast ein wenig gequält. Es dauerte einige Sekunden, bevor Almut sich wieder bewegte. Sie stand auf und schaltete das Licht an Milas Bett aus.

»Es ist schon spät, Mila. Schlaf noch ein paar Stunden, und du wirst sehen, morgen bist du wieder auf den Beinen«, sagte sie und verließ das Zimmer.

Tag 4

Gegen Morgen träumte Mila, dass Almut noch einmal in ihr Zimmer kam, sich über sie beugte und mit einer ähnlichen Unsicherheit auf die Stirn küsste wie es ihr Vater vor ein paar Tagen getan hatte, als er sie an der Haustür verabschiedete.

Wenn du gehst, wird es einiges verändern, vielleicht mehr, als du dir vorstellen kannst, hatte er gesagt. Nicht warnend. Nicht belehrend. Nicht bittend. Eher prophezeiend. Die Aussage hatte nicht zu ihm gepasst, weil sie so vieles offenließ. Normalerweise fand er klarere Worte. Doch was passte überhaupt noch zu ihm, nach dem, was geschehen war, was er hatte zugeben müssen, als Mila ihn auf der Bank sitzen sah, unten am Fluss, mit einer jungen, unbekannten Frau? Nur sechs Wochen nach dem Tod ihrer Mutter.

An diesem Nachmittag hatte sich Mila mit Sophie zum Laufen verabredet. Ihr Weg führte sie durch den Park an die Uferpromenade, über die zwei Stadtbrücken und dann wieder zurück. Das Laufen tat Mila gut. Es erleichterte sie, weil sie den schmerzenden Gedanken ausweichen konnte, während sie sich auf ihre Atmung und die Bewegungen konzentrierte. Manchmal lief sie allein und manchmal mit Sophie, die in der Nähe wohnte. Mila mochte sie. Sophie war unkompliziert. Sie stellte keine Fragen, wie es Mila ging oder wie sie mit dem Verlust zurechtkam, und ersparte ihr überflüssige Plattitüden, dass die Zeit alle Wunden heile und auch die tiefste Traurigkeit irgendwann vergehe. Nein, Sophie war einfach nur da. Und das tat gut.

Wie immer liefen sie auch an diesem Tag still nebeneinander her. Es war wie eine unausgesprochene Vereinbarung. Dass Mila ihren Vater und die Frau entdeckte, war also ein Zufall. Oder doch eher Fügung? So oder so, das Warum spielte keine Rolle.

Dicht beieinander saßen die beiden da, beinahe versteckt hinter dem Kaiserdenkmal und dem Stamm eines Judasbaums, ein Bild, das Mila auch später immer noch vor Augen hatte, wenn sie an den Verrat ihres Vaters dachte. Nur für diejenigen, die sich ihnen von der Uferpromenade näherten, waren sie zu sehen. Auch Mila bemerkte sie erst, als sie näherkam, zunächst nur unscharf, ein beliebiges Paar, das den spätherbstlichen Tag am Flussufer genoss, die fahle Sonne und die Melancholie der nackten Bäume, den Anblick der vorüberziehenden Boote und Ausflugsschiffe. Mila lief weiter, bis sie den Mann erkannte – ihren Vater! Erst wurde sie nur langsamer, dann blieb sie stehen. Was auch sonst?

Sophie stoppte ebenfalls. »Was ist? Warum läufst du nicht weiter?«

Mila rührte sich nicht mehr. Sie konnte nicht. Ihre Beine fühlten sich auf einmal an wie aus Gummi. Sophie folgte ihrem Blick. Ihre Stimme kam leise und nahe an Milas Ohr. »Ist das etwa dein Vater?«

Mila antwortete nicht. Sie presste die Kiefer fest aufeinander. Es dauerte eine Weile, bis sie sich wieder bewegen konnte und mit langsamen Schritten auf die Bank zuging, in der verzweifelten Hoffnung, dass sie und Sophie sich irrten, weil sie nur das Profil des Mannes gesehen hatten. Vielleicht ähnelte er ihrem Vater bloß. Vielleicht saß die Frau auch weiter von ihm fort, als es zunächst den Anschein hatte, und sie war nur eine Studentin oder eine flüchtige Bekanntschaft, nicht mehr. Vielleicht …

Er war es! Und die Frau war keine lose Bekanntschaft. Ihre linke Hand lag auf seinem Oberschenkel, sie sah ihn liebevoll, fast bewundernd an. Nichts war eindeutiger als dieser Blick. Nichts! Der folgende Kuss war nur die Bestätigung dessen, was Mila ohnehin in der Situation erkannte, die Lüge und Verhöhnung, den Verrat.

Vielleicht waren es noch zehn Schritte, die sie von den beiden trennten. Mehr bestimmt nicht.

Neun.

Acht.

Sieben.

Ihr Vater hob den Kopf.

Sechs.

Fünf.

Vier.

Er sah sie.

Drei.

Zwei.

Die junge Frau blickte Mila an. Sie verstand nicht. Noch nicht.

Dann war es nur noch ein winziger Schritt.

Mila blieb stehen und starrte ihren Vater an. Sein Gesicht war wie versteinert, die Züge fremd.

»Du?«, keuchte sie. Erst leise, dann lauter. »Du …?«

Sie stritten. Noch am Fluss, abends zu Hause und auch in den folgenden Tagen. Die halbherzigen Entschuldigungen ihres Vaters drangen nicht zu Mila durch. Sie konnte ihm nicht glauben, als er beteuerte, er habe ihre Mutter geliebt, immer und bis zum Schluss. Aber …

Wie konnte es ein *Aber* geben, obwohl doch alles so einfach und unmissverständlich sein sollte, ein *Aber*, das plötzlich zwischen ihnen stand? Einige Abende später eskalierte der Streit. Ihr Vater saß im Wohnzimmer in seinem Ohrensessel und las eine Biographie über Kurt Gödel. Als Mila den Raum betrat, musterte sie ihn, wie er dasaß, die Haare streng zurückgekämmt, mit übereinandergeschlagenen Beinen, eine geöffnete Flasche Barolo und ein halbvolles Glas neben sich auf dem Tischchen und in die Zeilen des Buches vertieft, ohne dass er sie wahrnahm. Er wirkte entspannt, beinahe gelassen. Mila spürte, wie unbändige Wut in ihr aufflammte. Wie konnte er nur? Sie ging durch das Zimmer und blieb dicht vor ihm stehen. Ihr Vater blickte überrascht auf und klappte das Buch zu, als hätte er sie erst jetzt bemerkt. Sein Gesichtsausdruck verriet nicht, was er dachte. Milas Zorn wurde noch größer. Sie fühlte sich plötzlich wie ein Kind in einem Raum voller Geheimnisse und unausgesprochener Wahrheiten. Ihr Herz pochte schneller, während sie gegen den Drang ankämpfte zu schreien. Sie wollte endlich Antworten auf ihre Fragen, denen er bisher immer ausgewichen war. Sie wollte wissen, seit wann er diese Frau schon traf. Danielle. Er hatte ihren Namen erwähnt, schon am Fluss. Mila wollte den Namen nicht wissen, sie wollte ihn auch nicht aussprechen. Für sie war die Frau eine Fremde, und das sollte so bleiben. Ihr Vater zog die Stirn kraus. Sein Blick huschte kurz über Milas Gesicht, als suchte er nach passenden Worten. Dann nickte er, fast unmerklich, als hätte er sich entschieden. Als er sprach, klang seine Stimme ruhig, unbeeindruckt von Milas drängendem Ton. Doch Mila gab nicht nach. Sie wollte mehr wissen. Wann hatte er die Fremde kennengelernt? Hatte er seine Frau betrogen? Hatte ihre Mutter von der Fremden gewusst? Und war sie der Grund gewesen, warum sie ihn an jenem Tag nicht erreichen konnten? War er mit ihr zusammen gewesen, als Mutter …? Sie konnte den Satz nicht beenden, aber sie sah, dass ihr Vater sie verstand, und versuchte, in seinem verschlossenen Gesicht zu lesen.

Er presste die Lippen aufeinander, sein Blick fixierte irgendeinen Punkt hinter ihr, als wüsste er nicht, wie er es erklären sollte. In diesem Moment wusste sie es. Er musste nichts mehr sagen.

»Was für eine miese Sauerei«, entfuhr es Mila. »Schäm dich, Papa, schäm dich!«

Entgeistert starrte sie ihn an, während Tränen über ihr Gesicht strömten. »Mutter hätte das nie getan,« sagte sie. »Sie hätte nie so betrogen und gelogen wie du.«

Er bemühte sich, die Fassung zu wahren, und wirkte doch hilflos.

»Warum hast du das getan, Papa? Wieso nur?«, wollte sie wissen. Ihre Stimme wurde lauter, sie zitterte. »Du hattest doch alles. Wir hatten alles. Oder hat dir Mama nicht mehr genügt?«

»So war es nicht, Mila. Glaub mir, ich …«

»Ich glaub dir gar nichts mehr! Du hast sie hintergangen. Und mich auch!« Ihre Stimme bebte vor Wut.

»Du machst es dir zu einfach. Lass mich doch wenigstens erklären, was zwischen mir und deiner Mutter nicht mehr gestimmt hat …«, entgegnete er mit einem Hauch von Nachdruck.

Aber sie ließ ihm keinen Raum. Ihre Stimme war jetzt ein Sturm. »Ich will nichts mehr von dir hören. Du bist ein Heuchler! Einer, der sich die Wahrheit zurechtbiegt, ja, ein furchtbarer Egoist, das bist du!«

In der nächsten Sekunde sprang er vom Sessel auf. Seine Hände zitterten. Einen Moment lang schien er mit sich zu ringen, bevor er schließlich sagte: »Vielleicht bin ich ein Egoist! Aber ich habe nie behauptet, perfekt zu sein. Zeig mir den Menschen, der wirklich frei von Selbstsucht ist. Deine Mutter war es auch nicht …«

»Was meinst du?«

»Sie hat dich belogen. Wir haben dich beide belogen!« Seine Augen wurden glasig. »Weil wir dachten, es wäre das Beste für uns alle …«

»Ist das dein Ernst? Du ziehst Mama jetzt mit in diesen Streit hinein?«

»Ja, das tue ich. Du lässt mir ja keine Wahl.«

Mila hörte nicht weiter zu. In ihrem Kopf raste es. »Du bist nichts weiter als ein Verräter, ein mieser Judas, der jetzt auch noch die Erinnerung an Mama beschmutzt. Dafür gibt es keine Entschuldigung! Niemals!«

Die Worte trafen ihn mit voller Wucht. Mila sah, wie er nun endgültig die Beherrschung verlor, ihr Vater, der doch sonst immer alles im Griff hatte, vor allem sich selbst. Und dann sagte er es. Sätze, die er nie hatte sagen wollen, stürzten auf einmal aus ihm heraus, durcheinander, in einer Mischung aus Wut und Scham, die er nicht kontrollieren konnte.

»Ich habe ihr versprochen, es dir nie zu sagen«, stammelte er schließlich. »Sie wollte dich nie verletzen... wir wollten dir niemals wehtun.«

Die Wörter hallten in Mila nach, während der Boden unter ihren Füßen wegzubrechen schien. Sie wich einen Schritt zurück und hielt sich die Ohren zu, um ihrem Vater klarzumachen, dass sie ihm nicht länger zuhören würde. »Halt deinen Mund!«, brüllte sie verzweifelt. »Ich will nichts mehr von dir wissen!«

Dann stürmte sie hinaus und ließ ihn zurück.

In den Tagen nach dem Streit breitete sich eine unerträgliche Stille zwischen ihnen aus. Milas Vater zog sich zurück, als erinnerte ihn jedes Gespräch mit ihr an das, was er nicht hätte aussprechen dürfen. Und auch wenn Mila, zerrissen von der Leere, die der Streit in ihr hinterlassen hatte, nun doch wissen wollte, wovor sie zuvor geflüchtet war, blieb er stumm. Es gelang ihr einfach nicht mehr, zu ihm durchzudringen. Mit der Zeit schlüpfte sie in einen Panzer aus Resignation und Abwehr – die einzige Möglichkeit, sich vor dem Schmerz zu schützen. Doch immer wieder fragte sie sich, ob der Panzer sie wirklich schützte oder sie nur in einer erdrückenden Umklammerung hielt, aus der sie nicht entkommen konnte.

Nachdem sie die Schule beendet hatte, zog sie aus und in eine WG in die Altstadt. Tagsüber arbeitete sie in einer Confiserie, und abends kellnerte sie in einer Pizzeria am Hafen. Als sie nach einem Jahr genügend Geld zusammen hatte, verließ sie die Stadt und das Land, wie sie es schon seit einiger Zeit geplant hatte, und reiste als Backpackerin durch Amerika, danach durch Nordafrika und Europa. Es war eine Flucht. Vor ihrem Vater, der sie weder aufhalten konnte noch wollte, vor ihrer toten Mutter, dem verlorenen Halt und dem, was ihre Eltern vor ihr verborgen hatten, etwas, das auf ihr lastete wie ein bleiernes Gewicht.

War es anfangs noch ungewohnt und schwer, verlieh ihr das Reisen allein mit der Zeit eine Festigkeit, die sie zäher machte und die Momente, in denen sie sich einsam fühlte, beiseiteschob, bis sie sich ganz verloren. Es wurde von Woche zu Woche leichter. Die Orte, die sie besuchte, und die Menschen, denen sie begegnete, wirkten heilend. Nichts drängte sich auf oder engte sie ein, niemand erwartete etwas von ihr. Sie spürte, wie der Schmerz nachließ, wie sich ihr Blick auf die Welt und das Leben veränderte, weil sie begann, die Dinge anders zu sehen, und wie sie anfing, wieder Freude zu empfinden und die Bereitschaft zu entwickeln, zu verzeihen. Sicher hatte es auch damit zu tun, dass sie allmählich begriff, weshalb ihre Eltern die Wahrheit verheimlicht hatten. Dass sie in einer Liebe aufgewachsen war, in der von Anfang an die Furcht vor Verlust gewohnt hatte, einer Liebe, die in ihrer Unermesslichkeit auch schmerzlich gewesen sein musste. Denn kaum ein Gefühl beeinflusste einen mehr als die Angst. Und keine Angst war so groß wie die Angst davor, einen Menschen zu verlieren, den man über alles liebte. Als Mila das verstand, holte sie ihr Tagebuch hervor und begann, diese Gedanken mit ihrer Mutter zu teilen. Bei ihrem Vater meldete sie sich selten, und wenn sie es tat, wählte sie die altmodische Art und schickte ihm eine Postkarte mit ein paar Grußworten darauf. Er versuchte mehrmals, sie auf dem Handy zu erreichen. Meist ignorierte sie die Anrufe, doch manchmal nahm sie ab und hörte jedes Mal die Erleichterung in seiner Stimme, wenn sie ihm sagte, dass es ihr gutging.

Als sie nach vielen Monaten wieder in die Stadt zurückkam, fühlte sie sich wie eine Fremde, als gehörte sie nicht mehr hierher. Ein seltsames, unangenehmes Gefühl, das sie verunsicherte und nicht losließ. Es trieb sie an, die ganze Wahrheit herauszufinden. Sie wollte alles wissen. Es war ihr Leben. Und dazu hatte sie noch viele Fragen. Fragen die ihr Innerstes betrafen, über das, was ihr nie erzählt worden war.

Sie war überrascht, dass ihr Vater anders reagierte als vor ihrer Reise. Etwas war in ihm während ihrer langen Abwesenheit vorgegangen, ein innerer Umbruch, eine Erkenntnis, die in ihm gewachsen war. Er willigte ein und sagte, er habe intensiv darüber nachgedacht, während sie fort gewesen sei, und er wisse, dass sie ein Recht auf die ganze Wahrheit habe und es falsch wäre, sie weiterhin vor ihr zu verbergen. Er erzählte ihr, was sie wissen wollte, und legte ihr die Papiere auf den Tisch. Sie enthielten alles, was sie gesucht hatte: Namen, Daten, eine Adresse – alles klar und deutlich, schwarz auf weiß. Mila hörte ihm zu und fasste einen Entschluss. Wieder brach sie auf. Doch anders als beim ersten Abschied war es diesmal keine Flucht, sondern eine Reise zu einem neuen Anfang. Vielleicht ließ sie die Umarmung, den Kuss und die wenigen Worte ihres Vaters auch deshalb zu, bevor sie fortging.

Meldest du dich, wenn du dort bist?

Nein.

Dann rufe ich dich an.

Du wirst mich nicht erreichen. Ich schalte mein Handy aus. Ich möchte mich ganz auf das einlassen, was mich dort erwartet, ohne dass du mich beeinflusst.

Aber ich muss dich doch erreichen können, ich …

Weißt du noch, wie es bei Mutter war? Weißt du es noch, Papa? Weißt du es noch?

Deshalb, Mila, bitte …

Lass es gut sein!

Nein, das werde ich nicht. Du bist doch meine Tochter …

Wenn ich dich brauche, melde ich mich. Mehr kann ich dir nicht versprechen. Einverstanden?

Einverstanden? Nein. Aber was bleibt mir anderes übrig?

Nichts, Papa, nichts.

Wenn du gehst, wird es einiges verändern, vielleicht mehr, als du dir vorstellen kannst.

Und jetzt? Veränderte sich etwas? Hatte sich schon etwas verändert?

Ja. Mila konnte es spüren, da war etwas wie ein Wandel in ihr, noch zart und nur schwierig zu erkennen, dennoch existierte er bereits und vermischte sich mit dem Gefühl, dass es richtig gewesen war, hierherzukommen. Neue Bilder legten sich über die alten, und Mila fing an, ein Gleichmaß zu finden, das ihr einerseits half, weiterhin geduldig zu sein und ihrem Instinkt zu vertrauen, andererseits auch nach und nach in Vergangenes vorzudringen und mehr zu erfahren.

Auch der dritte Morgen nach ihrer Ankunft begann mit dem Melken der Kühe und einem gemeinsamen Frühstück. Mila schlich noch etwas erschöpft in den Stall. Doch sie war zäh. Almut fragte nicht, ob es ihr besserging, und

Mila wunderte sich nicht darüber Sie redeten auch nicht über das, was im Atelier geschehen war, und ihr Gespräch in der Nacht. Stattdessen teilte Almut am Frühstückstisch mit, dass eine Geburt bevorstünde und fragte Mila, ob sie dabei sein wolle.

Mila schüttete Kaffee in die Tassen. »Eine Kalbsgeburt?«

»Ja.«

»Stören wir denn nicht dabei?«

»Was denkst du?«

Mila lächelte. »Schon kapiert. Du hättest nicht gefragt, wenn wir stören würden.«

Almut nickte. »Manchmal muss ich sogar eingreifen.«

»Du spielst Geburtshelferin bei einer Kuh?«

»Ich spiele sie nicht. Wenn ich der Kuh und dem Kalb helfen muss, bin ich eine.«

Mila biss in ihr Honigbrot. »Klingt ziemlich spannend.«

Almut stand auf und wiegte den Kopf. »Also, was ist nun? Willst du es sehen?«

»Warum fragst du? Du kennst meine Antwort doch sowieso schon«, erwiderte Mila.

Almut konnte sich ein Lächeln nicht verkneifen und trank ihre Tasse in schnellen Zügen leer.

Auf dem Weg über den Hof erklärte sie, welche Anzeichen es für die bevorstehende Geburt gegeben hatte, die eingefallenen Beckenbänder, der pralle Euter und die angeschwollene Scham. Deswegen hatte sie das Tier schon gestern von der Herde getrennt und in die Abkalbebox geführt. Heute Morgen hatte sie gesehen, dass es nicht mehr lange dauern würde. Bevor sie durch den Stall gingen, füllten sie zwei Eimer mit frischem Wasser und legten Seife, Desinfektionsmittel, Bürsten, saubere Tücher und Stricke in einen Kübel. Mila spürte eine gewisse Unruhe in der Herde, als sie sich vor die Box stellten, in der das

Muttertier stand und abwechselnd mit den Hinterbeinen auf einer Stelle trat. Die Eimer und den Kübel platzierten sie auf einem Wägelchen, auf dem bereits ein mechanisches Gerät mit einem verzinkten Stahlrohr und zwei seitlichen Winkelstützen lag. Mila musterte es interessiert.

»Ist ein Zughelfer«, sagte Almut.

»Hm.«

»Den benutze ich nur im Notfall.«

»Das tut weh, oder?«

»Eine Geburt schmerzt immer.«

Mila nickte. »Trotzdem, das Ding sieht spooky aus.«

»Spooky?«

»Vergiss es.« Mila lachte kurz auf. Dann wurde sie wieder ernst. »Wie lange dauert es noch? Was glaubst du?«

»Kannst du die Fruchtblase sehen? Wenn sie geplatzt ist, vielleicht ein oder zwei, unter Umständen auch noch drei Stunden. Aber normalerweise nicht länger«, antwortete Almut. »Sie ist bald soweit.«

»Wann entscheidest du, ob wir helfen müssen?«

Wir. Mila lächelte insgeheim in sich hinein. Sie meinte natürlich Almut. Aber irgendwie meinte sie auch sie beide. Sie wusste, dass sie helfen konnte, wenn Almut ihr zeigte, was zu tun war.

»Wenn die Wehen keine Fortschritte mehr bringen und die Geburt zum Stillstand kommt. Sonst halten wir uns zurück und überwachen das Ganze nur«, erklärte Almut.

Wir. Auch Almut sagte es nun. Mila freute sich darüber, wollte es aber nicht zeigen.

Dann warteten sie. Es wurde immer wärmer, und die heiseren Laute der Tiere klangen eintöniger. Die Kuh trank mehrmals aus dem Wassertrog, legte sich ein paarmal hin und stand wieder auf, bis es endlich soweit war und ihre Fruchtblase platzte. Mila legte beide Hände auf die oberste

Stange des geschlossenen Schwenkgitters und beobachtete jede Bewegung des Tiers. Sie wollte alles genau sehen. Die Kuh legte sich in die hinterste Ecke der Box und stöhnte. Hin und wieder brüllte sie. Nach einer Weile erschienen die Beine des Kalbs in der Scham. Almut schaute konzentriert. Sie nahm jede Regung der Kuh wahr, die unter dem Einfluss der Wehen immer heftiger schnaubte.

Doch dann tat sich nichts mehr. Die Kuh schrie. Sie litt.

Almut traf eine Entscheidung. Sie nahm den Kübel und sagte: »Wir müssen rein. Nimm die Wassereimer und komm mit.«

Sie betraten die Box. Almut wusch sich gründlich die Hände und Arme und kniete sich vor die Kuh. Behutsam reinigte sie deren Scham und dehnte den Geburtskanal, bevor sie ihr Fußfesseln anlegte.

»Wieso tust du das?«, fragte Mila.

»Sie grätscht aus und kann sich, das Kalb oder uns verletzen, deshalb«, sagte Almut. »Ich muss ziehen.«

»Du holst das Kalb aus ihr heraus?«

»Ja.«

»Und was kann ich tun?«

»Wasch dir Hände und Arme und halt den Schwanz fest!«

Mila tat es. Der Kuhschwanz war voller Schleim und blutig. Almut griff nach den Beinen des Kalbs und versuchte, es im Rhythmus der Wehen aus dem Geburtskanal zu ziehen. Doch etwas stimmte nicht. Sie presste den Mund zusammen, stand auf und holte Stricke und den Zughelfer. Dann fixierte sie die Beine des Kalbs mit den Stricken, band deren Enden an die Spannmechanik des Geräts und fing an, den Handgriff behutsam hin und her zu bewegen. Sie war aufmerksam und blieb im Takt wie die Schlagfrau in einem Ruderboot, auch, als der Kopf des Kalbs schon zu sehen war. Ein paar Minuten später rutschte das Tier aus dem Geburtskanal, wobei die Nabelschnur abriss.

Mila ließ den Kuhschwanz los und trat einen Schritt zurück, beeindruckt von dem, was sie gerade erlebte. Davon, dass plötzlich etwas in der Welt existierte, was vorher nicht da gewesen war. Fasziniert von jeder kleinsten Bewegung des Neugeborenen, jedem zaghaften Versuch, sich zurechtzufinden, beobachtete sie das Kalb. Es war ergreifend und wühlte sie auf, die erste Geburt, die sie miterleben durfte. Womöglich gingen ihr deshalb auf einmal seltsame Dinge durch den Kopf, ein Knäuel an Gedanken, die sie nicht verhindern und kaum entwirren konnte. Ihr erster Gedanke war, das Kalb als ein Geschenk zu betrachten, wie jedes neue Lebewesen ein Geschenk war, und dass es darum ging, den Neuankömmling willkommen zu heißen. Dass jeder Neuankömmling, egal, ob Mensch oder Tier, einen Neuanfang verkörperte. Außerdem dachte sie darüber nach, wie untrennbar der Moment der Geburt, die Fähigkeit zu handeln und die Grenzen des Lebens miteinander verwoben waren. Wie schnell man in diese Welt geworfen wurde und klarkommen musste. Einfach so. Ungefragt. Und wie der Mensch, im Gegensatz zum Tier, nach dem Entstehen seines Bewusstseins lernen musste, alles im Wissen um die eigenen Grenzen und den eigenen Tod zu erleben. Hatte ihr Vater recht, wenn er behauptete, dass gerade die Erkenntnis der eigenen Sterblichkeit den Menschen über alle anderen Lebewesen erhöhte und seinen Erwartungen an das Leben überhaupt erst einen Sinn gab? Sie hatten darüber gesprochen, nachdem Benedict, ein Nachbar und langjähriger Freund der Familie, an Lungenkrebs gestorben war. Ihre Mutter hatte Vaters Ansicht geteilt und hinzugefügt, dass Leben und Tod fest miteinander verbunden seien – dass jedes Leben seine Grenzen habe und der Tod das Loslassen erfordere. Dass sich die Grenzen im Tod auflösten und das Freigeben abschließend sei, weil der Gehende keine andere Wahl hatte, als Vertrautes zurückzulassen und anders zu werden. Für das Leben zahle man mit dem Tod, das sei der Preis, den jeder berappen müsse. So habe es die Natur vorgesehen. Anders funktioniere es nicht.

So viele Jahre waren seitdem vergangen, doch Mila spürte die Wahrheit dieser Worte noch immer, wenn auch anders als damals. Mit dem Tod ihrer Mutter hatten sie eine schmerzhafte Tiefe gewonnen und sich unauslöschlich in ihr eingeprägt.

Verrückt, dass ihr das gerade jetzt durch den Kopf ging, hier im Kuhstall, direkt nach einer Geburt. Warum musste das Leben so oft ein Spiel der Gegensätze sein, die sich nie wirklich auflösen ließen?

»Hol frisches Wasser, Mila«, sagte Almut und riss sie abrupt aus den Gedanken. Sie brachte das Kalb gerade in Brustlage und wischte mit sauberem Stroh den Schleim aus seinem Maul. Mila war froh über die Klarheit, mit der Almut handelte und sie ins Hier und Jetzt zurückholte. Als sie ihr den Eimer brachte, schüttete Almut das Wasser über den Kopf des Tiers, um seine Atmung anzuregen. Die Kuh hatte sich inzwischen erhoben und fing an, ihr Junges sauber zu lecken.

»Und, wie geht's jetzt weiter? Was machen wir als Nächstes?«, fragte Mila.

»Wir waschen uns noch mal gründlich die Hände und Arme. Dann versorgen wir das Kalb mit Biestmilch. Die ist wichtig für sein Immunsystem. Danach untersuchen wir die Mutter. Wir müssen schauen, ob sie sich verletzt hat.«

Mila sah auf ihre Hände, die rot vom Blut waren. Doch es machte ihr nichts aus. Sie fühlte sich gut.

»Almut?«

»Ja?«
»Danke.«
»Wofür?«
»Dass ich dabei sein durfte. Das war toll. Wirklich. Richtig toll.«
Almut nickte. Sie standen einen Augenblick dicht beieinander, verschwitzt und zufrieden, und sahen zu, wie das Kalb versuchte, aufzustehen und an das Euter seiner Mutter zu gelangen. Erst als jemand Milas Namen über den Hof rief, zerbrach der Moment.
»Mila! Mila! Mila!«
Sie blickten durchs offene Tor hinaus auf den Hof.
»Du hast Besuch«, stellte Almut nüchtern fest.
»Johann?« Mila sah sie verwirrt an. »Warum sucht er mich?«
»Das erfährst du wohl nur von ihm. Geh besser raus, sonst macht er noch mehr Lärm und bringt die Herde durcheinander.«
Mila lief nach draußen und sah Johann vor der Haustür stehen. Sein Rad lag auf dem Boden. Er schaute die Fassade empor, als versuchte er, sie hinter einem der Fenster zu entdecken.
»Ich bin hier«, rief Mila und lächelte ihn an.
Sein Gesicht hellte sich sofort auf. »Mila.«
Sie lief zu ihm. »Was machst du hier?«
»Dich einladen«, antwortete er. Er sah auf ihre schmutzigen Hände, unbeeindruckt, als wäre es das Selbstverständlichste der Welt, dass Blut daran klebte.
»Du lädst mich ein? Wozu?«
»Nicht ich. Meine Eltern laden dich ein. Zum Abendessen.«
Mila blickte ihn verdutzt an. »Deine Eltern? Und dafür schicken sie dich? Wo ist Luise?«

Johann verzog das Gesicht. »Sie möchten dich kennenlernen. Sie haben gesagt, ich soll es dir sagen, weil Luise unterwegs ist. Ich weiß nicht, wo sie steckt.«

»Sie wollen mich kennenlernen?«

»Ja.«

»Wieso?«

»Das weiß ich nicht.«

»Hm. Irgendwie … komisch.«

»Ja.«

»Ja?«

»Ja.« In seiner Miene spiegelte sich eine leise Anspannung. Er wartete auf eine Antwort. »Kommst du?«

Sie schubste ihn mit dem Ellenbogen an. »Logisch, ich komme. Um wieviel Uhr?«

Er lächelte zufrieden, machte einen Buckel und klatschte in die Hände, sieben Mal, dann sah er Mila an und wiederholte das Händeklatschen.

»Kapiert« sagte sie lachend. »Um sieben also. Wo wohnt ihr?« Kaum hatte sie gefragt, hob sie die Hände. Sie hatte eine Idee. »Stopp, Johann. Erklär es mir nicht. Hast du gleich noch was vor?«

Johann schüttelte den Kopf.

»Das ist gut. Dann warte hier. Ich mach mich nur schnell frisch. Geht ganz fix. Dann zeigst du mir, wo ihr wohnt. Einverstanden?«

»Einverstanden.« Johann strahlte vor Freude.

Mila ging zurück in den Stall. Sie fragte Almut, ob sie noch Hilfe benötigte. Eine überflüssige Frage. Natürlich kam Almut ohne sie zurecht. Aber Mila wollte nicht unhöflich sein. Also erklärte sie, dass Johann ihr zeigen wollte, wo er und Luise wohnten, da ihre Eltern sie zum Abendessen eingeladen hatten. Seltsamerweise zauderte Almut kurz. Mila sah, wie sich ihre Lippen öffneten, nur leicht, sodass zwischen ihnen nichts weiter als ein Atemzug Platz fand – ein Einhauchen, ein Aushauchen, die flüchtige Andeutung einer Frage. Dann sagte Almut, dass Mila natürlich gehen könne. Wann immer sie wolle.

Das Anwesen passte nicht in das Dorf und auch nicht in die Gegend. Alles wirkte elegant und perfekt aufeinander abgestimmt: die Mauer aus geschliffenem Travertin, das prächtige Tor aus bronzefarbenem Metall, die von Bäumen gesäumte Auffahrt dahinter, die zu einer weiß gestrichenen Villa mit Erkern an beiden Seiten führte, und der Garten mit den Hortensien und Rosensträuchern auf dem gepflegten Rasen davor. Eine mondäne Residenz am Dorfrand mit weitem Blick auf die bewaldeten Hügel im Süden.

»Jetzt weißt du, wo wir wohnen«, sagte Johann. Mila hörte den Stolz in seiner Stimme. Sie saßen auf ihren Rädern und schauten sich das Gebäude von der Straße aus an, wie aus sicherer Entfernung.

Mila war beeindruckt. »Es ist ein wunderschönes Haus … und der Garten, einfach toll.«

»Es gehört schon immer unserer Familie. Mein Papa hat es von seinem Papa und der von seinem Papa und so weiter. Eines Tages gehört es Luise.«

»Und dir«, ergänzte Mila.

»Nein, nur Luise«, widersprach Johann. »Ich kann mich doch nicht um sowas Großes kümmern. Das geht nicht. Wegen meiner Chromosomen. Ich hab eins zu viel. Und das macht mich klein. Aber ich darf immer in dem Haus wohnen. Das hat Papa gesagt. Luise wird immer für mich da sein.«

Mila schluckte und schaute instinktiv zur Auffahrt. War Luises Lebensweg etwa schon so festgelegt? Jura studieren, zurückkehren, die Kanzlei des Vaters übernehmen

– und dabei auch noch die Verantwortung für ihren Bruder tragen? War es wirklich das, was sie wollte?

»Woran denkst du?«, fragte Johann.

»Am See hast du etwas gesagt, das ich nicht vergessen habe«, antwortete Mila.

»Was denn?«.

»Dass du gesehen hast, wie ich ins Dorf kam. Und dass du immer daran geglaubt hast. Immer und immer. Was meinst du damit?«

Johann wippte nervös mit den Füßen. »Das darf ich nicht sagen.«

Mila schaute ihn nachdenklich an. »Wieso nicht? Wer verbietet es dir?«

»Das darf ich nicht sagen.«

»Komm, was soll das? Du kannst mir doch verraten, was …«

»Darf ich nicht sagen. Darf ich nicht sagen. Darf ich nicht sagen.« Johann wurde lauter und unruhiger. Er streckte seine Zunge heraus, senkte den Kopf und verschränkte die Finger ineinander.

»Schon gut«, sagte Mila und legte ihre Hand auf seinen Unterarm. »Beruhig dich wieder! Bitte! Hörst du, Johann? Du musst es nicht sagen, wenn du es nicht kannst.«

»Ich darf es nicht.«

»Es ist in Ordnung. Ich hab's verstanden.«

Er nickte ein paar Mal und beruhigte sich wieder. Plötzlich riss er die Augen auf. Mila erkannte ein schelmisches Funkeln darin. »Aber ich kann dir was zeigen. Das haben sie nicht verboten.«

»Klingt ziemlich gut«, sagte Mila.

Johann drehte abrupt das Rad und fuhr los. Mila war überrascht und holte ihn erst an der nächsten Weggabelung wieder ein.

»Wohin wollen wir?«, fragte sie keuchend. Sie war erstaunt, dass Johann kaum außer Atem war.

»Das wirst du gleich sehen«, sagte er und schaute kurz die Straße entlang. Als er sicher war, dass ihnen kein Fahrzeug entgegenkam, trat er kräftig in die Pedale. »Wir sind gleich da.«

Es war schon wieder heiß, die Straßen und Felder schienen zu brennen, und über dem Asphalt flirrte die Luft. Mila trug ein Basecap, um einen weiteren Sonnenstich zu vermeiden. Aber es wäre auch gut gewesen, wenn sie sich noch eingecremt hätte. Das hatte sie in der Eile vergessen. Egal. Ein leichter Sonnenbrand war es ihr wert, wenn sie dafür etwas Wichtiges von Johann erfahren konnte.

Schon bald bogen sie von der Straße auf einen schmalen, unbefestigten Pfad ab. Johann führte sie über enge, verwinkelte Wege zwischen den Feldern, wo das Gras unberührt war. Mila konnte kaum folgen, so schnell und geschickt fuhr er, und erst als sie wieder auf einer breiten Straße waren, atmete sie auf – bis sie zu einem ummauerten Friedhof gelangten. Johann stoppte und stellte sein Rad neben dem Tor ab. »Was wollen wir hier?«, fragte Mila verwundert.

Johann wirkte entschlossen, was ihn seltsamerweise ein wenig größer aussehen ließ.

»Komm einfach mit«, sagte er.

Neugierig, was er vorhatte, stellte Mila ihr Rad neben Johanns. Dann liefen sie durch das Tor und über den gepflasterten Hauptweg auf eine kleine Kapelle zu, unter deren Giebel eine Sonnenuhr aufgemalt war. Darunter stand ein Spruch in goldener Farbe. *Irgendwann wird auch deine letzte Stunde anbrechen.* Daneben prangte ein Bild von Jesus, der die Arme ausbreitete, mit freundlicher Miene und zu einer tröstenden Umarmung bereit.

»Zwei Gräber«, flüsterte Johann, während er an der Kapelle vorbeilief. »Nur zwei.«

Mila sah ihn verwirrt an. »Nur zwei Gräber? Was meinst du damit?«

Sein Gesicht zeigte keine Regung, als er antwortete: »Hier liegen viele Tote. Alle haben sie einmal im Dorf gelebt. Aber für mich ist nur ein Grab wichtig. Und für dich ein anderes. Das meine ich. Eine Tote für mich, ein Toter für dich. Ich führe dich zu ihnen.«

»Eine Tote für dich, einer für mich?«

»Ja.«

»Johann?«

»Du wirst es sehen. Mehr sage ich nicht.«

Er blickte stur auf den Weg und ging einfach weiter. Milas Neugierde wuchs, aber auch ihr Unbehagen. Dennoch vermied sie es, weitere Fragen zu stellen. Sie spürte, dass sie Johann nicht bedrängen durfte. Er würde es sich womöglich sonst noch anders überlegen und einen Rückzieher machen.

Sie gingen schmale Wege zwischen alten Gräbern entlang, die von Hecken und kleinen Büschen gesäumt wurden. Es war still, kein Mensch war zu sehen, nur das Rascheln der Blätter im sanften Wind begleitete sie. Die Ruhe, die über dem ganzen Ort lag, wirkte wie aus einer anderen Zeit. Die Gräber waren gepflegt, mit Blumen und Kerzen darauf. Mila las Namen, Jahreszahlen und Sprüche. Jeder Grabstein schien eine Geschichte zu bewahren, ein Fragment der Vergangenheit. Aber so war es immer auf einem Friedhof. Auch wenn sie das Grab ihrer Mutter besuchte, hatte Mila stets das Gefühl, sich im Gestern zu befinden.

Als Johann langsamer wurde, fiel ihr auf, wie feucht sein Gesicht war, es glänzte wie ein blankgeputzter Apfel.

Schließlich blieb er vor einem Grab stehen und griff nach Milas Hand. Seine Handfläche war warm, die Finger fühlten sich kraftlos an. Sie stellte sich neben ihn, vor ein Grabmal aus weißem Marmor, umgeben von blühenden Geranien. In verschnörkelten Buchstaben stand *Sarah Keller* auf dem Stein. Einen Moment standen sie schweigend da.

»Hier liegt deine Freundin, stimmt's?«, fragte Mila nach ein paar Sekunden leise.

Johann nickte. »Luise hat es dir erzählt.« Es war keine Frage, sondern eine Feststellung.

»Ja.«

»Sarah hatte einen Unfall.«

»Ich weiß. Es tut mir leid.«

»Luise hat dir alles gesagt? Auch dass ich Sarah nicht nach Hause lassen wollte?«

Mila zuckte die Achseln. Es war mehr ein Ja als ein Nein. Sie wollte nicht lügen. Andererseits wollte sie auch nicht, dass Johann seiner Schwester böse war, weil sie Mila erzählt hatte, was in dem Bus geschehen war.

Johann sah sie traurig an. »Sarah ist tot, weil niemand auf mich gehört hat. Sie denken, dass ich klein und dumm bin. Aber ich bin nicht dumm.«

»Das bist du nicht. Ganz bestimmt nicht.«

»Sie hätten auf mich hören sollen.«

»Vielleicht. Doch möglicherweise wäre Sarah an diesem Abend trotzdem gestorben.«

Er schüttelte den Kopf. »Das glaub ich nicht. Du hättest auf mich gehört. Du bist nicht wie die anderen. Das spüre ich. Mit dir wäre es nicht passiert!«

»Unsinn! Das kannst du nicht sagen. Niemand weiß, was …«

»Doch. Ich weiß es«, unterbrach er sie.

»Das stimmt nicht.«

»Glaub mir. Ich weiß es!«

Mila unterdrückte ein Seufzen. Es machte keinen Sinn, Johann zu widersprechen. Sie konnte nichts gewinnen, wenn er sich aufregte. Er beruhigte sich wieder, legte den Kopf an ihre Schulter und flüsterte ihren Namen. »Mila?«

»Ja?«

»Willst du meine Freundin sein?«

Sie fuhr ihm durch die Haare. »Ich mag dich wirklich. Und natürlich möchte ich mit dir befreundet sein. Aber ich kann Sarah nicht ersetzen. Das weißt du, oder?«

»Klar weiß ich das. Ich bin doch nicht doof. Außerdem arbeitest du nicht in der Werkstatt.«

»Warum bist du eigentlich heute nicht dort?«

»Heute ist Samstag. Da ist sie zu. Und wenn Luise Ferien hat, muss ich sowieso nicht hin. Dann hab ich frei. Es ist schön, wenn ich frei hab.« Johanns Miene wechselte schlagartig von finster zu beschwingt und wieder zu finster. »Ohne Sarah ist es in der Werkstatt nicht mehr gut. Ohne sie ist es anders dort, dunkler. Wieso verändert sich ein Ort, wenn jemand nicht mehr dort ist, obwohl alles andere gleich bleibt?«

»Weil er nicht mehr stimmt, wenn ein geliebter Mensch darin fehlt. Deswegen denken wir, der Ort sei auf einmal anders, wir fühlen ihn anders, verstehst du? Ich hab das auch schon erlebt und weiß, wie weh das tut.«

»Ich vermisse ihr Lachen. Sie hat hell gelacht.«

»Hell? Klingt schön.«

»Ja, wie der Sonnenschein. Und jetzt liegt sie hier und lacht nicht mehr.«

Seine Worte berührten Mila, seine Hilflosigkeit, wie er dastand, mit gesenkten Schultern und verloren. Sie konnte seine Traurigkeit förmlich spüren. »Vielleicht lacht sie noch. Nur kannst du es nicht mehr hören«, sagte sie.

»Glaubst du?«

»Ich denke schon, dass es so ist. Kommst du oft hierher?«

»Oft, ja.« Johann sah Mila ins Gesicht, als wüsste er, was sie dachte. »Jetzt bist du aber neugierig auf das zweite Grab, stimmt's?«

»Stimmt. Genau das bin ich.«

»Du darfst nicht mit meinen Eltern darüber reden. Sie sollen nicht wissen, dass wir hier sind. Auch wenn ich nichts sage und es dir nur zeige. Versprichst du mir das?«

»Ich verrate nichts. Ehrenwort.« Mila machte eine Schwurhand. »Und was ist mit Luise? Darf ich es ihr sagen?«

»Nein, besser nicht. Manchmal verplappert sie sich. Außerdem weiß sie sowieso nicht viel darüber. Sie war ja noch nicht da, als es passiert ist. Und auch später haben sie vor ihr immer den Mund gehalten. Vor mir nicht. Ich weiß viel. Sie haben auch Jahre danach immer mal wieder darüber geredet, obwohl ich dabei war. Weil sie dachten, dass ich es nicht kapieren würde. Doch ich hab gut aufgepasst und verstanden. Schon als Kind«, sagte er und lächelte.

Mila schaute ihn ernst an. »Wovon redest du? Was ist passiert?«

Johann hielt sich die Hände vor den Mund. »Darf ich nicht sagen. Das weißt du doch. Darf ich nicht sagen …«

»Schon gut. Ich will dich nicht aushorchen. Tut mir leid.« Mila musterte ihn kurz. »Und was ist mit Almut?«

Johann kratzte sich am Hinterkopf. »Du willst es Almut sagen?«

»Ja. Aber nur, wenn es dir recht ist.« Erst jetzt ließ Mila die Hand wieder sinken.

»Lass mich überlegen.« Johann dachte angestrengt nach. »Einverstanden, mit Almut kannst du reden. Sie würde mich nie verpetzen. Ich mag sie. Du auch?«, sagte er.

»Ich mag sie auch, ja«, antwortete Mila.

Johann nahm ihre Hände und drückte sie. »Das ist gut.«

»Und jetzt? Zeigst du es mir?«

»Klar, ich führ dich hin.«

Er drehte sich um und stapfte los, fest überzeugt, dass Mila mitkam. An der Kapelle bogen sie links ab, bis sie zu einer Reihe von Gräbern gelangten, die von Hecken eingefasst waren. Johann blieb vor dem ersten Grab stehen und zeigte auf die graue Granitplatte, auf der ein Name, ein Geburts- und Todesdatum, eine Inschrift und ein großes Kreuz eingraviert waren. Auf der Ruhestätte fanden sich weder Blumen noch Kerzen.

»Das ist es«, murmelte er.

Milas Blick blieb am Todesdatum hängen. Das Sterbejahr war ihr Geburtsjahr. Sie atmete tief ein. Wie ein leises Flüstern drang die Erkenntnis in ihren Kopf, dass an diesem Ort etwas existierte, das sie noch nicht begreifen konnte. Dann kniete sie sich hin und berührte den Namen und die Inschrift, als läse sie eine Botschaft, die ihr noch verborgen blieb. Sie spürte, dass die Worte im Kontext des Grabs eine tiefere Bedeutung hatten, und es belastete sie, dass sie nicht entschlüsseln konnte, was es war.

Der Herr ist nahe denen, die zerbrochenen Herzens sind und hilft denen, die ein zerschlagenes Gemüt haben. Psalm 34, 19.

Der Granit war warm. Milas Herz klopfte laut. Sie war durcheinander, gefangen in einem Strudel aus Unklarheit.

»Wieso ist das mein Toter?«, flüsterte sie. »Warum hast du mich hierhergeführt?«

Johann zupfte unruhig an seinem T-Shirt und sah an Mila vorbei. Von ihm war keine Antwort zu erwarten, keine Andeutung, nichts. Natürlich nicht. Er durfte ja nichts sagen. Und er würde auch nichts mehr sagen, egal, was sie versuchte. Er war weit genug gegangen.

»Ludger Neumann«, sagte Mila laut, als sie sich erhob. Der Name war ihr nicht nur unbekannt, er klang auch fremd. Er war leicht und unnahbar zugleich. Sie sprach ihn nicht noch einmal aus. Stattdessen versuchte sie, ihre Gedanken zu fassen, doch sie versteckten sich wie in einem dichten Nebel. Mila verharrte vor dem Grab, ganz in Gedanken, und vergaß eine Weile sogar, dass Johann neben ihr stand. Erst als ihr die Stille um sie herum wieder bewusst wurde, legte sie einen Arm um seine Schulter.

»Danke«, sagte sie. Das zweite Mal an diesem Tag.

»Wofür?«, fragte Johann.

Sie sah ihn an. »Das weißt du ganz genau.«

Er lächelte.

Dann verließen sie den Friedhof, ohne ein weiteres Wort zu verlieren.

Helles Sonnenlicht fiel in ihr Zimmer. Mila hatte gerade geduscht und trat mit noch nassen Haaren ans offene Fenster. Sie schob die Vorhänge beiseite. Umhüllt von der drückenden Sommerhitze und stillen Vorfreude auf Luise, genoss sie den weichen Wind auf ihrer feuchten Haut. Die Ruhe im Haus. Und die Leichtigkeit, die in dieser Ruhe lag.

Sie schaute über den Hof und die Weide zum Gemüsegarten, in dem Almut arbeitete. Mila beobachtete, wie sie die Tomatenpflanzen an Stäben aus hellem, in der Sonne leuchtendem Holz festband und anschließend ausgeizte. Ein Mann stand neben ihr und sah ihr ebenfalls zu. Dann zog er ein Tuch aus der Hosentasche und tupfte sich die Stirn. Die beiden unterhielten sich zunächst ruhig, bald jedoch mit zunehmender Erregung. Mila hätte gerne gehört, worüber sie sprachen. Der Mann war groß, breitschultrig und hatte kräftige Arme. Er trug eine blaue Arbeitshose und ein kariertes, kurzärmeliges Hemd. Er redete mehr als Almut, strich mit den Fingern über sein Kinn und schaute einmal kurz zu Mila hoch, wobei er für den Bruchteil einer Sekunde innehielt, bevor er sich erneut Almut zuwandte, sich nach einem weiteren Wortwechsel mit ihr umdrehte und kopfschüttelnd über die Wiese in Richtung Bach und Tischlerei davonging. Almut widmete sich weiter ihrem Garten, ohne ihm nachzusehen.

Mila überlegte, ob sie sich etwas anziehen, zu ihr gehen und sie fragen sollte, wer denn der Mann gerade gewesen sei. Sie könnte Almut in eine Unterhaltung verstricken, dabei den richtigen Augenblick abpassen und sich nach Ludger Neumann erkundigen. Sie konnte es tun – oder es lassen. Der richtige Augenblick. Der war oft entscheidend. Nicht nur oft, fast immer. Mila spürte, dass es jetzt nicht passte. Almut arbeitete. Und wenn sie arbeitete, stand ihr bestimmt nicht der Sinn danach, Fragen zu beantworten, egal, ob sie für Mila wichtig waren oder nicht. Außerdem hatte es gerade so ausgesehen, als hätte sie mit dem Mann gestritten. Zumindest hatten sie eine Meinungsverschiedenheit. Daher war es jetzt sicher ein denkbar schlechter Zeitpunkt. Vermutlich war Almut gereizt. Vielleicht sogar wütend. Mila beschloss, sie in Ruhe zu lassen. Sie musste geduldig bleiben. Ohnehin musste sie sich jetzt beeilen, um pünktlich bei den Lechners zu sein.

Sie ging zur Kommode und nahm ein schlichtes Trägerkleid sowie eine Perlenkette heraus, die sie an einem der Strände in Ericeira gekauft hatte. Es war erst ein paar Monate her, und doch erschien ihr der Moment schon weit weg. Wie ein Erlebnis auf einem anderen Planeten.

Nachdem sie sich angezogen hatte, warf sie noch einen letzten Blick auf die Uhr und schlüpfte aus dem Zimmer.

»Da bist du ja«, sagte Luise. Sie hatte bereits am Eingangstor auf Mila gewartet. Trotz ihrer Freude wirkte sie nervös. Sie küsste Mila leicht auf beide Wangen, hielt sie kurz an den Handgelenken fest und sagte, dass sie erst heute Nachmittag von der Einladung ihrer Eltern erfahren habe und verwundert gewesen sei. Sie habe Mila zwar erwähnt, doch warum ihre Eltern sie unbedingt kennenlernen wollten, darauf konnte auch Luise sich keinen Reim machen. Egal, es sei einfach toll, sie hier zu haben, in ihrem Zuhause. Ach so, ihre Eltern wüssten natürlich nicht, was zwischen ihnen liefe.

»Von mir erfahren sie nichts«, sagte Mila lächelnd.

Sie gingen auf das Haus zu. Mila schob ihr Rad, und Luise blieb dicht neben ihr. Ab und zu berührten sich ihre Arme, die Handrücken, ihre Finger, wie versehentlich. Es war schön, die kurzen Kontakte und dass sie wieder zusammen waren, mitten in Luises Leben, an dem Ort, an dem sie mit ihren Eltern und Johann wohnte, und in dem wundervollen Garten, in dem es gut und schwer nach Rosen roch. Mila sah sich ohne Scheu um. Sie mochte die schillernden Farben der Hortensien und die großen Platanen, die ihren Weg säumten. Das ganze Anwesen wirkte von nahem noch stattlicher, noch imposanter.

»Ihr lebt wirklich schön hier«, flüsterte sie und stieß einen anerkennenden Pfiff aus.

»Mein Vater ist Wirtschaftsanwalt. Er ist gut in dem, was er macht. Und das lassen sich seine Mandanten eine schöne Stange Geld kosten«, sagte Luise. Es klang nicht hochmütig, nur erklärend. »Stell dein Rad einfach neben der Garage ab«, meinte sie, und Mila folgte der Aufforderung. Durch die geöffnete Garagentür konnte Mila die Autos sehen – einen schwarzen Jaguar, daneben ein silbernes Mercedes Coupé. Luise sah sie fast entschuldigend an.

»Sag jetzt nichts, ich ahne, was du denkst«, meinte sie. »Hier ist wirklich alles fett und so.«

»Richtig fett«, bestätigte Mila mit einem halb belustigten, halb erstaunten Ausdruck.

»Ich kenne es nicht anders«, sagte Luise und hob ihre Schultern leicht an.

»Muss dir nicht peinlich sein.«

»Ist es mir auch nicht, trotzdem …«

»Es gibt Schlimmeres, oder?«

Luise lachte. Mila stimmte ein. Sie hörte Luise gerne lachen. Und sah genauso gerne, wie sich ihre Grübchen dabei vertieften. Dann sagte sie: »Ich frage mich nur, warum du in deinen Ferien Eis verkaufst. Musst du doch gar nicht.«

»Weil meine Eltern reich sind, meinst du? Vielleicht mach ich es gerade deshalb. Verstehst du? Um zu sehen, wie es ist, mal eigenes Geld zu verdienen und nicht bei allem von ihnen abhängig zu sein.«

»Ja, verstehe. Wegen dem Selbstwertgefühl und so.«

»Genau deshalb«, bestätigte Luise.

Dann gingen sie zur Rückseite des Hauses und traten auf eine breite Terrasse. Unter einem riesigen Sonnensegel stand ein großer Tisch, in Weißtönen gedeckt, eingerahmt von mehreren Stühlen. Vom Rand der Terrasse führte ein geschwungener Weg zu einem Schwimmbecken, das sich perfekt in eine weite Rasenfläche einfügte und von tönernen Blumenkübeln mit üppigen Zierpflanzen umsäumt wurde. Mila ließ ihren Blick langsam, fast prüfend, über das beeindruckende Grundstück wandern, das von einer hohen Kalksteinmauer eingefasst vor der Außenwelt verborgen war. Alles stimmte. Zumindest auf den ersten Blick.

Einen Moment später stürmte Johann durch die offene Terrassentür und umarmte sie. »Mila«, rief er. »Du bist da.«

Mila freute sich und drückte ihn fest an sich. »Schön, so begrüßt zu werden.«

Luise kicherte. »Vergiss nur nicht, auch wieder loszulassen, Johann.«

Er verdrehte die Augen und ließ von Mila ab. Dennoch blieb die Freude in seinem Gesicht. Auch als sich eine weitere Stimme meldete.

»Guten Abend, Mila.« Sie stammte von einer zarten Gestalt, die Johann nach draußen gefolgt und zunächst stehengeblieben war, nun jedoch auf Mila zuging und ihr freundlich die Hand reichte. »Ich bin Helga Lechner, Luises und Johanns Mutter. Wir freuen uns, dass du gekommen bist. Ich darf doch du sagen, oder?«

Frau Lechner war eine Frau um die vierzig. Mila bemerkte sofort, wie sehr sie Luise ähnelte. Nur dass Frau Lechners Mund breiter und die Augen kleiner waren, darüber die Brauen zu schmalen, hellen Sicheln gezupft und gelockte, blondierte Haare. Sie trug eine weiße Bluse und einen eleganten Sommerrock, und Mila war froh, sich für das Trägerkleid entschieden zu haben.

»Ja, bitte, sagen Sie du zu mir. Und danke für die Einladung«, erwiderte sie und registrierte, dass Frau Lechner ihre Hand länger festhielt, als es nötig gewesen wäre.

»Luise hat von dir erzählt. Sie war mit dir am See und beim Klettern.« Frau Lechner machte eine kurze Pause, bevor sie hinzufügte: »Ein Mädchen von weither. Das hat uns neugierig gemacht.«

»Ach, wirklich?« Mila lächelte.

»Ganz genau. Das hat es«, bestätigte jemand, der unerwartet aus dem Hintergrund trat. Der Vater. Er stand plötzlich da, wie aus dem Boden gewachsen, in beigem

Hemd und Leinenhose, grauhaarig und selbstsicher, die Beine fest auf den Steinplatten. Er war schlank, aber nicht dünn, und trug eine goldfarbene Nickelbrille. Mila schätzte, dass er mindestens zehn Jahre älter war als seine Frau. Er musterte sie einen Moment eindringlich, und sie hielt seinem Blick stand, auch wenn sie sich wie auf einem Präsentierteller fühlte. Sie nickte kurz. Er trat auf sie zu und reichte ihr ebenfalls die Hand.

»Thomas Lechner«, sagte er. »Und wie meine Frau es schon gesagt hat, freuen wir uns, dass du hier bist und darauf, dich kennenzulernen.«

Sein Händedruck war kräftig, eine Nuance zu fest. Mila fühlte sich unwohl. Doch sie zeigte es nicht, im Gegenteil, sie machte ein freundliches Gesicht und erwiderte den Druck. Dabei fragte sie sich erneut, wieso sie hier war, warum man sie eingeladen hatte. Waren die Eltern etwa Kontrollfreaks und wollten alle Freunde von Luise und Johann kennenlernen? Um die Freundschaften nach ihren Überzeugungen gutzuheißen oder sie abzulehnen?

»Ich hole gleich etwas zu trinken. Magst du einen Aperitif?«, fragte Frau Lechner in Milas Richtung.

»Gern.«

»Hugo, Aperol Spritz oder Campari mit Orangensaft? Oder doch lieber etwas ohne Alkohol?«

»Ein Hugo wäre gut.«

»Fein. Die Vorlieben meines Mannes und unserer Kinder kenne ich ja«, sagte Frau Lechner und verschwand im Haus.

Ihr Mann räusperte sich. Sein Blick ruhte schwer und abschätzend auf Mila. »Du kommst aus dem Norden?«, fragte er.

»Stimmt, das hört man wohl.« Mila nannte den Namen der Stadt, in der sie lebte und die in diesem Augenblick so weit entfernt war. Wie die WG, die Confiserie im Zentrum, die Pizzeria am Hafen und ihr Vater. Nicht, dass sie etwas oder irgendwen sonderlich vermisste. Es wurde ihr nur auf einmal klar. Oder vermisste sie doch etwas oder irgendwen? Dann wartete sie auf die Frage, die unweigerlich kommen musste.

»Unser Dorf ist nicht gerade ein Magnet für junge Menschen. Was hat dich hierher verschlagen, Mila?«

Sie überlegte kurz. Dann antwortete sie knapp und vage: »Die Sehnsucht nach Ruhe. Nach Abstand zum Vertrauten. Nach neuem Input. Von all dem etwas.« Es klang geschwollen. Und merkwürdig. Sie wollte es genau so, nicht anders.

Herr Lechner schaute sie überrascht an. »Klingt fast, als wolltest du vor etwas fliehen. Oder als wärst du auf der Suche.«

»Kann schon sein.«

Er bemühte sich um ein einnehmendes Lächeln. »Aber du möchtest nicht verraten, wovor du fliehst? Oder wonach du suchst?«

Mila sah aus den Augenwinkeln, dass Luise überlegte, ob sie sich einmischen sollte, bevor sie ihr zuvorkam und vieldeutig antwortete: »Ich glaube, ich suche wohl ein bisschen nach mir selbst. Manchmal hab ich das Gefühl, dass ich noch nicht ganz komplett bin, dass mir etwas fehlt. Hört sich bestimmt albern an, ist aber so.«

Herr Lechner neigte den Kopf. »Und du meinst, dass du das, was du suchst, hier findest? Bei uns?«

»Mag sein, ja.«

Seine Augen funkelten hinter den Brillengläsern. Es entstand eine unangenehme Pause, bevor er es noch genauer wissen wollte. »Und wie kommt es, dass du gerade unser Dorf ausgesucht hast? Ist das nur Zufall?«

»Papa, Mila ist weder deine Mandantin noch eine Zeugin, die du einfach so ausfragen kannst …«, mischte sich Luise nun doch ein. Sie konnte nicht mehr anders, während Mila versuchte, in Herrn Lechners Gesicht zu lesen, ob seine Fragen bloß dem Versuch geschuldet waren, Interesse vorzutäuschen, oder ob er etwas Bestimmtes wissen wollte. Sie wurde misstrauisch. Herr Lechner war nicht nur direkt, sie hielt ihn auch auf eine unangenehme Weise für subtil. Und deswegen glaubte sie, dass sein Interesse ernst gemeint war und er einen bestimmten Grund hatte, sie auszufragen. Sie wusste nur nicht, welchen.

»Ich bin aus dem Zug gestiegen und einfach losgegangen, dann war ich irgendwann hier«, antwortete sie ausweichend und mit einem ironischen Unterton.

»Und dann kommst du ausgerechnet bei Almut unter? Bei der Milchbäuerin?«

»Papa! Jetzt ist es aber genug!«, platzte es aus Luise heraus. Ihr Gesicht war hochrot. Sie stellte sich neben Mila, als müsste sie ihr Beistand leisten. Für sie waren die Situation und das Verhalten ihres Vaters extrem peinlich. »Was soll das?«

Mila hob die Schultern. Sie achtete nicht auf Luise, sondern sah Herrn Lechner entschlossen an. »Warum nicht bei Almut? Sie hat viel Platz«, sagte sie mit fester Stimme.

»Das hat sie wohl.« Herrn Lechners Miene verhärtete sich. Er war unzufrieden mit der Antwort und zeigte, dass ihn Milas Verhalten, ihre beherzte Art, ihm zu begegnen, ärgerte. Dennoch zwang er sich zu einem flüchtigen Lächeln, als er die vorwurfsvollen Blicke seiner Tochter spürte. »Tut mir leid, wenn ich dich mit meiner Neugier irritiert habe, Mila. Ich wollte nicht taktlos sein. Schieb es einfach meinem Beruf in die Schuhe. Da gehören Fragen dazu. Viele Fragen. Deshalb fällt es mir häufig schwer, mich zurückzuhalten. Ich hoffe, du nimmst es mir nicht krumm.«

»Schon gut. Ist ja nichts passiert«, sagte Mila und versuchte, gleichgültig zu klingen.

Herr Lechner rückte sich die Brille zurecht und kniff die Augen zusammen. Mila hatte sich schon eine Meinung über ihn gebildet. Sie mochte ihn nicht. Ganz und gar nicht. Und sie war erleichtert, als Frau Lechner mit einem lauten *Et Voilà* und den Getränken zurückkam, die sie auf einem runden Tablett balancierte. Sie stellte es auf den Tisch und reichte jedem ein Glas. Hugo für Luise und Mila, Campari mit Orangensaft für sie und ihren Mann und einen Fruchtsaft für Johann, der die Unterhaltung stillschweigend verfolgt hatte. Sie stießen an.

»Auf einen schönen Abend«, sagte Frau Lechner fröhlich. »Und auf unseren jungen Gast.«

Sie tranken den Aperitif im Stehen, und Mila kam sich vor, als wäre sie Teil eines Schauspielensembles, das gerade eine Szene vor einer schönen Kulisse einstudierte. Plötzlich plauderten sie belanglos, vor allem redeten sie über die Hitze, die das Tal im Griff hatte und den Voraussagen nach wohl noch lange anhalten sollte. Frau Lechner sagte, dass sie schon einmal eine Dürre erlebt hatten, eine richtige Dürre, die wochenlang angedauert und der Landwirtschaft enorm zugesetzt habe. Vor vielen Jahren. Sie warf ihrem Mann einen knappen, verschwörerischen Blick zu, dann erwähnte sie, dass es schlecht wäre, wenn sich die Hitze noch mal derart einnisten würde wie damals, weil der Ackerbau und die Tierzucht für die Region enorm wichtig und die Trockenheit Gift für sie seien. Mehr als das, ergänzte Herr Lechner. Die Landwirtschaft wäre existenziell für ihre und die angrenzenden Gemeinden. Das sei damals ein verflucht schlimmes Jahr gewesen. Ein Katastrophenjahr sozusagen. Niemand im Dorf habe es vergessen.

Zum Abendessen gab es gegrillten Lachs mit Kräutersoße, Kartoffeln und grünen Salat. Dazu einen trockenen Wein und stilles Wasser. Aus den Boxen neben der Terrassentür klang leise Jazzmusik. Mila tauschte immer wieder kurze Blicke mit Luise aus, zwinkerte von Zeit zu Zeit Johann zu und verwickelte Herrn Lechner in ein Gespräch über seinen Beruf, auch, um ihn abzulenken, weil sie argwöhnte, dass er in Gegenwart seiner Frau erneut versuchen würde, mehr über ihre Absichten und ihre Suche herauszufinden. Warum auch immer.

»Luise hat mir erzählt, dass Sie Wirtschaftsanwalt sind«, sagte Mila. »Was machen Sie genau, Herr Lechner? Welche Leute verteidigen Sie?«

Herr Lechner wischte sich mit der Serviette den Mund ab. »Das interessiert dich?«, fragte er skeptisch.

»Sonst würde ich doch nicht fragen«, antwortete sie.

Er lehnte sich zurück und legte die Fingerspitzen aneinander. »Normalerweise vertrete ich Unternehmer, die wegen Wirtschaftskriminalität angeklagt sind. Hin und wieder leite ich auch Firmenübernahmen in die Wege oder verhindere sie, je nachdem, wer mich beauftragt.«

»Und was macht Ihren Erfolg aus? Ich meine, Ihre Kunden erwarten bestimmt viel von Ihnen. Und wenn ich mich hier so umschaue, liefern Sie das, was die von Ihnen verlangen, richtig?«, sagte Mila unverblümt.

»Gut erkannt.« Herr Lechner nickte bekräftigend. »Wenn ich die Haut meiner Klienten rette oder ihnen zu dem verhelfe, wonach sie streben, werde ich von ihnen nicht nur gewürdigt, sondern auch angemessen entlohnt. Von der gegnerischen Partei werde ich dagegen meist gefürchtet, weil mir mein Ruf vorauseilt und es fast immer passiert, dass ich deren Erwartungen oder unternehmerische Träume zerstöre. Und was meinen

Erfolg ausmacht?« Er beugte sich vor. Kleine Schweißtropfen glitzerten in den Falten auf seiner Stirn. »Das ist kein großes Geheimnis. Ich analysiere exakt und arbeite rational, emotionslos. Ich konzentriere mich nur auf das gewünschte Resultat, ohne aus den Augen zu verlieren, was einen guten Anwalt auszeichnet.«

»Was zeichnet ihn denn aus?«, bohrte Mila nach.

»Er ist Zuhörer, Berater, Besserwisser, Bedenkenträger und berechnender Honorarempfänger. Alles in einem. Unabhängig davon, für wen er arbeitet oder auf welches Gebiet er spezialisiert ist.«

»Das klingt sehr allgemein.«

»Ut sementem feceris, ita metes.«

»Wie man sät, so wird man ernten?« Mila lächelte.

Herr Lechner nickte anerkennend. »Du kannst Latein?«

»Überrascht Sie das?«

»Wieso sollte Mila kein Latein können?«, fragte Luise und legte die Stirn in Falten.

»Du hast recht, Luise, warum sollte sie es nicht können? Und nein, es überrascht mich nicht«, sagte Herr Lechner und wandte sich wieder Mila zu. »Sicher hast du Abitur gemacht, richtig? Ohnehin scheinst du recht klug zu sein.«

Johann nickte heftig. »Das ist sie. Das ist sie wirklich, Papa.« Nun lachten sie gemeinsam, und kurzzeitig lag Heiterkeit in der Luft. Bis Mila den Faden erneut aufnahm und die Stimmung wieder ernsthafter wurde.

»Luise hat mir erzählt, dass sie eines Tages in Ihre Fußstapfen treten und die Kanzlei übernehmen wird.« Sie sah Luise an. »Die Tochter, die das Geschäft vom Vater übernimmt. Das muss Sie sehr freuen, Herr Lechner.«

Luise sagte nichts. Sie spießte eine Kartoffel auf ihre Gabel und biss hinein.

Herr Lechner nickte selbstzufrieden. »Das ist der Plan. Luise besitzt dafür die richtigen Eigenschaften. Sie wird nicht nur Jura studieren, um eine juristische Theoretikerin zu werden, sondern ihre praktische Veranlagung mitbringen, um die Kanzlei in ihrem und meinem Sinne weiterzuführen. Auch wenn mein Büro in der Stadt ist und ich häufig unterwegs bin, hat sie von Kindesbeinen an mitbekommen, wie ein Anwalt handeln muss, wenn er respektiert und anerkannt werden möchte.« Er lachte. »Es wurde ihr praktisch in die Wiege gelegt.«

Luise rollte mit den Augen. »Du übertreibst, Papa!«

»Aber es ist doch wahr«, bestätigte Frau Lechner. »Und so sollte es auch sein, Luise. Du machst uns stolz.«

»Luise macht uns stolz«, sagte auch Johann und trommelte auf den Tisch. »Meine Schwester macht die Familie stolz, nur meine Schwester ...«

Herr Lechner hob beide Hände. Johann verstummte und blickte zu Boden.

Später räumten sie gemeinsam den Tisch ab und trugen das Geschirr in die Küche, wo Frau Lechner und Johann es in die Spülmaschine sortierten, während Herr Lechner seine Tochter und Mila in ein großes Büro in den ersten Stock führte. Neben Gesetzestexten, Festschriften, zahlreichen Kommentaren und Monografien fanden sich auch gebundene Jahresbände juristischer Wochenschriften und auf Wirtschaftsrecht bezogene Fachbücher in dunklen Holzregalen, die bis zur mit Stuck verzierten Decke reichten. Am Fenster stand ein altmodischer Schreibtisch, daneben eine antiquierte Standleuchte. Die Luft in dem Raum war schwer, und Mila hatte das Gefühl, den Atem anhalten zu müssen. Sie spürte eine essentielle Distanz, die das Zimmer vom Rest des Hauses trennte, von der Familie, von Luise, die sich ans Fenster stellte und plötzlich deplatziert wirkte, zwischen all den Büchern und Schriften.

Mila blieb neben ihr stehen. Sie war auf einmal voller Mitleid und Zärtlichkeit. Am liebsten hätte sie Luises Hand genommen. Oder sie in die Arme geschlossen und ihr ins Ohr geflüstert, dass sie nicht Jura studieren, nicht Anwältin werden und nicht helfen müsse, Wirtschaftskriminelle freisprechen zu lassen und Firmen zu zerschlagen. Dass sie nicht die Nachfolge ihres Vaters antreten und den Weg gehen solle, den ihre Eltern für sie vorbereitet hatten, wenn sie ihn nicht selbst gehen wollte. Dass die Entscheidung bei ihr lag. Doch sie tat es nicht. Falscher Zeitpunkt, dachte sie.

Herr Lechner breitete die Arme aus. »Hier siehst du einen erheblichen Teil meiner juristischen Welt, Mila. Nachschlagewerke, Urteile, Begrifflichkeiten. Die Bibliothek in meiner Kanzlei ist natürlich noch wesentlich umfangreicher. Rechtswissenschaftliche Grundlagen, mit denen sich auch Luise schon bald auseinandersetzen wird. Sie wird es mögen, davon bin ich überzeugt. Und wenn sie erst einmal das Rüstzeug besitzt, wird sie lernen, welche Instrumente sie einsetzen muss, um erfolgreich zu sein. Dabei wird sie erfahren, was es heißt, Verantwortung zu übernehmen.« Er wandte sich an Luise. »Du weißt es, weil ich es dir schon oft gesagt habe. Trotzdem werde ich nicht müde, es zu wiederholen. Bei all dem wirst du nicht allein sein. Ich werde dir zur Seite stehen, Luise, immer. Nimm es als Versprechen!«

Luise nickte stumm und versuchte, Milas fragenden Blicken auszuweichen, womit sie deren Zweifel nur nährte. Sie wirkte schwach, klein, fast verloren. Mila schluckte. Sie wünschte sich die Luise herbei, die sie im Steig gesehen hatte, die unglaublich stark gewirkt und den Felsen mit einer Unbeschwertheit bezwungen hatte, dass es aussah, als schwebte sie an der Klippe entlang und über sie hinweg.

Plötzlich drehte sich Herr Lechner um und trat einen Schritt auf Mila zu. Er nahm die Brille ab und sah sie kühl an. »Verantwortung zu übernehmen heißt, sich Pflichten zu stellen. Das hat mir schon mein Vater beigebracht. Eine meiner Pflichten ist es, die Familie und auch das Dorf zu schützen. Das Dorf ist unsere Heimat. Unser Zuhause. Bereits mein Großvater war hier Ortsvorsteher. Mein Vater ebenfalls. Und jetzt bin ich es. Schon seit etlichen Jahren. Ich nehme diese Aufgabe sehr ernst, Mila.«

Mila verstand nicht, was er ihr sagen wollte. Offensichtlich war nur, dass er vorhatte, sie einzuschüchtern. Sie begriff bloß nicht, wieso. Doch er würde sie nicht ins Bockshorn jagen. Sie hob trotzig ihr Kinn. »Und?«

Er fixierte sie, sekundenlang. »Weißt du, was Almut getan hat? Bist du deshalb hier? Um etwas auszugraben?«

Wieder ging es um Almut. Um etwas in ihrer Vergangenheit. Mila hörte, dass Luise scharf einatmete und jede Sekunde etwas sagen würde, um ihr beizustehen. Mila kniff ihr unauffällig in die Taille. Sie brauchte keine Hilfe. Sie wollte Luises Vater selbst die Stirn bieten. Luise blickte sie an, verstand und schluckte den Protest runter.

»Nein. Ich weiß nicht, was Almut getan hat. Aber ich bin neugierig. Erzählen Sie es mir?«

Herrn Lechners Nasenlöcher weiteten sich. »Ich glaube dir kein Wort.«

Mila sah ihn ruhig an. »Was Sie glauben oder nicht, ist nicht mein Problem. Ich hab tatsächlich keine Ahnung, was Almut gemacht hat oder was Sie damit zu tun haben, Herr Lechner. Denn Sie haben doch etwas damit zu tun, stimmt's? Sonst wären Sie nicht so beunruhigt. Und deshalb haben Sie mich auch eingeladen, richtig? Nicht, weil sie das Mädchen kennenlernen wollten, das von weither kommt und Zeit mit Ihrer Tochter verbringt. Nein, Sie wollen rausfinden, warum ich bei Almut bin und was ich weiß.«

Er setzte die Brille wieder auf und beugte sich nah an sie heran. Sie spürte seinen Atem im Gesicht, er roch nach Wein und Fisch. »Du täuschst dich. Ich bin nicht beunruhigt, Mila. Aber ich weiß, dass es oft sinnvoll ist, Vergangenes ruhen zu lassen. Für alle Beteiligten! Verstehst du, was ich meine?«

Mila wich nicht zurück. Obwohl sie auch wahrnahm, was er nicht sagte. Die Sätze, die er nicht aussprach, weil Luise neben ihnen stand. *Du gehörst nicht hierher. Für dich ist kein Platz in unserer Mitte. Pack deine Sachen und verschwinde wieder. Wir wollen dich hier nicht haben. Keinen Tag länger. Du bringst etwas durcheinander, was wir nicht durcheinander haben möchten.* Mila schob die Worte beiseite. Herr Lechner konnte sie nicht einschüchtern. Und weil sie nichts Falsches getan hatte und nicht begriff, weshalb er so rüde mit ihr umging, als wäre sie seine Gegnerin, blieb sie einfach stehen, verschränkte die Arme vor der Brust und erwiderte seinen Blick. »Und, wer sind die Beteiligten?«

Ein leichtes Zucken umspielte seine Mundwinkel. Mila erwartete keine Antwort. Und sie bekam auch keine.

Von unten rief Frau Lechner, dass das Dessert fertig sei und es schön wäre, wenn sich alle wieder an den Tisch setzen würden.

»Es tut mir leid, er ist nicht immer so«, sagte Luise, sichtlich zerknirscht. Sie war traurig, wütend und beschämt, alles in einem. »Keine Ahnung, was ihn heute Abend geritten hat.«

Sie fuhren mit ihren Rädern an der Eisdiele und dem Krämerladen vorbei, danach an der Kirche und dem Dorfbrunnen. Luise hatte darauf bestanden, Mila zu begleiten. Johann wollte auch mit, aber Frau Lechner hatte gesagt, es sei schon spät genug geworden und es ihm verboten. Mila war froh darüber. Nicht, weil sie Johann ausschließen wollte, sondern weil sie hoffte, noch einmal in Ruhe mit Luise reden zu können. Über den Abend. Über Erwartungen. Über Wege und Ziele.

Es war schon dunkel. Die Straßen lagen verlassen da, und die Laternen warfen verzerrte Schatten auf den Asphalt.

»Schon gut. Du musst dich nicht für deinen Vater entschuldigen. Glaub mir, mit meinem hab ich auch so meine Probleme…«, sagte Mila. Der Wein, den sie getrunken hatte, machte ihren Kopf schwer. Sie hoffte, dass sie nicht lallte.

»Trotzdem, er hat sich völlig danebenbenommen. Mit seiner Ausfragerei, dieser komischen, strengen Art und so.«

Komische, strenge Art und so? Das war noch untertrieben, dachte Mila, sagte es aber nicht. Luise war schon irritiert genug.

»Dafür ist deine Mutter doch ganz in Ordnung.«

»Wenigstens etwas«, lachte Luise hölzern.

»Und das Essen war auch lecker.«

»Noch etwas, was dir an dem Abend gefallen hat?«

»Was willst du hören?«

»Überleg mal.«

»Ich denke gerade drüber nach. Und tatsächlich fällt mir noch was ein.«

»Und was?«

»Okay, du gibst ja sonst keine Ruhe. Am schönsten fand ich, dass du da warst.«

»Genau das wollte ich hören. Das baut mich wieder auf.« Luise trat plötzlich heftig in die Pedale und schoss an ihr vorbei. Erst jetzt bemerkte Mila die Segeltuchtasche auf ihrem Gepäckträger. »Hast du noch Lust auf einen kleinen Ausflug? So darf der Tag schließlich nicht enden.«

Mila dachte an den Mittag, die Zeit mit Johann. An die beiden Gräber. *Eine Tote für mich, und ein Toter für dich.* Was kam jetzt noch?

Sie rief Luise hinterher: »Meinetwegen. Aber was ist mit deinen Eltern? Werden die sich nicht fragen, wo du bleibst?«

»Die können mich mal«, erwiderte Luise und bog auf eine Landstraße ab, die an einem Eibenwald entlangführte. Die Lampen ihrer Räder schnitten Lichtkegel in die Dunkelheit, der Geruch von trockener Erde lag in der Luft. Der Weg wurde steiler.

Mila blieb an Luise dran, wie sie vor ein paar Stunden an ihrem Bruder drangeblieben war. »Wo wollen wir hin?«

»Zu einer alten Burgruine.«

»Und was ist besonders dort?«

»Die Aussicht und dass wir ungestört abhängen können. Der Weg dahin ist allerdings schwierig.«

»Das hab ich mir schon fast gedacht.«

Sie fuhren einen Hügel hinauf und bogen noch zwei Mal ab. Die Straßen wurden immer schmaler, dann ging es in den Wald hinein. Milas Lungen brannten, dennoch gefiel es ihr, die Anstrengung machte sie nach dem seltsamen Abend wieder ruhig. Sogar die Wirkung des Alkohols schien nachzulassen. Ihr Kopf wurde klarer, und es machte ihr auch nichts aus, dass sie schwitzte und sich das Kleid wie eine zweite Haut anfühlte. An einer Gabelung stiegen sie von den Rädern und schoben sie einen von Efeu und Wurzeln überwucherten Pfad entlang. Hohe Eiben säumten den Weg wie stille Wächter. Mila fragte sich, wie alt die Bäume wohl schon sein mochten und wie lange sie noch hier stehen würden, wie viele Menschen bereits vor ihnen hier gewesen waren und wie viele noch kämen. Vielleicht noch in hundert oder tausend Jahren. Merkwürdig, wie so ein einfacher Gedanke das eigene Schicksal unbedeutender machen konnte.

Das Gelände wurde unwegsamer, doch Luise kannte sich aus. Nach ein paar Minuten erreichten sie die Ruine, eine verfallene Wehranlage auf einem ebenen Absatz am Berghang. Sie stellten die Räder ins Gras, gingen an einem Graben entlang und stiegen über Steine und Geröll hinweg. Schließlich standen sie auf der vordersten Mauer. Über ihnen hatte sich der Himmel mit Sternen gefüllt, unter ihnen lag ein schwarzer Abgrund, in der Ferne das Dorf mit seinen wenigen Lichtern und im Westen die Bergkette, ein verschwommener Umriss unter dem zunehmenden Dreiviertelmond.

»Sei vorsichtig«, mahnte Luise und zeigte auf das finstere Loch unter ihnen.

Mila bückte sich, fand einen losen Stein im Mauerwerk, nahm ihn und ließ ihn über dem Abgrund fallen. Nach ein paar Sekunden hörten sie, wie er dumpf aufschlug.

»Der war ziemlich lange unterwegs«, sagte Mila verblüfft.

»Ich hab ja gesagt, du sollst vorsichtig sein.«

Sie setzten sich und ließen die Beine in den Abgrund baumeln. Es war ein seltsames Gefühl, direkt über der nachtschwarzen Tiefe zu sitzen, aber Mila hatte weder Angst, noch wurde ihr schwindlig. Sie schaute nicht nach unten, sondern in die Ferne. Ein wenig war es, als gäbe es nur das Tal und sie beide, sonst nichts.

»Und? Wie findest du es hier?«, fragte Luise.

»Hoch. Du bringst mich wohl gerne nach oben«, scherzte Mila. »Nein, ohne Quatsch, es ist gut hier, irgendwie versöhnlich nach diesem Abend.«

Luise lächelte. Ihre Lücke zwischen den Zähnen zeichnete sich dunkel ab. Mila konnte nicht anders und küsste sie. Wieder war sie erstaunt über den betörenden Geruch von Luise – ein Hauch von Blumen, frischem Gras und dieser ganz eigenen Frische, dem *Luisegeruch*, ein schönes, passendes Wort, wie Mila fand, das nun in ihrem Kopf war. Als sie sich wieder voneinander gelöst hatten, kramte Luise eine Flasche Wein und zwei Becher aus ihrer Tasche.

»Hast du noch nicht genug?«, fragte Mila erstaunt.

»Nein. Du etwa?«

»Na ja, vielleicht …«

Sie lachten. Dann tranken sie und plauderten fröhlich weiter. Luise erzählte von der Schule und ihren Lieblings- und Hassfächern und Mila von ihrem Leben in der WG und ihren Freunden in der Stadt. Schließlich erwähnte Luise die Weiße Nacht, die in einer Woche in einem größeren Nachbarort stattfinden würde. Ein jährliches Volksfest mit Modenschau, Live-Musik und Ständen mit Getränken und Essen, sogar eine Tanzfläche würden sie dort aufbauen. Viele aus dem Dorf und den umliegenden Gemeinden gingen dorthin. Alle müssten sich weiß anziehen, und zum Abschluss gäbe es auch noch ein weißes Feuerwerk. Ob Mila sie begleiten würde? Vielleicht, antwortete Mila. Sie sagte nicht, dass sie nächsten Samstag wohl schon wieder weg wäre. Sie wollte den Moment nicht verderben.

»Ich werde morgen noch mal mit meinem Vater reden«, sagte Luise, als sie Milas nachdenklichen Blick bemerkte. »Wegen der ganzen Art und Weise, wie er zu dir war.«

Mila nahm ihre Hand. »Lass es sein. Daran kannst du sowieso nichts mehr ändern. Es gibt allerdings etwas, worüber du mit ihm reden solltest. Etwas ziemlich Wichtiges.«

»Was meinst du?«, fragte Luise unsicher.

Mila stellte den Becher ab. »Über seine Erwartungen.«

Luise blickte nach unten, ins Nichts. »Ich weiß.«

»Und? Wie fühlst du dich damit?« Mila sah sie aufmerksam an.

»Es ist damals nicht gerade nach Plan für ihn gelaufen. Erst kam Johann auf die Welt, dann ich, ein Mädchen. Das war ziemlich beschissen für ihn, glaub ich«, sagte Luise.

Mila überlegte, ob sie sich verhört hatte. Empörung stieg in ihr auf. »Was soll denn das heißen?«

»Er hat es sich anders vorgestellt.«

»Was? Dass ein gesunder, männlicher Thronfolger sein Erbe antritt?« Mila konnte es nicht fassen. »Machst du deshalb, was er von dir verlangt? Weil es Johann nicht kann? Und du deinen Vater nicht enttäuschen willst? Es ist doch dein Leben und …«

»Mach dir keine Sorgen, ich gehe schon meinen Weg!«

»Wirklich?«

»Scheiße, ja.« Luise nahm einen großen Schluck und leerte den Becher. »Scheiße, vielleicht. Ich weiß es nicht.«

»Du gehst nicht deinen Weg, wenn du seinen gehst, stimmt's? Das hab ich doch gesehen und gespürt, als du in seinem Büro gestanden hast. Also mach dir nichts vor!«, sagte Mila.

»Wahrscheinlich hast du recht«, erwiderte Luise mit gedämpfter Stimme.

Mila legte die Hand auf ihren Rücken. Auf einmal hatte sie das Gefühl, vom Tod ihrer Mutter erzählen zu müssen, um Luise etwas klarzumachen, vor allem, was der Blick aus dem achten Stock für sie bedeutet hatte. Doch nicht nur deshalb. Da war noch mehr. Sie sagte: »Meine Mutter hat mir beigebracht, dass ich immer auf meinen Bauch hören soll, ganz gleich, ob eine kleine oder große Entscheidung ansteht. Ich soll meiner ersten Eingebung mehr vertrauen als meinem Verstand, die Intuition sei dem Kopf überlegen. Sie war eine sehr kluge Frau und ein wunderbarer Mensch.«

»Du sprichst in der Vergangenheit von ihr …?«

»Sie ist tot. Das hab ich dir noch gar nicht gesagt.«

Luise sah sie entgeistert an. »Nein, hast du nicht.«

»Falscher Zeitpunkt, falscher Ort, und das war's. Schicksal, Fügung, Zufall, nenn es, wie du willst.«

»Wie ist sie gestorben?«

»Durch einen Autounfall.« Mila presste die Hände so unauffällig wie möglich ineinander, während sie weiterredete, einfach so, als wäre es nicht schwer, obwohl es das war. Sie erzählte, wie sie von dem Unfall erfahren hatte und wie schrecklich der Anblick ihrer Mutter auf der Intensivstation gewesen war, als sie dalag, angeschlossen an all den Apparaturen und Schläuchen, wie sehr Mila gehofft und gebangt hatte und dass sie sich in dieser Zeit gefühlt hatte, als wäre sie in einer großen Blase gefangen, in der die Luft zunehmend dünner wurde. Alles sei ihr schwergefallen, jeder Schritt, jede Bewegung, manchmal sogar jeder Atemzug, während ihre Mutter im Koma lag.

»Sie starb an einem Samstagmorgen, allein, ohne, dass wir uns verabschieden konnten. Als der Anruf kam und mein Vater und ich ins Krankenhaus fuhren, war es, als rasten wir durch eine fremde Welt, alles verlor sich vor meinen Augen. Ich weiß noch, wie wir über die Krankenhausgänge hetzten, vorbei an Pflegern, Schwestern und Ärzten, die uns fragende, mitleidige und teils auch erschrockene Blicke zuwarfen. So kam es mir jedenfalls vor. Bis wir ihr

Zimmer erreichten. Es war schon aufgeräumt, die Laken vom Bett abgezogen, die Apparaturen abgeschaltet, neben dem Bett eine Tasche mit Mutters Sachen drin. Sie hatten sie bereits fortgebracht. Meine Mutter war einfach weg. Verschwunden. Als wäre sie nie dagewesen. Ich begriff erst nicht, wo sie war. Dann sagte eine Schwester, sie hätten sie ins Totenzimmer gebracht. Der Gedanke, dass sie dort lag, allein in einem kühlen Raum, war so schrecklich. Am liebsten hätte ich geschrien und die Welt verwünscht, aber ich konnte es nicht. Ich weiß nicht einmal mehr, wie lange wir noch in dem Zimmer standen, in dieser entsetzlichen Leere, und wie ich mich überhaupt wieder regen konnte. Ich hab's einfach ausgeblendet. Schließlich führten sie uns zu dem Totenzimmer, in dem sie lag. So still. Allein. Ich konnte mich kaum überwinden, den Raum zu betreten …«

»Das ist so traurig, Mila, es tut mir leid …«

Mila holte tief Luft. »Die ganze Zeit, während sie im Koma lag, hab ich mir ausgemalt, wie es wohl wäre, wenn sie sterben würde. Ich wollte es mir nicht vorstellen, doch ich konnte nichts dagegen tun. Die Vorstellung war in mir, wie ein fetter Stachel, und ich war nicht fähig, ihn rauszuziehen. Aber als sie wirklich tot war, fühlte es sich völlig anders an, als ich es mir vorgestellt hatte. Es war noch schlimmer. Der Schmerz nistete sich überall in mir ein, er war schneidend, nicht zu ertragen.«

Luise strich mit ihren Fingern über Milas Arm. Dann sprach Mila vom achten Stock, davon, was sie gefühlt hatte, als sie beim ersten Besuch im Krankenhaus aus dem Fenster blickte. Von ihrer Angst vor Höhe, die sie seitdem hatte.

»O Gott, und ich führe dich über den Steig. Und hierher«, sagte Luise kopfschüttelnd. »Hätte ich das gewusst …«

»Es war gut so.« Mila stand auf. »Du hast genau das Richtige getan, ohne, dass es dir klar war.«

»Hey, was machst du?«

Mila breitete die Arme aus und fing an, langsam über die Mauer zu balancieren wie eine Seiltänzerin.

»Setz dich wieder, Mila. Das ist verrückt. Du hast zu viel getrunken und bist übermütig.« Luises Stimme klang auf einmal ängstlich und auch ärgerlich. »Du musst mir nichts beweisen!«

»Ich will dir nichts beweisen.«

»Doch, das willst du! Lass es, bitte!«

»Ich möchte nur, dass du weißt, was wir gegen unsere Gespenster tun können.«

»Und, was können wir gegen sie tun?«

»Wir müssen ihnen zeigen, dass wir stärker sind als sie.«

»Okay, das hast du gerade getan. Es reicht jetzt.«

Mila ignorierte sie und ging weiter. »Wir können der Angst zwar ausweichen, wenn sie uns aufspürt, aber dann kommt sie wieder. Immer und immer. Deshalb ist es besser, wenn wir ihr entgegentreten, wie einer alten Bekannten, die wir noch nie sonderlich gemocht haben und nur rein zufällig treffen. Oh, Angst, du bist auch hier, ist in Ordnung. Und weißt du warum? Weil du gar nicht so stark bist, wie du denkst. Ich geh jetzt an dir vorbei, und du kannst nichts dagegen tun, ja, ich lass dich einfach stehen …«

»Mach keinen Quatsch, bitte, ein falscher Schritt und du stürzt ab. Das ist kein Spaß mehr!«

»Vertrau mir. Ich hab's im Griff.« Mila schaute nach unten. In die Schwärze. Sie schauderte. Dennoch stellte sie sich auf die Zehenspitzen und riss die Arme hoch in die Luft, als wollte sie fliegen. »Was würdest du lieber machen, als Jura studieren, Luise? Wenn du nicht Schiss davor hättest, deinen Vater zu enttäuschen, welchen Weg würdest du dann gehen?«

Luise stand nun selbst auf. »Ich …«

»Komm. Sag es. Lass es raus!«

»Bitte, Mila …«

Mila wurde energischer. »Sag es! Jetzt! Laut und deutlich!«

Luise sah sie flehentlich an. »Ich sag's dir, wenn wir uns wieder setzen.«

»Nein, du sagst es mir zuerst. Danach versprichst du mir noch etwas, und erst dann setzen wir uns wieder. So läuft das. Das ist der Deal.« Mila drehte sich um, schritt auf sie zu und blieb dicht vor ihr stehen.

Luise stöhnte und blickte zum Gebirge. Sie flüsterte: »Gut, bringen wir es hinter uns.«

»Also, was würdest du nach der Schule am liebsten tun?«, fragte Mila noch einmal.

Luise schluckte. »Am liebsten würde ich Bergführerin werden. Zufrieden?«

»Nein. Das reicht mir nicht. Sag, warum du es willst.«

»Weil ich die Berge liebe und sie anderen Menschen näherbringen möchte. Weil ich zeigen will, wie man Gipfel erklimmen kann und Grenzen auslotet. Genügt dir das?«

Mila drehte sich um die eigene Achse. Erleichterung kam, ein deutliches Gefühl in ihrer Brust. »Kommen wir jetzt noch zu deinem Versprechen.«

»Du bist so verdammt hartnäckig.«

»Und manchmal nervig, ich weiß. Versprichst du es denn? Ohne Wenn und Aber?«

»Und danach setzen wir uns wieder?«

Mila nickte.

»Gut, ich verspreche es. Ohne Wenn und Aber. Also, was muss ich tun?«

Mila ließ die Arme sinken. »Ich hab's schon vorhin angedeutet. Aber jetzt stehst du bei mir im Wort.« Sie schaute Luise aufmerksam an. »Sprich mit deinem Vater!«

»Ich …«

»Rede mit ihm! Schon bald. Bitte. Vermassle es nicht. Du wirst es eines Tages bitter bereuen, wenn du es nicht tust.«

Luise senkte den Kopf. »Ich soll mit meinem Vater reden? Das ist, was du unbedingt willst?«

»Ja.«

Luise stieß ein ersticktes Geräusch hervor. Sie dachte nach, bevor sie schließlich ihr Wort gab. »Okay, ich werde es tun.«

»Sicher?«, fragte Mila mit unüberhörbarem Zweifel in der Stimme.

Luises Blick irrte in die Dunkelheit. »Ja, ich denke schon. Ich hab's ja gerade versprochen. Auch wenn du mich erpresst hast.«

Mila strich über ihren Nacken. »Stimmt«, sagte sie, dann berührte sie Luises Kinn und drehte ihr Gesicht so, dass sie ihr wieder in die Augen sehen konnte, ohne zu blinzeln.

Bis sie merkte, dass Luise die Anspannung allmählich wieder verließ.

Mila kehrte gegen Mitternacht auf den Hof zurück, der in tiefster Dunkelheit lag. Nur auf der Terrasse flackerten zwei Kerzen und warfen ein unstetes Licht in die Nacht. Es waren *ihre* roten Kerzen in *ihren* Deko-Laternen. An der Kastanie hielt sie kurz inne. Sie erkannte Almuts Umrisse und lächelte. Almut saß zusammengesunken auf ihrem Stuhl; den Kopf nach vorne geneigt und die Arme eng vor der Brust schien sie zu dösen. Mila war zwar selbst erschöpft, doch ihr war sofort klar, dass der Schlaf noch warten musste – sie wollte zuerst mit Almut reden. Und wenn ihr Gefühl sie nicht täuschte, war der Moment auch dafür geeignet.

Sie hoffte es zumindest.

Almut spürte ihre Anwesenheit, dennoch schaute sie Mila nicht an. Sie blieb mit halb offenen Augen sitzen, hob den Kopf und blickte zum Dachstein. Sie hatte keinen Appetit verspürt und nur wenig gegessen, ein bisschen Gemüse, zwei Scheiben Brot, während die Müdigkeit unaufhaltsam in ihr hochgekrochen war. Die harte Arbeit vom Tag steckte ihr in den Knochen. Wie so oft. Doch es war nicht nur die Arbeit. Auch dass sie mit Benno gestritten hatte, weil er ihr unbedingt mitteilen musste, mit welchem Eifer man im Dorf darüber redete, dass sie eine junge Frau aufgenommen habe und dass spekuliert wurde, wer sie sei. Vor allem die Alten würden tuscheln, hatte er behauptet und war mürrisch geworden, weil sie gereizt reagiert und ihm gesagt hatte, dass die Frau eine Touristin aus dem Norden sei, woher sie genau komme, wisse sie auch nicht. Und überhaupt, es sei ihr egal, was im Dorf getratscht wurde. Sie habe schon einmal einen Spießrutenlauf mitgemacht, der in einer Hexenjagd gemündet war und wie die damals geendet hatte, wüssten sie ja wohl beide noch. *Nur eine Touristin? Wirklich, Almut, nur eine Touristin?* Benno hatte ihr nicht geglaubt. Ihr war es egal gewesen, was er glaubte oder nicht. Das hatte sie ihm zu verstehen gegeben, und er war resigniert davongestapft. Almut hatte ihm nicht einmal mehr nachgesehen.

Den ganzen Tag war sie schon grantig gewesen. Und dann hatte sie es an Benno ausgelassen. Sie kannte den Grund für ihre Verstimmung. Ihr missfiel, dass Mila von den Lechners eingeladen worden war. Ausgerechnet von den Lechners. Wie gerne hätte sie gedacht, dass Mila doch bei denen den Abend verbringen solle, dass es ihr nichts ausmache. Aber es machte ihr etwas aus. Weil sie nicht wusste, was die Lechners beabsichtigten. Weil Thomas Lechner hinterlistig war, einer, der nie etwas ohne Grund tat. Auch wenn es lange zurücklag, erinnerte sie sich noch genau an seine Worte, als er und seine Frau ihr die Papiere unter die Nase gehalten hatten.

Wir helfen dir, Almut. Ich kümmere mich um die Abwicklung. Es ist die beste Lösung. Nicht nur für dich. Für alle Beteiligten. Das Dorf wird wieder zur Ruhe kommen.

Die Abwicklung. Wie sarkastisch konnte ein Mensch nur sein und so reden? Doch es war billig, den Lechners die alleinige Schuld in die Schuhe zu schieben. Schließlich hatte sie eingewilligt. Weil sie völlig durcheinander gewesen war und fortgegeben hatte, was sie nie hätte fortgeben dürfen.

Und dann hatte sie die Papiere unterschrieben.

Nur sie konnte es.

Kein anderer.

Nur sie.

Sie. Sie. Sie.

Almut sah auf und nickte knapp, als Mila sie mit einem: »Hey, schön, dass du noch wach bist«, begrüßte und sich neben sie setzte. Auf dem Tisch standen das Windlicht, das Mila im Dorf gekauft hatte, eine Kanne, die nur noch zur Hälfte mit Wasser gefüllt war, und zwei Gläser. Eins davon war noch unbenutzt. Offenbar hatte Almut auf sie gewartet.

Mila goss sich Wasser ein. Ihr Mund war trocken. Sie spürte noch den Wein, es war, als hätte sie Watte im Kopf, eine weiche Schwere, die sie träge werden ließ, jetzt, da sie auf Almuts Terrasse saß und zur Ruhe kam. Sie trank das Glas in einem Zug aus. Dann betrachtete sie die dunklen Konturen der Tiere auf der Weide und fühlte sich gleich wohler. Auch die Stille zwischen ihr und Almut machte ihr nichts aus. Weil es keine unangenehme, sondern eine ausgleichende, dienliche Stille war, als müssten sie sich nicht sammeln, um zu reden, sondern wüssten genau, dass es sowieso passieren würde. Eine von ihnen würde früher oder später beginnen, und auch das war gut. So lange würden sie einfach nur beieinandersitzen, als wäre es schon immer so gewesen. Wie zwei völlig unterschiedliche Puzzleteile, die nicht zusammenpassen und sich trotzdem irgendwie ineinanderfügen, dachte Mila amüsiert. Ein warmer Wind strich über ihre Arme, das Licht der Kerzen flackerte auf. Irgendwo zirpten Grillen, auf den Feldern oder im Wald.

Sie war es, die nach einer Weile die Ruhe unterbrach. Sie fing mit einer schroffen Feststellung an, leise und mit rauer Stimme, weil sie an diesem Tag schon viel gesprochen hatte.

»Was für ein Idiot!«

Almut hob die Augenbrauen. »Lechner?«

Mila nickte. »Wer sonst? Er hat mich ausgefragt und wollte wissen, ob ich nur zufällig hier bin und warum ich ausgerechnet diesen Ort ausgewählt habe. Er hat mich ziemlich bedrängt. Ich glaube, er wollte etwas herausfinden.«

Almut verzog den Mund, sagte aber nichts.

»Und warum ich bei dir wohne. Das wollte er auch wissen.«

Diese Worte zeigten mehr Wirkung. Mila sah, dass Almut die Hände kurz zu Fäusten ballte und sich ihr Gesicht verhärtete. Sie wirkte angespannt, doch sie blieb stumm.

Frag schon, dachte Mila und schaute zu den Bergen, die dunkelgrau schimmerten und weiter entfernt wirkten als vorhin an der Burgruine, als wären sie zurückgewichen. *Vielleicht ist jetzt der Zeitpunkt gekommen, um zu reden.*

Du musst nur dasselbe fragen wie Lechner. Ob ich zufällig hierhergekommen bin. Warum ich diesen Ort ausgesucht habe. Ob ich dich ausgesucht habe, Almut. Frag, und ich sag's dir. Oder war es doch noch nicht der richtige Augenblick? Sie könnte es Almut ja auch sagen, ohne dass sie fragte. Sie hatte es selbst in der Hand. Aber wollte sie das wirklich? Antworten in einem Moment, in dem sie angetrunken und nicht völlig klar war?

»Er hat auch über dich gesprochen«, sagte sie herausfordernd.

Almut nickte, als wäre es keine bedeutende Sache.

»Er hat behauptet, dass du etwas Schwerwiegendes getan hast.«

Mila fixierte Almut mit ihrem Blick, sie erwartete eine Reaktion, eine Verteidigung oder etwas Ähnliches. Almut kniff die Lider fest zu und schien tatsächlich einige Sekunden mit sich zu ringen.

»Er hat recht«, sagte sie schließlich und stand unerwartet auf. »Und du auch. Denn er ist ein Idiot. Es geht sogar noch darüber hinaus. Er ist ein schlechter Mensch.«

Mila hakte nach. »Willst du mir nicht sagen, was passiert ist?«

»Nein, will ich nicht.«

»Warum nicht?«

Almut hob die Hände wie zur Abwehr nach oben. »Wieso glaubst du, dass ich mein Nein begründen muss?«

»Das musst du nicht.«

»Dann frag nicht.«

»Aber da ist noch etwas ...«

»Was?«

Mila beugte sich vor. »Johann hat mich heute Mittag auf den Friedhof geführt.«

»Zu Sarah?«

»Ja. Und er hat mir noch ein Grab gezeigt. Er sagte, er dürfe mir nichts darüber erzählen, aber niemand hätte ihm verboten, dass er mich dahinführe.«

Almut schaute sie verwirrt an. Sie stand auf einmal da wie zu Stein erstarrt.

»Wer war Ludger Neumann?«, fragte Mila mit stockender Stimme. Es schnürte ihr die Brust zu.

Almut suchte nach den richtigen Worten. Sie schob das Kinn nach vorn und knetete ihre Finger.

»Er war mein Mann«, flüsterte sie nach einer Weile.

»Dein Mann? Ihr wart verheiratet?«

»Nein, das waren wir nicht. Trotzdem war er mein Mann«, sagte Almut und klang beinahe stur. »Aber das ist lange her. Und was vorbei ist, ist vorbei. Es ist besser, die Toten ruhen zu lassen.«

Mila holte tief Luft. »Ich muss dir noch was sagen, weil ich denke, dass wir darüber reden sollten, warum …«

»Nein. Wir haben heute Abend schon genug geredet«, unterbrach Almut sie hastig. Sie hatte plötzlich rote Flecken im Gesicht.

»Meinst du das wirklich? Wir haben doch gerade erst angefangen und …«

Almut schaute sie mit einem fast schon bittenden Ausdruck an. »Lass uns noch ein bisschen Zeit.« Dann wandte sie sich hastig ab und ging ins Haus, ohne sich noch einmal umzudrehen.

Mila blickte ihr ungläubig hinterher. Für Sekunden fühlte sie sich wie ausgeknockt, und dann war sie wütend, auf Almut, auf sich und darüber, wie die Unterhaltung verlaufen war. Sie hatte wohl zu schnell zu viel gewollt und es falsch angestellt, so falsch, dass Almut das Gespräch vorzeitig beendete, wie gestern Nacht, obgleich es schon an einem Punkt angelangt schien, an dem sie vieles hätten klären können. Vielleicht sogar alles. Mila war so nah dran gewesen, so verdammt nah, zumindest hatte sie es geglaubt. Jetzt hatte sie das Gefühl, eine Chance vertan zu haben. Sie starrte auf das Windlicht und die Laternen, zog die Beine an und umschlang sie mit den Armen.

Am liebsten hätte sie laut geschrien, die Gläser vom Tisch gefegt und die Wut nicht unterdrückt, sondern rausgelassen. Doch sie tat nichts dergleichen. Stattdessen blieb sie noch eine Zeit lang reglos sitzen; wie lange, das wusste sie selbst nicht mehr, als sie endlich aufstand, die Kerzen löschte und die Gläser in die Küche trug.

Er war mein Mann.

Wie leicht ihr dieser Satz über die Lippen gekommen war. Und wie traurig es sie in dem Moment gemacht hatte. Dennoch hatte es sich gut angefühlt.

Almut ging in ihr Zimmer. Unter ihren Füßen federte der Boden, er schien bei jedem Schritt nachzugeben, als würde sie über eine morastige Wiese laufen. Etwas Seltsames geschah mit ihr, in ihr, es entzog sich nach und nach ihrer Kontrolle, und es war genauso offensichtlich wie aufwühlend. Wieder war sie nach einem Gespräch mit Mila erregt, und in ihrer Erregung tat sie etwas, was sie normalerweise nie tat. Sie warf sich in ihrer Kleidung aufs Bett, blieb rücklings liegen und starrte wie betäubt an die Decke. Seltsam, dass die Morgen mit Mila leichter waren als die Abende. Seltsam, aber auf eine gewisse Weise auch nachvollziehbar. Die Morgen waren mit Arbeit ausgefüllt, und die Abende mit dem, was sie dachten und worüber sie sprachen. Das Reden hatte Almut schon immer mehr angestrengt als das Handeln.

Er war mein Mann.

Ja, das war er gewesen. Für viele Wochen. Monate. Auch wenn es Ludger schwerer gefallen war als ihr, sich das einzugestehen. Aber auch seine Sehnsucht war größer gewesen als das, was um sie herum geschah, was sie davon hätte abhalten sollen, die Regeln und Erwartungen der anderen.

Sie biss sich auf die Lippe. Tränen liefen aus ihren Augenwinkeln und zogen feuchte Spuren über ihre Schläfen.

Irgendwann hörte sie das leise Tappen von nackten Füßen auf der Treppe. Mila. Almut horchte, bis eine Tür geöffnet und wieder geschlossen und es still im Haus wurde. Sie schmeckte Blut. Dann blickte sie zum offenen Fenster. Die Dunkelheit dahinter färbte es schwarz und machte es leer, als wäre nichts auf der anderen Seite, kein Hof, keine Felder, keine Berge, auch keine Hütte und keine Säule, keine Welt.

Ihre Zähne lösten sich von der Lippe.

Blut tropfte ihr über das Kinn.

Sie wollte an nichts mehr denken. Nur noch fühlen.

Seine Hände.

Seine Haut.

Seine Lippen.

Sie wollte ihn spüren und spürte ihn, schwach, dennoch, die Empfindungen waren da, tief in ihrem Innersten. Sie zu leugnen würde bedeuten, alles zu negieren. Das Gute und das Schlechte, all das, was ihr Leben einmal mit einer gewaltigen Intensität gefüllt hatte und erst im Laufe der Jahre verblasst war, ohne gänzlich zu verschwinden. Sie konnte nichts davon verwerfen, auch wenn sie es gewollt hätte, und als sie behauptete, es sei vorbei, hatte sie Mila angelogen. Solange sie lebte, war nichts, was Ludger betraf, jemals vorbei.

Gar nichts.

Auch nicht ihre Nacht in der Hütte.

Sie war die schönste Erinnerung in ihrem Leben.

Und sie würde erst mit ihrem Tod vergehen.

»Schau mal, wie schön das aussieht«, sagte sie fröhlich und zeigte auf die Fenster. Der Frost hatte die Scheiben mit Eisblumen überzogen, die an einigen Stellen leuchteten, weil das Feuer im Kamin Flecken aus Licht gegen das Glas warf. Ludger lächelte. Und Almut lächelte zurück, bevor sie eins der Fenster öffnete. Schneeflocken wirbelten herein, zart und körperlos, sie tanzten um Almut herum, wie in einer Schneekugel, die geschüttelt wurde. Sie reckte den Kopf, die Zunge herausgestreckt, und versuchte, die fallenden Flocken zu erwischen. Ludger lachte. Sie nahm seine Hand und forderte ihn auf, mitzumachen. Es war kindisch, doch er tat ihr den Gefallen. Dabei schaute er sie mehrmals verstohlen an, als entdeckte er sie erst jetzt. Sie bemerkte es und freute sich darüber.

Sie war jung, ihre Züge waren ausdrucksvoll. Sah er es? Er musste es sehen. Sie wollte, dass er es sah.

Als er sich von ihr abwandte, war sie sicher, dass er es wahrgenommen hatte. Er ging zum Tisch, und sie schloss das Fenster. Sie hatten nicht mehr viel Proviant. Aber das, was sie hatten, packte er aus. Den Käse, das Brot, die Trinkflaschen und den Schnaps. Sie setzten sich auf die Eckbank. Es gab kein Tischtuch und keine Teller. Doch das war ihnen egal. Sie spürten, dass der Tag zu etwas Anderem geworden war, zu etwas Ungewöhnlichem, etwas, das sie immer mehr ergriff.

Sie aßen, tranken Tee und Schnaps. Und redeten, während es draußen immer stürmischer wurde. Über Almuts Leben im Dorf. Über ihre Arbeit auf dem Hof und in seinem Büro. Sie sprachen aus Verlegenheit über das

Gewöhnliche, das sie ohnehin jeden Tag beschäftigte, doch es war offensichtlich, dass die Worte eher die Stille füllen sollten als wirklich etwas zu sagen. Dann unterhielten sie sich über ihre erste Begegnung. Und irgendwann auch darüber, warum Ludger sich für das Leben entschieden hatte, das er lebte, und dass er die Aufgaben und Entbehrungen darin meist nicht als Last empfand, sondern als Geschenk und Bereicherung. Er trank mehr als Almut. Und je länger sie dort saßen, desto häufiger sprach er auch von dem, woran er früher geglaubt hatte, was davon noch in ihm lebte, was verlorengegangen war und was er immer noch hoffte. Er öffnete sich, nannte seine Unsicherheiten, seine Schwächen und Zweifel. Und das machte ihn stark.

Almut hörte ihm zu. Manchmal verloren sich seine Worte in ihrem Kopf, und sie konnte sie nicht mehr zusammensetzen. In diesen Momenten schaute sie ihm nur auf den Mund und in die klugen Augen, und sie fragte sich, ob er es auch fühlte, diese fast schon trunkene Erschöpfung, die sich in ihr breitmachte, während sie es genoss, die Hütte und den Abend mit ihm zu teilen, mit zunehmender Erwartung, die unter ihrer Müdigkeit lauerte.

Ludger schaute sie unentwegt an, und Almut hatte das Gefühl, dass seine Blicke sie streichelten und mitunter sogar aufforderten. Sie berührte seine Hand, auch wenn sie sich vor seiner Reaktion fürchtete, davor, dass sie zu weit ging, dass sie seine Sätze und Gesten falsch interpretierte und er sie abwies. Doch er wich nicht zurück, er ließ die Berührung und ihre Nähe zu. Dann blickte er an ihr vorbei nach draußen. Um die Hütte herum wurde das Schneetreiben dichter, ein weißer Vorhang, der das dunkle Blau der anbrechenden Nacht verhüllte. Machte er sich etwa Sorgen? Das musste er nicht. In der Hütte waren sie sicher. Sie sagte es ihm. Er lächelte und antwortete, dass wisse er. Natürlich, meinte sie und lächelte ebenfalls. Er stand auf und legte ein paar Holzscheite nach, die an der Wand gestapelt waren.

»Es ist genügend Holz da«, flüsterte er. Es klang ein bisschen verwundert. Oder bildete sie sich das nur ein?

»So ist es nun mal in den Schutzhütten«, erwiderte sie und öffnete eine Truhe neben der Bank. »Und hier sind sogar noch ein paar Decken für die Nacht.«

Für die Nacht. Sie hatte es wie selbstverständlich ausgesprochen. Sie konnten ja nicht mehr zurück ins Tal, nicht bei diesem Sturm. Sie mussten bis morgen früh hierbleiben. Sie mussten und Almut wollte es.

»Ich bin müde«, sagte sie.

»Das lange Wandern und die Kälte, danach die Wärme und der Schnaps, das kann einen umhauen«, entgegnete er und schaute ins Feuer.

Sie nahm die Decken und breitete sie auf dem Boden vor dem Kamin aus, mehrere übereinander, sodass sie weich genug liegen würden. Als sie fertig war, schaute sie zu Ludger. Er stand mit dem Rücken zu ihr. Sie zögerte einen Augenblick. Schließlich zog sie sich aus, faltete sorgfältig ihre Kleidung und legte sie auf die Truhe. Dann blieb sie stehen, um das zitternde Licht der Flammen zu beobachten, das auf ihrem Körper spielte. Sie war nackt und stark, unangreifbar. Sie schlüpfte unter die oberste Decke und sah zu, wie Ludger begann, sich ebenfalls auszuziehen, langsam, ohne Hast, bis er zu ihr kam und sich unter die Decke schob. Sein Atem war nah an ihrem Ohr, eine Hand auf ihrer Schulter. Dort ruhte sie einen winzigen Moment lang, beinahe unentschlossen, um anschließend zwischen ihre Brüste und über ihren Bauch zu gleiten. Almut schloss die Augen, sie wollte etwas sagen, doch sie schwieg. Und als Ludger noch dichter an sie rückte, spürte sie seine Erregung. Sie öffnete halb die Augen. Das Licht des Feuers spielte auf den Holzbalken über ihnen, die Scheite im Kamin knisterten, knackten, Geräusche, zugleich nah und fern, unwirklich. Sie sah ihn an. Seine grünen Augen leuchteten unter den Brauen. Er sagte ihr ohne Worte, dass er sich entschieden hatte. Ein Glücksgefühl nistete sich in ihr ein. Sie schlang ihre Arme um seinen Hals, drängte ihn, sich über sie zu neigen, und er folgte ihr. Ihre Lippen trafen sich, seine Hand berührte ihre Brust. Sie küssten sich lange. Almut seufzte, träumte und träumte nicht, sah Bilder, an die sie glaubte und nicht glaubte, die irreal und trotzdem wirklich waren. Ihr Körper rief nach seinem und zeigte ein Einverständnis, das sie abwechselnd festhielt und forttrieb, als schaukelte sie auf Wellen, die mal stärker und mal schwächer waren.

Wie gerne hätte sie diese Erregung für immer bewahrt. Doch sie war einzig und würde wieder vergehen. Das war Almut bewusst. Aber zumindest gelang es ihr, den Höhepunkt zu verzögern, sodass es dauerte, bis sie mit leisen Seufzern ins Leben zurückkehrten, überwältigt von dem, was eben geschehen war.

Almut strich mit dem Daumen über Ludgers Wangen, seinen Mund und das Kinn. Er atmete tief ein und aus, wie ein Ertrinkender, der es gerade noch an Land geschafft hat.

»Du?«, flüsterte sie erst fragend, dann sagte sie entschieden: »Du. Jetzt kenne ich dich.«

Er entgegnete nichts und zog sich zaghaft zurück. Sie wandte ihm den Rücken zu, nicht abweisend, sondern einladend. Er fasste sanft um ihre Taille, hielt sie fest, als wollte er sich an ihrem feuchten Körper ausruhen, ohne die Spuren wegzuwischen, die an ihm waren. Er wollte ihr nah sein. Und sie genoss es. Er strich ihr Haar aus dem Nacken, küsste ihren Hals, und sie legte eine Hand auf sein Bein, während sein Geruch sie von hinten umfasste. Er roch salzig, herb und wahrhaftig. Das Wort drehte eine Runde in ihrem Kopf. *Wahrhaftig.* Wie schön es sich anhörte. Wie ehrlich. Wie rein. Wie das, was sie gerade erlebt hatten. Wonach sie sich gesehnt hatte. Und doch krochen langsam auch Zweifel in ihr hoch. Almut seufzte, weil sie sich nicht vertreiben ließen und ihr Glück unterwanderten. Das sollten sie nicht. Das durften sie nicht. Und doch taten sie es.

»Was glaubst du, wie sie reagieren werden, wenn es rauskommt?«, fragte sie nach einer Weile flüsternd. »Werden sie uns beschimpfen? Und verurteilen?«

»Ich habe keine Ahnung«, sagte er. Seine Stimme war leicht wie die Hand auf ihrer Taille. »Das lässt sich nur schwer sagen.«

»Wir müssen es für uns behalten. Hörst du? Und lügen, wenn es sein muss. Es darf niemand erfahren.«

»Warum denkst du jetzt schon daran?«

»Weil ich mich vor dem fürchte, was passiert, wenn sie es rauskriegen«, sagte sie. »Du etwa nicht?«

»Ich weiß nicht, vielleicht ein wenig«, antwortete er ehrlich.

»Du kämst in große Schwierigkeiten. Und mich würden sie wohl als Verführerin und Flittchen bezeichnen. Vielleicht würden sie sogar noch Schlimmeres über mich sagen.«

»Das würde ich nicht zulassen.«

»Du könntest nichts dagegen tun.«

»Ich würde es nicht zulassen«, wiederholte er starrköpfig und spielte mit ihren Haaren. Sekunden später sagte er: »Es gab da mal eine bemerkenswerte Frau, die als Verführerin, von manchen sogar als Hure beschimpft wurde. Inzwischen ist sie eine Heilige und Schutzpatronin, das Philippusevangelium bezeichnet sie sogar als Gefährtin Christi.« Er drehte sich auf den Rücken. »*Und der Herr liebte sie mehr als alle anderen Jünger, und er küsste sie oftmals auf ihren Mund.* Verstehst du, was das bedeutet? Maria Magdalena war ihm einer der liebsten Menschen. Sie stand ihm näher als seine Jünger, sie, eine angebliche Sünderin. Und er hat sie geküsst, mehrmals. Ich meine, was er getan hat, kann doch auch für einen Menschen keine Sünde sein, nicht einmal für einen Priester …«

Almut drehte sich um und sah ihn mit großen Augen an. »Weißt du, wie du gerade klingst?«

»Wie denn?«

»Als würdest du schon nach einer Entschuldigung suchen.«

»Das stimmt nicht. Du täuschst dich.«

»Du hörst dich aber so an.«

»Ich werde mich nie für das rechtfertigen, was wir getan haben. Bei niemandem.«

»Ach, nein? Wirklich nicht? Niemals?« Sie klang nicht überzeugt.

Er warf ihr einen Blick zu, der sich mit einer Entschlossenheit verband, die ihr naheging. »Niemals«, sagte er entschieden. »Ich wollte es genauso wie du. Das ist die Wahrheit.«

»Bereust du es?«

Er schüttelte den Kopf. »Nein.«

Almut nickte. Sie war froh. Sie wollte sich nicht mit ihm auseinandersetzen und ganz bestimmt nicht streiten, aber sie hatte es wissen wollen. Seine Worte besänftigten sie nur wenig.

»Es bräuchte ein kleines Wunder. Vielleicht würde uns das helfen«, sagte sie.

Sein Gesicht hellte sich auf, als wäre ihm gerade etwas Hilfreiches eingefallen. »Wie im *Bergkristall*? In der Geschichte von Adalbert Stifter? Du kennst sie, oder? Und das kleine Wunder, das Stifter darin beschreibt?«

»Nur vage«, log sie, weil ihr sofort etwas in den Sinn kam. Sie kannte die Erzählung, natürlich, jedes Kind und jeder Erwachsene in den Bergen kannte sie, einige aus der Gegend sogar in- und auswendig, zumindest diejenigen, die von Frau Seidel in Religion unterrichtet worden waren. Wenn die Lehrerin glaubte, dass ihre Schüler soweit waren, die Geschichte zu verstehen und mit ihr über den Sinn darin zu sprechen, mussten sie den *Bergkristall* lesen, ein Werk, dessen Titel die Reinheit der Natur, aber auch ihre Kälte und Unnachgiebigkeit symbolisiert. Am Ende forderte Frau Seidel, dass jeder den springenden Punkt der Lektüre erkennen sollte, das, was sie auszeichnete und wofür sie stand. Almut war in der neunten Klasse, als sie den Text lasen. Die Lehrerin war zu diesem Zeitpunkt schon eine betagte Frau mit weißen Haaren und einem mageren, großmütterlichen Gesicht, die viel von ihren Schülern verlangte, ihnen aber auch viel gab. Almut mochte sie. Trotz ihrer Strenge versuchte Frau Seidel, nie vorschnell zu handeln und zu urteilen, zuzuhören, gerecht zu sein und jeden ihrer Schüler gleich zu behandeln, was ihr aber nicht sonderlich gut gelang. Doch zumindest spürten es nur ihre Lieblinge selbst, dass sie Lieblinge waren. Almut spürte es auch. Von Anfang an. Und den *Bergkristall* mochte sie ebenfalls, den Zauber, der in dem kleinen Werk wohnte. Und jetzt, da Ludger ihn erwähnte, wollte sie die Geschichte von ihm hören. Sie wusste, dass er in der Lage war, Wörter und Sätze in Bilder zu packen, die ihre drückenden Gedanken verjagen konnten.

»Erzählst du sie mir?« Es war mehr eine Aufforderung als eine Frage.

Er sammelte sich und lächelte. Dann hockte er sich zu ihren Füßen, schlang die Arme um seine Beine und starrte in die Flammen. Er wartete, als müsste er sich konzentrieren und erst noch an die Details erinnern. Almut blieb liegen. Sie war geduldig. Als er schließlich begann, fühlte sie sich behütet wie ein Kind, umschlossen von dem, was sie hörte, während seine sonore Bassstimme den ganzen Raum füllte; Ludger hatte die Stimme eines Märchenerzählers.

»Stell dir den Gars vor, einen prächtigen und hohen Berg mit glänzenden Doppelspitzen, die wie Hörner aussehen. Und dann mal dir aus, wie er von einem furchtbaren Schneetreiben heimgesucht wird, und mit furchtbar meine ich ein furchteinflößendes Treiben, viel schlimmer als das dort draußen, vor unserer Hütte. So heftig, dass man die Hände vor Augen nicht mehr sieht. So hat es sich vor vielen Jahrzehnten zugetragen, nur wenige Stunden vor Beginn der Heiligen Nacht. Konrad und Sanna waren gerade auf dem Rückweg von ihren Großeltern, da fing es an zu schneien. Erst freuten sich die Kinder noch darüber, weil alles weiß wurde, und sie traten mit den Füßen auf die Stellen, wo der Schnee schon dicht lag. Dazu herrschte eine ungewöhnliche Stille, nicht einmal von den Vögeln war etwas zu hören oder zu sehen. Der Wald am Berg lag wie ausgestorben, und schon bald wurde der Schneefall dichter, so dicht, dass die Kinder nicht einmal mehr die nächsten Bäume erkennen konnten. Und als auch der Weg auf dem Gebirgskamm verschwand, den die beiden überwinden mussten, um von Millsdorf in ihre Heimatgemeinde Gschaid zu gelangen, kamen sie in große Schwierigkeiten. Eigentlich waren sie

rechtzeitig aufgebrochen. Außerdem kannten sie sich gut in der Gegend aus. Sie waren schon oft zwischen den Dörfern hin- und hergewandert, um die Großeltern zu besuchen und anschließend wieder nach Hause zu gehen. Nie hatten sie länger als drei Stunden für eine Wegstrecke benötigt. Wenn sie Zeit hatten, knackten sie Nüsse mit Steinen oder spielten im Frühjahr, wenn es noch keine Nüsse gab, mit den Tannenzapfen, die von den Nadelbäumen fielen. Hin und wieder erzählte Konrad seiner kleinen Schwester auch Geschichten und führte sie auf einem Seitenweg an der mit roter Farbe bemalten Unglückssäule vorbei, die man in Erinnerung an einen Bäcker aufgestellt hatte, der dort vor vielen Jahren ums Leben gekommen war, als er Brot in seinem Korb über den Berg trug. Konrad zeigte Sanna, wie man von der Säule aus auf den Schneeberg kam, auf dem so viele Gämsen lebten. Der Junge war flink, kräftig und klug, und Sanna vertraute ihm. Sie ließ sich von ihm leiten und beschützen. Zu Recht. Denn immer brachte Konrad sie vor der Abenddämmerung nach Hause. Nur eben nicht an diesem Tag …«

Almut schmiegte sich an Ludger und schlang die Arme um seine Hüfte. Sein Körper war warm. Sie sah zu ihm auf. Er saß selbstsicher und mit geradem Rücken da. Auf einmal stellte sie sich vor, dass er sie immer beschützen würde. Und dass sie jetzt zusammengehörten, für alle Zeit, ganz gleich, was geschehen würde. Sie hatte keine Ahnung, warum und woher die Hoffnung kam, und es war ihr auch egal. Sie war gut und machte sie glücklich. Und nur das zählte.

»… dieses Mal war alles anders. Die Kinder hatten schon auf dem Hinweg bemerkt, dass die Unglückssäule am Kreuzweg umgestürzt war, weshalb auch immer. Da hatten sie sich noch darüber gefreut, weil sie die Schrift und das Bild des Bäckers besser erkennen konnten, den Korb, die

Semmeln darin, alles umringt von Tannenbäumen, darunter die Bitte um ein Gebet. Aber jetzt, in Schnee und Kälte, fehlte ihnen die Säule als Orientierungspunkt. Sie verirrten sich und gerieten in das Eis, von dem ihr Vater behauptete, es gehe niemals fort, bis ans Ende der Welt nicht. Erst als es nach vielen Stunden aufgehört hatte zu schneien und sie in einem Steinhäuschen Unterschlupf fanden, strichen sie den Schnee von den Kleidern, ruhten sich aus und aßen das Brot, das ihnen die Großmutter eingepackt hatte. Die Nacht brach herein, und es wurde finster. Nur das Weiß des Schnees sendete ein eigenes Leuchten aus. Als Sanna fast einschlief, weil sie nicht mehr fror und unendlich müde war, erschrak Konrad. Er wusste, dass sie in dieser Nacht nicht mehr ins Tal kommen würden. Aber sie durften auch nicht einschlafen, um nicht zu erfrieren. Also ließ er Sanna von dem Kaffeeabsud trinken, den die Großmama ihnen in einem Fläschchen für ihre Mutter mitgegeben hatte, und er trank auch selbst davon. Schon die ganze Zeit hatte er sich rührend um seine kleine Schwester gekümmert, sie immerzu getröstet und ihr Hoffnung geschenkt und gesagt, dass sie schon wieder vom Gars herunterkommen würden. Von dem Berg, der die Gemeinden Millsdorf und Gschaid voneinander trennte. Doch nicht nur der Gars stand zwischen den Dörfern. Auch die verschiedenen Sitten und der unterschiedliche Wohlstand. Die Millsdorfer waren wesentlich wohlhabender, was dazu beitrug, dass die Bewohner sich normalerweise nicht gegenseitig besuchten und wenig Interesse zeigten, sich näher kennenzulernen. Es gab nur eine Ausnahme. Die Heirat von Konrads und Sannas Eltern. Denn der Vater, ein Schuster aus Gschaid, hatte sich damals durchgesetzt, als er das Herz der schönen Färbertochter aus Millsdorf gewonnen und sie gegen alle Widerstände in sein Haus genommen hatte.«

Ludger machte eine kurze Pause und strich mit den Fingerspitzen über seine Wangen, als wollte er das Ende hinauszögern, jetzt, da er sich allmählich dem entscheidenden Punkt näherte. Die Flammen spiegelten sich in seinen Augen. Sie tanzten darin.

»Und nun saßen seine beiden Kinder dort oben fest, Kinder, die so oft wie kein anderer Bewohner zwischen den Dörfern hin- und hergewandert waren, die auf den Zauber des Kaffeesuds reagierten und wachblieben und in der Stille um sie herum das Krachen von Eis hörten, unheimliche Töne, die vom Gletscher her kamen. Du kannst dir denken, wie groß ihre Angst war, Almut, und wie klein sie sich fühlten, inmitten der dunklen Welt, die sie umgab. Und dann, nur etwas später, geschah etwas Ungewöhnliches, etwas Wunderschönes, das sie verblüffte und völlig einnahm. Sie sahen ein herrliches, grünes Licht unter den Sternen, das einen Bogen spannte, sprühte, zuckte und die Sterne zurückweichen ließ … es war ein märchenhafter Anblick …«

»Das Christkind …«, murmelte Almut. Sie hatte die Augen geschlossen. »Es ist so schön, das Feuer, die Geschichte, deine Stimme …«

Ludger beugte sich über sie, küsste sie auf die Schläfe, auf die Wange und flüsterte ihr ins Ohr: »Sie sahen das Nordlicht, nicht das Christkind, auch wenn Sanna das glaubte.«

»Aber ich möchte glauben, dass wahr ist, was sich Sanna einbildete …«

»Was hast du gegen das Nordlicht?« Ludger lachte. Dann richtete er sich wieder auf und erzählte weiter.

»Nun, die Kinder schafften es, sie überlebten die Nacht und wurden am nächsten Morgen von einem Suchtrupp aus Gschaid gerettet. Auch der Färber war schon vor der

Morgendämmerung mit einer Gruppe aus Millsdorf aufgebrochen, um die beiden zu suchen, und die Dankbarkeit über ihre Rettung leuchtete in ihm genauso wie in seinem Schwiegersohn. Er liebte seine Enkel und sagte zu dem Schuster, er solle Gott auf den Knien danken. Dann beschloss er, den Suchtrupp nach Gschaid zu begleiten. Und zum ersten Mal nach der Eheschließung seiner Tochter betrat er das Dorf seines Schwiegersohns, dessen Bewohner Konrad, Sanna und ihre Mutter bisher immer als Fremde betrachtet hatten. Die drei hatten nie wirklich dazugehört. Aber das änderte sich nun. Mit dem Tag der Rettung wurden sie endlich als Teil der Dorfgemeinschaft akzeptiert. Alle erlebten das pure Glück. Noch am selben Abend feierte die Familie gemeinsam mit Freunden und Nachbarn das Weihnachtsfest. Sanna und Konrad erhielten ihre Geschenke, während im Wirtshaus darüber gesprochen wurde, wer was bei der Suche gehört und gesehen hatte. Noch viele Jahre später wurde darüber geredet, wie man die Kinder vom Gars geholt und sie und ihre Mutter zu Einheimischen gemacht hatte …«

Almut legte ihren Kopf auf den linken Arm. Ein Lächeln spielte um ihre Lippen, als sie sagte: »*Die Kinder aber werden den Berg nicht vergessen, und werden ihn jetzt noch ernster betrachten, wenn sie in dem Garten sind, wenn wie in der Vergangenheit die Sonne sehr schön scheint, der Lindenbaum duftet, die Bienen summen, und er so schön und so blau wie das sanfte Firmament auf sie herniederschaut.*«

Ludger schaute sie an, als hätte er es ohnehin schon gewusst. »Du hast geschwindelt, Almut.«

»Schlimm?«

Er legte den Kopf schief. »Nein. Ich hab’s mir schon gedacht. Und die Sache mit dem Christkind hat dich natürlich auch verraten. Außerdem bist du ein Bergkind. Und alle Bergkinder kennen die Erzählung, nicht wahr?«

Sie legte die Hände auf seinen Rücken. »Ja, vermutlich.«

»Du kannst den letzten Satz sogar perfekt wiederholen. Wie kommt das?«

Sie streichelte ihn und erklärte, dass sie den *Bergkristall* mehrfach gelesen und viele Sätze auswendig gelernt hatte, weil sie hoffte, dadurch den springenden Punkt der Lektüre erkennen zu können. Sie hatte es sich selbst und ihrer Lehrerin beweisen wollen. Am Ende sei sie jedoch enttäuscht gewesen, weil Frau Seidel behauptete, Stifters zentrale Botschaften lägen in den Textstellen, welche die wichtigsten kirchlichen Feste symbolisierten. Die Kinder verirrten sich ausgerecht an Weihnachten auf dem Berg, am Geburtstag Jesu, ihre Todesgefahr versinnbildlichte den Karfreitag, ihre unversehrte Heimkehr die Auferstehung an Ostern und die Versöhnung zum Schluss das Pfingstfest. Für diese simple Erklärung hätte Almut den Text nicht so oft lesen müssen. Sie selbst hatte in ihm einen anderen Kern erkannt.

»Und welchen?«, fragte Ludger.

»Der springende Punkt ist doch, dass die Rettung der Kinder zu ihrer und zur Akzeptanz der Mutter führt. Das Fremde ist plötzlich nicht mehr fremd. Die Dorfbewohner öffnen sich endlich und verändern ihre Einstellung. Das ist der wesentliche Gedanke der Erzählung, zumindest für mich.«

Ludger legte sich wieder zu ihr, sein Gesicht war jetzt dicht vor ihrem. »Du hast verstanden, worum es in der Geschichte wirklich geht«, meinte er und fügte hinzu, dass Adalbert Stifter, der deutsche Autor und Theologe, für seine tiefe Sicht auf die verborgenen, menschlichen Verbindungen inmitten seiner scheinbar einfachen

Geschichten bekannt gewesen sei und den Kern der Erzählung wahrscheinlich ähnlich wie Almut formuliert hätte.

»Das sagst du nur, um mir zu schmeicheln.«

»Nein, das sage ich, weil ich es genauso sehe wie du. Ich bin sogar davon überzeugt, dass du recht hast. Und willst du wissen, was mich an dem Text noch begeistert?«

»Sag's mir.«

»Wie Stifter den Gegensatz zwischen der bewährten Ordnung und der anarchistischen Natur herausarbeitet. Und wie er ihre Wirkung auf die Kinder und Erwachsenen beschreibt, so detailliert …«

Almut hob die Hand und zeigte zum Fenster, zu dem, was draußen vor sich ging. Sie brauchte nichts zu sagen, Ludger begriff. Alles war, wie es sein sollte. Draußen tobte die Natur, und sie waren drin. Es war ein Geschenk, das ihnen beiden gehörte, nur für kurze Zeit und doch für immer, nie hatte Almut etwas Wertvolleres geschenkt bekommen. Nach einer Weile sagte sie leise: »Genug vom *Bergkristall*, einverstanden?«

Ludger nickte. Und sie lächelte herausfordernd und bat ihn, sich auf den Rücken zu drehen. Er war überrascht, doch er tat es.

»Lass uns auch noch mal anarchistisch sein«, flüsterte sie. »Bitte.«

Er antwortete nicht. Sein Schweigen genügte ihr. Sie küsste ihm auf die Lippen und legte sich auf ihn, entschlossen, es sanft zu machen, mit leichten Bewegungen. Ein warmer Luftzug ging über sie hinweg. Langsam richtete sie ihren Oberkörper auf.

»Sag mir, ob es gut ist.« Ihre Stimme war ganz weich. »Ich will, dass du glücklich bist.«

Er hielt kurz den Atem an. Dann sagte er es.

Tage 5–8

In den nächsten Tagen veränderte sich die Stimmung zwischen den beiden Frauen; sie wurde unsicherer, weil Almuts Bewegungen, Gesten und Worte angestrengter wirkten als bislang. Gelegentlich hielt sie von einer zur anderen Sekunde inne, wobei ihre Gesichtszüge häufig ohne erkennbaren Grund erstarrten und ihr Blick im Nirgendwo zerrann. Mitunter kam es aber auch vor, dass sie nachdenklich zu Mila blickte, als überlegte sie, ihr etwas zu sagen, was sie dann aber sein ließ. Vielleicht kam ihr in den Sinn, wie fragil ihre Beziehung noch war und dass sie leicht zerbrechen konnte. Hoffentlich wagt sie bald mehr, dachte Mila, die es nicht mochte, dass Almut in diesen Momenten so anders war – nicht die resolute Frau, die sie zu kennen glaubte, sondern jemand, der unsicher wirkte und damit auch Mila selbst aus dem Gleichgewicht brachte. Wenn Almut von ihr auf die Veränderungen angesprochen wurde, wich sie aus oder tat es mit einer schroffen Antwort, einem Kopfschütteln oder einer abweisenden Handbewegung ab; es war, als steckte Almut in einem Kokon fest, der sie gleichermaßen schützte und gefangen hielt, ein Kokon, gesponnen um die Gedanken und Gefühle, in den niemand eindringen sollte. In diesen Momenten fürchtete Mila, dass sie einander wieder fremd werden könnten. Das durfte nicht passieren. Die Sorge darum blieb ein unerwünschter Begleiter, der Mila verfolgte und das, obwohl sich an den vertrauten Abläufen nichts änderte und sie weiterhin jeden Morgen gemeinsam im Stall arbeiteten, zusammen frühstückten und erst danach getrennte Wege gingen.

Aber Mila war nicht nur beunruhigt, zuweilen brodelte es regelrecht in ihr, und dann und wann spürte sie sogar Anflüge von Zorn, die zunächst still daherkamen, sie jedoch schon bald zu überwältigen drohten. Sie glaubte, ein Recht darauf zu haben, mehr zu erfahren. Alles zu erfahren. Die Situation ähnelte der, die sie mit ihrem Vater erlebt hatte. Nichtsdestotrotz riss sie sich zusammen und hielt ihre Gefühle im Zaum, um nichts falsch zu machen. Und weil sie nicht wusste, ob sie den richtigen Zeitpunkt längst verpasst hatte oder ob er noch kam, und sie die zunehmende Ungeduld im Zaum halten und darauf vertrauen wollte, dass sie den passenden Moment schon instinktiv erkennen würde, fasste sie einen simplen Plan, um Zeit zu schinden. Zugleich grübelte sie darüber, warum Almut es ihr auf einmal so schwermachte. Was war zwischen ihnen schiefgelaufen? Sie hatten sich doch auf einem guten Weg befunden, auch wenn das letzte Gespräch von Almut abgebrochen worden war, was Mila zunächst wütend machte. Doch es hatte nichts zerstört und nichts verändert. Mila hatte es immer wieder in ihrem Kopf durchgespielt und Almuts Worte dutzendfach wiederholt, seit sie am Morgen des fünften Tags erwacht war. *Lass uns noch ein bisschen Zeit*. Ein Satz wie ein Hinweis. Hinzu kam, dass Mila schon vieles von ihrer Geschichte und ihrem Schmerz wusste, und damit meinte sie nicht nur, was Luise und Johann angedeutet hatten, was sie in den Bildern im Atelier gesehen, am Grab von Ludger Neumann gefühlt oder was Almut ihr selbst erzählt hatte, sondern auch das, was in Almuts Blicken lag und sich in die Haut um ihre Augen gegraben hatte. Dennoch beschlich Mila das Gefühl, dass sie sich seit diesem Gespräch Stück für Stück rückwärts bewegten. Oder war es anders? Möglicherweise gingen sie nicht zurück, sondern nur seitwärts. Sie kamen nicht mehr voran, das war entscheidend.

Es fing schon am Sonntagmorgen an. Sie hatten die Kühe gemolken und danach unter die monoton surrenden Ventilatoren getrieben, wobei Almut nur kurze Anweisungen gegeben und darüber hinaus kein weiteres Wort verloren hatte, auch nicht, als sie den Stall verließen und über die Felder blickten, über denen die Morgensonne stand und ein weiches Licht verbreitete. Im Tal war es windstill, die Natur schien in einer Art Lethargie zu verharren.

Nach dem Frühstück lief Almut mit einer Sense auf die Wiese neben dem Gemüsegarten, um Heu zu machen, während Mila auf der Terrasse sitzenblieb und in ihrem Tagebuch blätterte, eine Tasse Kaffee vor sich auf dem Tisch, einerseits müde vom wenigen Schlaf und dem Wein, andererseits auch aufgewühlt von dem, was sie gestern erfahren hatte. Als der Klang der Kirchenglocke vom Dorf zu ihnen herüberschallte, horchte sie auf. Sie zählte mit. Nach dem achten Läuten klappte sie das Tagebuch zu, erhob sich und ging zu Almut.

»Besuchst du nicht den Gottesdienst?«, wollte sie wissen und deutete in Richtung Kirchturmspitze.

Almut hielt kurz inne. Ihre Miene verfinsterte sich. »Nein, tue ich nicht.«

»Ich dachte, in einem Dorf wie diesem würden sonntags alle hingehen, das wäre so eine Art Ritual, Pflicht oder so …«

»Ich gehe nicht, wie du siehst.«

»Stattdessen arbeitest du. Sogar heute«, sagte Mila nachdenklich.

»Nur mit der Sense. Damit störe ich niemanden. Ist Zeit für die erste Mahd«, erwiderte Almut. »Den Rest mache ich morgen mit dem Traktor.« Mit einer fließenden Bewegung führte sie die Schneide durch das hohe Gras. *Swusch, swusch, swusch.* Ein scharfes Geräusch, das in Milas Ohren schwirrte.

Mila ließ nicht locker und fragte laut: »Warum gehst du nicht hin?«

Almut stoppte ihre Arbeit und fixierte Mila mit einem durchdringenden Blick, während sie den Griff der Sense mit beiden Händen so fest umschloss, dass die Adern an ihren Unterarmen hervortraten. »Was verstehst du an meiner Antwort nicht, Mila? Wieso suchst du immer nach einem Grund?«

Mila zuckte erschrocken zusammen. Sie hatte nicht erwartet, dass Almuts Worte so abweisend sein würden. »Sorry, tut mir leid. Ich war nur neugierig und ...« Sie brach ab.

Es entstand eine Pause.

»Und?«

»Ach, vergiss es.«

»Einverstanden. Ich vergesse es, und du lässt mich weitermachen«, sagte Almut.

Mila hob die Arme. »Ich wollte dich nicht von der Arbeit abhalten. Wir sehen uns dann später?«

»Natürlich.« Almut bückte sich und holte weit nach hinten aus. Wieder sauste das Sensenblatt durch das Gras. Die Kirchenglocke war inzwischen verstummt.

Mila lief zurück, setzte sich wieder auf die Terrasse und blätterte erneut in ihrem Tagebuch. Vielleicht sollte sie Almut helfen. Sie überlegte und entschied sich dagegen. Almut hätte sie ja fragen können. Stattdessen hatte sie den Eindruck erweckt, allein sein zu wollen. Nach einigen Minuten läuteten mehrere Glocken. Jetzt begann der Gottesdienst. Mila nippte an ihrer Tasse. Der Kaffee war längst kalt geworden. Sie klappte das Buch zu, schaute zu Almut und wunderte sich darüber, wie dünn sie aussah, fast zerbrechlich, dort auf der Wiese, wie ein schmaler Schatten in der stillen Landschaft, in ihrem Overall, den Stiefeln und mit den gewaltigen Bergen im Rücken. Doch das war ein trügerisches Bild. Almut war nicht fragil, im

Gegenteil, sie war stark und zäh und wie immer ganz bei der Sache.

Jetzt zählte Mila, wie oft die Sense durch das Gras fuhr. Bei dreißig brach sie ab. Weil es sinnlos war, dazusitzen und zu zählen und nichts zu tun, während Almut arbeitete. Es war einfach nur für die Katz. Fast hätte sie laut gelacht. Aber plötzlich kam ihr ein komischer Einfall, wie gestern, als Johann auf dem Hof gestanden hatte, allerdings war die Idee dieses Mal abstruser. Ohne lange zu überlegen stand sie auf und eilte ins Haus. Lief die Treppe hoch und in ihr Zimmer, legte das Tagebuch auf die Kommode und zog sich ihr ärmelloses Sommerkleid und die weißen Turnschuhe an. Dann rannte sie wieder nach draußen, schnappte sich das Rad und fuhr los.

Es war bereits kurz vor elf, als sie ankam. Sie stellte das Rad an die Kirchhofsmauer und lauschte. Aus der Kirche ertönte Orgelmusik und gedämpfter Gesang. Die Messe war wohl gut besucht, jedenfalls klang es so. Ihr Herz schlug schneller. Sie atmete tief durch. Klar, dass sie nervös war. Dennoch ging sie auf den Platz vor der Kirche und blieb im Schatten einer Eiche stehen, von wo aus sie die graue Vorderseite und den imposanten Kirchturm betrachtete. Die Fassade der Kirche war gewöhnlich und viel schlichter als die der anderen, die ihr nach einigen Minuten in den Sinn kam, ein Gotteshaus, weit weg von hier, in einem anderen Land und wie aus einer anderen Zeit. Acht Jahre war es her, dass sie dort gewesen war, und dennoch tauchte die schöne *Iglesia Parroquial del Divino Salvador* nun wieder vor ihren Augen auf. Ihr Hals wurde eng, ein leichtes Beben zog durch ihren Körper. Sie sah den spanischen Platz mit seinem farbenfrohen Brunnen aus sevillanischen Kacheln vor sich und spürte wieder den warmen Wind, der über ihre Haut strich. Auf einmal war all das präsent wie eine längst vergessene Anekdote, die nur darauf gewartet hatte, sich im passenden Augenblick in die Erinnerung zu drängen. Wieder einmal fand das Vergangene einen Weg ins Gegenwärtige, ohne dass sie es verhindern konnte. Und sie wusste auch, warum. Weil beides untrennbar zusammengehörte, wie das Eindeutige und das Paradoxe, ein Geflecht, das ihr jetziges Leben zunehmend bestimmte, je mehr sie erfuhr und begriff. Sie ahnte, dass es Almut ähnlich erging, dass auch sie ins Gestern zurückkehrte, seit Mila bei ihr war, da konnte sie reden, was sie wollte und behaupten, dass etwas vorbei war, wenn es vorbei war. Mila glaubte ihr kein Wort davon. Sie schloss die Augen und lehnte sich gegen den Baumstamm.

Die Landschaft lag in einem goldenen Abendlicht vor ihr, matt und wie mit Sepia gezeichnet, im Süden Olivenhaine und Kiefernwälder, die das Meer verdeckten, im Norden trockene Felder, gesäumt von Palmen, Pinien und Feigenbäumen. Umbra, safrangelb und olivgrün – das waren die dominierenden Farben der Gegend, über der eine idyllische Ruhe lag, die nur vom Motor des Jeeps gestört wurde. Sie fuhren mit offenem Verdeck. Mila hockte auf dem Sitz hinter ihrer Mutter. Sie spürte die kühle Brise des Poniente, der vom Atlantik ins Landesinnere wehte und an ihren Haaren zerrte, während ihr Vater den Wagen über die staubige Piste lenkte. Von Zeit zu Zeit schaute er seine Frau an, dann im Rückspiegel zu Mila, als wollte er sich vergewissern, dass es ihnen gut ging, dass sie zufrieden waren mit dem, was sie an diesem Tag erlebt hatten. Sie waren auf dem Rückweg ins Hotel, beschwingt, aber auch erschöpft. Hinter ihnen lag ein langer Tag, den sie auf einem Schweizer Forschungsboot in der Straße von Gibraltar verbracht hatten – eine seltene Gelegenheit, möglich geworden, weil Milas Vater jemanden aus dem Team kannte. Während sie die Wale beobachteten, zeichnete die Crew die Wege der Meerestiere auf, um herauszufinden, ob eine neu geplante Fährroute zwischen Tarifa und Tanger das Leben der Wale beeinträchtigen würde; und wenn ja, dann hatten sie vor, die Umsetzung dieses Vorhabens mit ihren ermittelten Daten zu verhindern.

Sie waren schon drei Stunden auf See gewesen, als der Orca auftauchte. Wie aus dem Nichts sprang er aus dem Wasser, höchstens zweihundert Meter vom Boot entfernt, als wollte er demonstrieren, dass die Meerenge sein Revier und er in diesem Gewässer jedem anderen Lebewesen überlegen war. Mila spürte, wie der Anblick Adrenalin durch ihren Körper jagte. Sie beugte sich über die Reling, ihre Hände umklammerten die Brüstung, und in ihrer Aufregung stieß sie laute Rufe aus. Ihre Eltern und zwei junge Forscher eilten zu ihr. Der Orca zeigte sich erneut, ein großartiger Bulle, wunderschön, mit hellen Flecken über den Augen, einer steil nach oben ragenden Finne und glänzender Haut, die am Bauch weiß war wie polierter Marmor. Für den Bruchteil einer Sekunde wirkte es, als flöge er zu den Wolken hinauf, eine faszinierende Naturgewalt. Dann fiel Mila das Fischerboot auf, das weiter draußen auf den Wellen schaukelte. Eine dicke Langleine schnitt durch das Wasser, gespannt unter der Last eines stattlichen Thunfischs, den die einheimischen Fischer versuchten, mit einer Stahlwinde an Bord zu ziehen. Als sie den Schwertwal entdeckten, begriffen sie sofort, was er beabsichtigte. Sie gestikulierten wild und riefen sich gegenseitig Anweisungen zu, ein Gebrüll, das zu Mila herüberschallte und von der verzweifelten Machtlosigkeit der Männer zeugte. Einer von ihnen begann, hektisch an der Kurbel zu drehen, um den Thun doch noch aufs Boot zu hieven, andere versuchten, den Orca mit langen Harpunen zu verjagen. Aber das Tier war zu schnell und zu hungrig, es ließ sich nicht verscheuchen und packte den Thun mit seinen kräftigen Zähnen. Nach einer Weile, als die Fischer merkten, dass sie keine Chance gegen diesen überlegenen Gegner hatten, gaben sie auf.

Das furchteinflößende und wunderbare Wesen hatte den Kampf gewonnen.

»Der Thun war ein Prachtexemplar. Hätten sie ihn gefangen und verkauft, hätten sie ihre Familien wochenlang von dem Erlös ernähren können«, sagte Milas Vater und strich mit den Fingerspitzen über seine unrasierten Wangen. Nicht, dass er mit den Fischern litt, das hätte ihm nicht entsprochen. Vielmehr analysierte er die Situation, um eine Annahme zu treffen. »Aber weißt du was, Mila?« Ein Windstoß bauschte sein graues Baumwollhemd auf. »Sie werden nicht aufgeben, sondern weitermachen. Weil das ihre Bestimmung ist, ihr Leben.«

»Und deshalb werden sie schon bald einen anderen großen Fisch fangen.« Milas Mutter ließ von der Brüstung ab, den Sonnenhut in der Hand, und starrte auf das Boot. Eine Welle schlug so hart gegen den Bug, dass die Gischt hoch aufschoss. Die Fischer wichen zurück, dann standen sie wieder ruhig da und schauten ein letztes Mal auf den Schauplatz ihrer Niederlage, dorthin, wo noch einige Reste des Thuns im Wasser trieben, die der Wal zurückgelassen hatte. Darüber kreisten Möwen, ihr schrilles Geschrei schien die Männer zu verhöhnen. Als der Orca nicht mehr auftauchte, wagten die Vögel riskante Sturzflüge. Die Fischer hatten genug gesehen und wandten sich ab. Kurz darauf zog der Kahn davon und wurde kleiner, ein winziger Punkt am Horizont, bis er sich irgendwo auf dem unruhigen Atlantik verlor.

Später, im Jeep, sagte Milas Mutter: »Lasst uns noch nach Vejer fahren.«

Ihr Vater warf ihr einen Blick zu. »Du willst die Kirche sehen, Schatz?«

»Ja. Sie soll ziemlich beeindruckend sein. Bist du einverstanden?«

Er nickte. »Vejer liegt sowieso fast auf unserem Weg. Wir müssen nur einmal von der Straße runter und dann den Hügel rauf. Also, was soll's? Fahren wir noch hin.«

Milas Mutter legte ihm eine Hand in den Nacken und streichelte ihn zärtlich. Sie hatte eine Vorliebe dafür, Kathedralen, Basiliken und Dome zu besuchen, eine Begeisterung, die sie gerne mit Mila teilte, die schon als Kind lernte, diese stillen Momente zu schätzen – das Betreten eines so erhabenen Raums, die gedämpften Geräusche und die sakrale Atmosphäre, die es einem ermöglichte, auf eine besondere Weise zur Ruhe zu kommen. Auch später, als sie alleine reiste, suchte Mila alle möglichen Kirchen und Kapellen auf, immer außerhalb der Gottesdienste, weil sie mit den kirchlichen Lehren genauso wenig anfangen konnte wie ihr Vater. Im Gegensatz zu ihrer Mutter glaubten sie auch nicht an eine schöpferische Kraft, sondern betrachteten das Universum als das Ergebnis natürlicher Gesetze. In der hellen, andalusischen Kirche entzündete Milas Mutter drei Opferkerzen, während Milas Vater durch die von maurischer und spanischer Kunst geprägten Seitenschiffe lief und immer wieder stehenblieb, wenn er etwas Interessantes entdeckte.

»Glaubst du wirklich an Gott, Mama?«, fragte Mila leise. Ihr Blick streifte den gebräunten Halsausschnitt ihrer Mutter, die dunklen Haare, die zu einem Pferdeschwanz gebunden waren, und das vertraute Gesicht.

Ihre Mutter pustete die Flamme des Zündholzes aus und sah in das Licht der Kerzen. »Stell dir die Unendlichkeit vor, Mila. Schließ die Augen und versuch es«, flüsterte sie.

Mila öffnete die Lippen, aber sie sagte nichts. Stattdessen schloss sie die Augen. Dunkelheit umschloss sie, durchbrochen nur von den Nachbildern der Flammen. Die Vorstellung von Unendlichkeit war wie ein schwarzer Raum, der sich nicht begreifen ließ. Mila versuchte es mehrere Sekunden lang. Und sogar noch länger. Doch sie konnte sich nichts vorstellen, was keinen Anfang und kein Ende hatte.

»Kannst du es? Nein? Dann mach die Augen wieder auf.« Ihre Mutter nahm Milas Gesicht in die Hände und küsste sie auf die Stirn. Mila bemerkte, wie ihr diese Zärtlichkeit bis ins Herz hinunterkroch. Der Kuss war besonders. Er bedeutete *Deine Neugier ist gut und wichtig*. Oder sogar *Du bist gut und wichtig*. »Versuch es noch einmal. Mit offenen Augen.«

Mila nickte. Aber es war sinnlos.

»Und?«

»Ich kann es nicht.«

»Natürlich nicht. Kein Mensch ist in der Lage dazu. Ich kann es nicht, dein Vater auch nicht. Aber die Unendlichkeit existiert wie unser Planet existiert, der Himmel, der Kosmos, die Religionen, die dort entstanden sind, wo Menschen zusammenkamen, um die Fragen nach dem Woher und Wohin zu stellen und Antworten zu finden, die es nicht gibt, jedenfalls nicht in unserer Welt. In diesen Fragen lebt der, den sie Gott oder Allah oder Jahwe oder wie auch immer nennen.« Ihre Mutter lächelte. »Und deshalb glaube ich ganz fest an etwas Allmächtiges, Allsehendes, Allerbarmendes.«

Mila wandte den Kopf und sah in die Lichter der Kerzen. Sie faltete die Hände ineinander und dachte über die Worte nach.

Es waren prägnante Sätze, Erklärungen, wie mit wenigen Federstrichen skizziert, verständlich und einleuchtend. Dennoch konnten sie Mila nicht überzeugen.

Sie konnte einfach nicht glauben.

Der Küster öffnete das Tor und die Besucher verließen die Kirche. Sie stiegen die fünf Stufen bis zum Vorplatz hinunter, allein oder in kleinen Gruppen, manche wirkten erleichtert und fröhlich, andere eher ernst und nachdenklich. Der Vorplatz füllte sich rasch, weil die meisten noch mal stehenblieben, die Köpfe zusammensteckten und ein paar Worte wechselten, bevor sie nach Hause gingen. Nur jene, die Mila bemerkten, blieben einen Moment länger stehen und warfen neugierige Blicke in ihre Richtung.

Natürlich hätte sie auch herkommen können, wenn kein Gottesdienst war, wenn niemand aus der Kirche kam und sie ansah, als stammte sie von einem anderen Planeten. Aber sie wollte die kleine Kirchengemeinde erleben und verstehen, wie diese Menschen miteinander umgingen, was sie verband.

Dann sah sie die Lechners. Sie standen an der Treppe mit einem älteren Paar zusammen. Die Männer sprachen miteinander, die Frauen und Luise hörten zu, während Johann ungeduldig am Arm seiner Mutter zerrte, bis ihn sein Vater ermahnte. Wie die meisten Kirchenbesucher waren auch die Lechners fein angezogen, sogar Luise. Sie trug eine helle Bluse, einen schwarzen Rock und Slipper, ein Outfit, das so gar nicht zu ihr passte. Nur Johann wirkte fehl am Platz. In seiner zu großen Jacke und den abgetragenen Jeans schien er nicht zur Familie zu gehören.

Als er Mila erblickte, zog er hektisch an Luises Ärmel. Luise sah zu Mila hinüber. *Du? Hier?* formten ihre Lippen. Sie wechselte ein paar Worte mit ihren Eltern und ging los, mit Johann im Schlepptau. Thomas Lechner schaute seinen Kindern hinterher, bevor er Mila entdeckte. Für den Bruchteil einer Sekunde blitzte in seinem Gesicht der Ausdruck einer so tiefen Abneigung auf, dass Mila erschrak. Sie fragte sich, was nur der Grund für seine Geringschätzung sein konnte. Dann nickte er ihr kurz zu, und sie antwortete mit einem ebenso knappen Nicken.

Auf den letzten Metern schlüpfte Johann an Luise vorbei und umarmte Mila, herzlich und ohne den Hauch von Verlegenheit. »Warum hast du dich nicht zu uns gesetzt, Mila? Wir hätten dir Platz gemacht.«

»Ich war gar nicht im Gottesdienst«, antwortete sie und fügte hinzu: »Das ist nichts für mich.«

»Warum nicht? Es gehen doch fast alle hin.«

Eine einfache Frage, eine klare Feststellung. Was sollte Mila ihm auf die Schnelle antworten, ohne eine ausufernde Erklärung? »Ich vertrage den Weihrauch nicht«, flachste sie.

Johann kniff die Augen zusammen. Er glaubte ihr nicht.

Luise blieb nah vor Mila stehen, nah genug, um sie zu berühren oder sie auf die Wange zu küssen. Aber sie tat nichts dergleichen. Stattdessen blinzelte sie nervös und blickte hastig umher. Mila nahm es hin. Sie hatte Luise schon gestern Nacht an der Burgruine in eine Ecke gedrängt, was ihr heute leidtat. Nicht, dass sie es getan hatte, sondern, wie sie es getan hatte, auf diese bedingungslose Weise.

»Warum bist du hier?«, fragte Luise.

»Frag nicht«, sagte Mila. »Ich sag's dir noch, aber nicht jetzt.«

»Manchmal bist du seltsam, weißt du das?«

»Besser als stinknormal, oder?«

»Ja, ich mein ja auch nur ...«

»Und wenn seltsam zu sein bedeutet, sich von anderen zu unterscheiden, ist daran sowieso nichts verkehrt, rein gar nichts«, unterbrach Mila. »Sich anzupassen ist natürlich einfacher, aber auch langweilig, trivial und ... feige.«

Luise ließ die Schultern sinken. »Schon kapiert.«

Milas Worte trafen sie schmerzhaft, natürlich, doch das hatte Mila gar nicht so gewollt. Was war nur los mit ihr? Warum behandelte sie Luise so schlecht? Was hatte Luise ihr bloß getan? Sie musste es schnell wiedergutmachen. Sie zwinkerte Luise zu und schob hinterher: »Hey, es sind Spießerklamotten, das weißt du auch. Aber selbst in denen siehst du gut aus.«

»Ehrlich?«

»Ja, trotzdem sehe ich dich lieber in anderen Sachen.«

»Ich weiß.«

Mila lächelte. »Gut, dass du es weißt.«

»Treffen wir uns später noch?« Es klang fast wie eine Bitte, und Luise starrte Mila unruhig an.

»Musst du nicht arbeiten?«

»Nein, heute hab ich frei. Wir essen gleich gemeinsam zu Mittag, wie immer am Sonntag. Danach hätte ich Zeit ...«

»Ich hab nichts vor«, sagte Mila. »Und ich könnte mir auch nichts Schöneres vorstellen, als den Nachmittag mit dir zu verbringen. Also, komm mich abholen, wenn du fertig bist, ja?«

In Luises Miene spiegelten sich Freude und Erleichterung wider. »Wollen wir zum See fahren?«

»Klingt gut.«

»Kann ich mitkommen?«, fragte Johann.

»Heute ist Sonntag«, sagte Luise. »Da sind Oma und Opa bei uns, und Oma spielt mit dir.«

Johann wirkte nicht gerade begeistert. »Ich weiß, aber ich würde lieber mit euch zum See fahren. Ich mag heute keine blöden Brettspiele mit Oma spielen …«

Luise legte ihre Hand auf seinen Arm. »Du solltest sie nicht enttäuschen. Du weißt, wie wichtig es ihr ist, Zeit mit dir zu verbringen. Der Sonntag und du sind ihr heilig. Schau, sie guckt schon her …«

Die ältere Dame, die bei den Lechners stand, winkte ihnen zu. Luise winkte zurück, während Johann reglos dastand. Mila berührte seine Schulter. »Morgen kommst du wieder mit, einverstanden?«

Er fing an, mit den Knöpfen an seinem Sakko zu spielen. »Schwörst du es?«

»Ich schwöre es.«

»Hm.«

»Ich schwöre es, wie du es willst. Also solltest du mir auch glauben.«

»Ich glaub dir ja, Mila, ich glaub dir«, sagte er hastig. Milas Worte beruhigten ihn. Zum Glück. Es war gar nicht so schwer, ihn zu besänftigen. Er drehte sich um und winkte seiner Oma.

»Gut, dann wir sehen uns später«, sagte Luise. Sie klang gelöst, ihre Grübchen zeichneten sich deutlich in den Wangen ab. Doch auf einmal schien sie über etwas nachzudenken. Sie erschauerte am ganzen Körper. Schließlich beugte sie sich vor und küsste Mila erst auf die Wange, dann flüchtig auf die Lippen, wie versehentlich, als wäre sie nur verrutscht.

Mila war überrascht. »Und das vor all den Leuten, Luise? Manchmal bist du echt mutig.«

Sie kicherten. Zunächst nur sie beide. Und dann alle drei.

Nachdem die Besucher fort waren, stieg Mila die Stufen hinauf und umfasste den ringförmigen Stoßgriff der Kirchentür – glattes, uraltes Messing. Sie öffnete das Portal mit einem leichten Ruck. Es war unverschlossen. Kurz hielt sie den Atem an, als sie vorsichtig eintrat, wie jemand, dem es nicht zustand, die Pforte zu öffnen und hineinzugehen, ein unwillkommener Gast, den niemand eingeladen und der es dennoch gewagt hatte, herzukommen.

Drinnen war es angenehm kühl, die Bankreihen schwach beleuchtet vom Tageslicht, das durch die Buntglasfenster hinter dem Altar fiel. In einer separaten Gedenknische brannten kleine Kerzen auf schmalen Ständern. Mila ging an mehreren Säulen vorbei und ließ ihren Blick durch den Raum schweifen, der eindrucksvoller war, als es die Fassade vermuten ließ: die vielen Gemälde mit den biblischen Szenen, das Sterngewölbe, die Mosaike mit den Seligpreisungen, die sich entlang des oberen Mauerbogens zogen, der Opfertisch und die mit Goldmalereien verzierte Kanzel.

Als sie Schritte hörte, drehte sie sich um. Sie war nicht allein. Ein Mann in einem grünen Messgewand kam durch den Mittelgang auf sie zu. Der Priester. Sie hatte gehofft, ihn nach dem Gottesdienst anzutreffen, denn sie war überzeugt, dass ein Dorfpfarrer oft über wertvolle Informationen zu längst Verstorbenen verfügte – vielleicht konnte er ihr etwas über Ludger Neumann sagen, dessen Name sicher im Kirchenregister verzeichnet war.

Mit dem von tiefen Falten gezeichneten Gesicht, seinem grauen Haar, das ihm fast bis auf die Schultern reichte, und dem weißen, zerzausten Bart wirkte der Mann eher wie ein betagter Öko, der versehentlich in die Rolle eines Geistlichen geschlüpft war. Er blieb vier, fünf Schritte von ihr entfernt stehen, die Hände unter seiner Kasel verborgen. Noch bevor er Mila ansprechen konnte, sagte sie: »Ich störe hoffentlich nicht.«

»Nein, nein, auf keinen Fall«, entgegnete der Priester freundlich. Er nahm die Hände aus dem Gewand und legte sie ineinander. »Im Gegenteil, es ist schön, dass du da bist. Ich freue mich wirklich sehr, dich kennenzulernen.«

»Ich verstehe nicht, was Sie meinen …«, erwiderte Mila. »Sie wissen doch gar nicht, wer ich bin.«

Der Priester neigte sich leicht nach vorn. »Du bist doch die junge Frau, die bei Almut wohnt, stimmt's?«

»Ja, die bin ich.«

»Ich habe mir schon gedacht, dass du früher oder später den Weg hierher findest.«

»Wieso?« Die Bemerkung brachte sie durcheinander.

Seine Miene wurde ganz weich. »Weil es naheliegend ist.«

Naheliegend? Wie kam er darauf? Ihr Herz machte einen Sprung. *Seine Worte machen nur Sinn, wenn er etwas weiß*, dachte sie im Stillen. *Und wenn er etwas weiß, war es eine gute Idee, herzukommen.* »Wie lange sind Sie schon im Dorf?«, fragte sie.

»Seit zwanzig Jahren«, antwortete er.

Sie hakte weiter nach. Was hatte sie schon zu verlieren?

»Kannten Sie Ludger Neumann?« Eine Frage wie ein winziger Köder an einem ausgeworfenen Angelhaken. Der Priester schluckte ihn. Bewusst?

»Obwohl er mein Vorgänger war, habe ich ihn nie kennengelernt.«

»Ihr Vorgänger?« Mila stockte. »Er war ein Priester?«

»Das wusstest du nicht?«

»Nein.« Ihr Magen zog sich zusammen. Ludger Neumann, ein Geistlicher. Und Almut hatte etwas mit ihm gehabt. Das passte für sie nicht zusammen. Es fühlte sich absurd an, fast unwirklich.

»Was weißt du denn über ihn?«

»Eben nur, dass er nicht mehr lebt. Und wann er gestorben ist.«

»Das ist nicht sonderlich viel.«

»Und ich hab's auch erst gestern erfahren. Vorher wusste ich nichts von ihm, nicht einmal seinen Namen«, sagte sie.

»Vielleicht kann ich dir helfen, zumindest ein wenig. Bleib hier. Ich komme gleich wieder«, entgegnete der Priester.

Mila schaute ihm nach, wie er zügig am Altar vorbeiging und in der Sakristei verschwand, aus der er kurze Zeit später mit einem Buch zurückkehrte. Sie setzten sich in eine Kirchenbank, und er reichte es ihr. Das Buch war in dunkles Leder gebunden, mehrere hundert Seiten dick, auf der Titelseite stand in fettgedruckten Lettern *Chronologie unserer Pfarrer,* darunter der Name des Dorfs.

»Eine Zusammenstellung der Priester, die in dieser Gemeinde tätig waren. Die Aufzeichnungen sind teilweise sehr alt und schon deshalb wertvoll. Von den Theologen der letzten hundertfünfzig Jahre gibt es sogar Fotos«, sagte er.

»Es ist ein Foto von ihm drin?«

»Ja, auf der letzten beschriebenen Seite.«

Mila strich über die Buchstaben auf dem Einband, wie sie es auch manchmal mit dem Lebensbaum auf ihrem Tagebuch tat. Sie war aufgeregt. Ihre Hände zitterten leicht. Dann fing sie an zu blättern, bis sie *seine* Seite fand, *seine* Daten, *sein* Bild. Er war nur siebzehn Monate Pfarrer im Dorf gewesen. Eine geringe Zeitspanne. Viel mehr stand dort nicht. Nur noch sein Geburtsort und seine Lebensdaten, die sie bereits von seinem Grab kannte.

Sie starrte das farbige Portraitfoto an, sein Gesicht vor einem hellen, verschwommenen Hintergrund; ein Gesicht, in dem alles in einem harmonischen Gleichmaß war, angefangen von der Stirn zu den leuchtendgrünen Augen mit den dichten Brauen darüber, von der geraden Nase und den hohen Wangenknochen bis zu den vollen Lippen. Jedes Detail passte und fügte sich zusammen, auch sein braunes, kurzgeschnittenes Haar. Es war ein schönes Gesicht, in dem sie nach Ähnlichkeiten suchte.

Mila schluckte. In ihrem Kopf begann sich ein Karussell zu drehen, Runde um Runde, ein Gedankenkarussell, von dem sie weder abspringen konnte noch wollte. In ihren Fingern, Händen, Beinen und Füßen, ja, sogar in ihren Zehen kribbelte es, und für einen kurzen Augenblick empfand sie eine abgrundtiefe Einsamkeit, ein Gefühl, als hätte sie etwas verloren, das sie nie besessen hatte. Es war von einer solchen Intensität, dass ihr Tränen in die Augen schossen.

Der Priester sagte nichts, er ließ ihr Zeit.

»Was können Sie mir noch über ihn erzählen?«, fragte Mila nach einer langen Pause, ohne aufzusehen.

»Nur das, was ich vom Hörensagen weiß. Gerüchte und Gerede. Viele Münder, viele Ohren, wie das in so einem Dorf eben üblich ist.« Er zupfte an seinem Gewand, dann strich er es glatt. »Viele Jahre wurde nicht über ihn gesprochen. Aber seit ein paar Tagen ist es anders. Vor allem die Älteren haben die verstaubten Geschichten wieder ausgegraben und angefangen zu reden.«

»Seit ich hier bin?«

Er musste es nicht bestätigen. Mila fuhr mit den Fingerspitzen über das Bild, als hoffte sie, etwas von ihm zu spüren. »Verraten Sie mir, was Sie wissen?«

Der Priester lehnte sich zurück und blickte zum Altar, als wäre er nicht sicher, ob, und wenn ja, wie und mit welchen Worten er beginnen sollte. Vielleicht musste er sich erst wieder an das Gerede von einst erinnern, an das, was erzählt worden war und was er aufgeschnappt hatte, um all die Teile zu einem sinnvollen Ganzen zusammenzufügen. Er strich nachdenklich über seinen Bart.

Als er schließlich über seinen Vorgänger sprach und das, was er über ihn und seine letzten Monate wusste, tat er es überlegt. Er sagte oft, dass er nur interpretieren könne, an anderen Stellen wiederum erklärte er, dass es wohl so gewesen sei. Er zeichnete das Bild eines guten Menschen, der unter einer quälenden inneren Zerrissenheit gelitten hatte, weil er liebte, wie er nicht hätte lieben dürfen. Mila erfuhr von seinen Sorgen, Wünschen und Ängsten und den Feindseligkeiten, die er ertragen hatte, ohne ihnen auszuweichen oder entgegenzutreten.

Als der Priester verstummte, klappte Mila das Buch zu, tief bewegt von dem, was sie gehört hatte. »So, wie Sie ihn beschreiben, war er stark und schwach, beides«, sagte sie und erschrak über die eigene Stimme, die kaum mehr war als ein heiseres Krächzen.

Der Priester verzog das Gesicht zu einer nachdenklichen Miene. »Wenn man betrachtet, was passiert ist und wie er reagierte, kommt es dem wohl sehr nah. Man könnte vermuten, dass vor seinem Tod beides in ihm war, eine zähe Kraft und eine schmerzende Hilflosigkeit, die ihn wankelmütig, manchmal sogar ohnmächtig werden ließ. Seine Unschlüssigkeit trug sicher die Schuld daran, dass er den Blick für das Wesentliche verlor. Doch sollte man ihm daraus einen Vorwurf machen?« Er schaute Mila an. »Und wer dürfte diesen Vorwurf erheben?«

Mila gab ihm das Buch zurück. Die Worte des Priesters hallten in ihr nach, wie ferne Echos, genauso unwirklich wie die Tatsache, dass sie hier saß, in einer fremden Kirche, mit einem fremden Priester, und Dinge über einen verstorbenen Menschen erfuhr, den sie nie kennengelernt hatte.

»Wie ist er gestorben?«, fragte sie.

»In den Bergen. Am Roten Dachstein.«

»Ist er abgestürzt?«

Der Priester nickte. Dann stand er auf, ein Schatten im Gegenlicht der Sonne, die inzwischen um die halbe Kirche gewandert war und deren Strahlen durch die seitlichen Fenster fielen. »Er hätte nicht allein losgehen dürfen, jedenfalls nicht dorthin. Das war ein tragischer Fehler.«

»Wieso?«

»Der Weg auf den Gipfel ist gefährlich, besonders für jemanden, der nicht mit dieser Gegend vertraut ist.«

»Und, was noch?«

»Ich verstehe nicht.«

»Was können Sie mir noch über ihn sagen?«

»Ich habe dir gesagt, was ich dir über Ludger Neumann sagen kann«, antwortete er. Dann beugte er sich vor und tat etwas Überraschendes. Er legte ihr seine Hand auf den Unterarm. Mila verstand, dass er das Gespräch beenden wollte. Er fügte hinzu: »Vielleicht konnte ich dir etwas helfen, trotz all der Fragen, die du bestimmt noch hast. Das würde mich freuen.« Danach wandte er sich ab und ging am Altar vorbei in die Sakristei. Erst jetzt bemerkte Mila, dass seine Füße nackt waren und in dunklen Sandalen steckten.

Den Mittag verbrachten sie in der kleinen Bucht am See. Nur war dieses Mal viel mehr los. Ringsherum lagen Menschen dicht gedrängt, ließen sich bräunen, waren in Bücher vertieft oder führten lebhafte Gespräche. Einige spielten Beachball oder Boccia. Das stetige Murmeln und Lachen übertönte die Stille der Natur, ein deutlicher Gegensatz zu der ruhigen Atmosphäre in der Kirche.

Mila nahm die Sonnenbrille ab und dachte: Zu viele Menschen, zu viel Lärm. Sie beobachtete eine Familie in ihrer Nähe. Vater, Mutter, Kind; ein Junge, etwa drei oder vier Jahre alt, der mit einer Schaufel Sand in einen Eimer schippte, zum Wasser trug, ausschüttete und wieder von vorne begann, mit einer nicht endend wollenden, faszinierenden Begeisterung. Seine Eltern lagen auf einer breiten Stranddecke, die Mutter schlief, der Vater behielt das Kind im Auge. Gelegentlich schielte er zu ihnen rüber, immer nur flüchtig, bemüht unauffällig, doch auffällig genug, dass Mila es registrierte. Luise döste neben ihr, die Augen hinter der Sonnenbrille geschlossen, schon eine ganze Zeit lang. Erst der grelle Schrei eines Kranichs im Schilf ließ sie aufhorchen. Sie erhob sich und stützte sich mit den Armen ab.

»Was ist mit dir?«, fragte Luise und guckte sie von der Seite an. »Du bist nicht froh. Wieso nicht?«

»Ich bin froh«, widersprach Mila, aber es klang halbherzig.

»Du lügst. Das merke ich doch. Hat es etwas mit dem zu tun, weshalb du heute Morgen an der Kirche warst?«

»Themenwechsel, okay?«

Luise legte den Kopf in Milas Schoß, umschlang ihre Taille und schmiegte sich an sie wie ein kleines Kätzchen. »Das ist nicht fair. Du vertraust mir nicht«, klagte sie.

»Das hat nichts mit Vertrauen zu tun. Ich bin nur noch nicht soweit«, sagte Mila. »Ich erzähl's dir, wenn ich es kann, in Ordnung?«

»Hab ich dir schon mal gesagt, dass du manchmal merkwürdig bist?« Luise lachte.

Mila lachte nicht. Sie blickte zu den Bergen, die hinter dem See und den Wiesen aufragten wie eine prächtige Bühnenkulisse und den Eindruck erweckten, als seien sie ein einziger Gebirgskamm. »Welcher von denen ist der Rote Dachstein?«, fragte sie.

Luise setzte sich auf. Dann legte sie einen Arm um Milas Schulter, streckte den anderen aus und zeigte wortlos auf den höchsten Gipfel, der in südwestlicher Richtung in den wolkenlosen Himmel stieß, eingerahmt von zwei kleineren Kuppen daneben.

»Ist es sehr gefährlich, ihn zu besteigen?«

»Für Ungeübte? Ja!«

»Kannst du mich hinbringen?«, fragte Mila. »Nicht hoch, nur hin.«

»Klar.«

»Wann?«

»Jederzeit.« Luise überlegte kurz. Dann sprang sie auf, griff nach ihren Klamotten und zog sich an, wobei sie verschmitzt lächelte, als habe sie etwas Bestimmtes vor, das sie noch nicht verraten wollte.

»Hey, was machst du?«, fragte Mila verblüfft.

»Du willst zum Dachstein? Also, los, ich bring dich hin.«

»Jetzt?«

»Ja, klar, jetzt. Heute sind mir eh zu viele Menschen hier. Außerdem glaub ich, dass du gerade nicht wirklich viel Spaß am Faulenzen hast.«

»Du hast recht.« Mila streckte Luise die Arme und Hände entgegen. Luise zog sie lachend hoch.

Sie fuhren abseits der Liegewiesen auf einem steinigen Weg, vorbei an hohen Gräsern und durch ein mooriges Gebiet, über das eine Brücke führte, deren altes Holz nicht unbedingt einen vertrauensvollen Eindruck erweckte. Dahinter bildete ein Hain eine natürliche Grenze zu den steiler werdenden, von Farn und Flechten gesäumten Wegen, die zum Gebirgszug führten. Je näher sie ihm kamen, desto kleiner fühlte sich Mila. Waren sie anfangs noch einigen Wanderern begegnet, trafen sie nun keine Menschenseele mehr. Luise erklärte ihr auch, warum. Die meisten Wanderer und Kletterer stiegen vom Westen und somit von der anderen Seite auf die Berge. Hierher verirrte sich kaum jemand.

Nach etwa einer Stunde endete der Weg an einer wilden Blumenwiese. Dahinter ragte der Dachstein empor, imposant und mächtig stand er dort und würdigte sie keines Blickes, sondern schaute hochmütig in die Ferne, über die anderen Gipfel, Kuppen und Hügel hinweg, so erschien es Mila zumindest. Kurz dachte sie an den Orca, der seinem Umfeld mit einer ähnlichen Ignoranz und Erhabenheit begegnet war. Dann stiegen sie von den Rädern und stellten sie am Wegrand ab.

»Woher hat er seinen Namen?«, fragte Mila, ohne den Blick von dem zerklüfteten Hang zu nehmen, aus dem etliche Felssporne ragten, wie Finger, die in unterschiedliche Richtungen zeigten, zwischen ihnen tiefe Wasserrinnen, die sich über Jahrtausende hinweg in den Berg gegraben hatten.

»Er wird so genannt, weil er aus Dachsteinkalk besteht. Und wenn die Sonne auf- oder untergeht und der Himmel wolkenlos ist, färbt sich ein Teil des Kalks unter seinem Gipfel rot. Alle Berge werden dann etwas rot, aber keiner glüht so intensiv wie der Dachstein. Daher kommt sein Name.«

»Warst du schon einmal dort? Ganz oben?«

»Ja.«

»Ich bin beeindruckt.«

Luises Augen glänzten, ihre Stimme wurde weicher. »Es ist wunderschön dort oben, das weiße Leuchten des Gletschers unterhalb der Spitze, der Blick über das ganze Tal und auf die anderen Berge, wie sie in den Himmel ragen, atemberaubend. Und dann noch diese Ruhe, diese wahnsinnige Stille …«

»Das klingt fantastisch.« Mila legte ihre Hände auf Luises Wangen. »Kannst du mich hochbringen?«

»Du willst auf den Dachstein?«

»Ja.«

»Vielleicht«, sagte Luise nachdenklich. »Aber es ist nicht einfach.«

»Das ist es nie«, erwiderte Mila.

»Wenn du es willst, mach ich es. Ich bring dich hoch. Sobald du bereit bist«, meinte Luise. »Doch jetzt machen wir was anderes.« Sie holte ihre Decke aus dem Rucksack, streifte sich die Flip-Flops von den Füßen und rannte los, in die Wiese hinein, unbekümmert und federleicht hinterließ sie eine kaum sichtbare Spur im Gras.

»Was tust du da?«, rief ihr Mila nach.

»Komm.« Luise ruderte mit den Armen. Mila lachte und lief ihr nach. Um sie herum stoben Bienen auf. Als sie bemerkte, dass die Insekten sich schnell beruhigten und wieder auf den Blumen niederließen, die einen süßen Duft verströmten, schenkte sie ihnen keine weitere Aufmerksamkeit.

Mitten auf der Wiese blieb Luise stehen und breitete die Decke aus.

»Was hast du vor?«, fragte Mila, als sie bei ihr war.

»Hier«, antwortete Luise.

»Hier?«

»Ja. Spricht doch nichts dagegen, oder?«

Mila war überrascht. »Nein, es spricht nichts dagegen, gar nichts«, sagte sie und umarmte Luise. Einige Sekunden blieben sie so stehen, bevor sie begannen, sich gegenseitig auszuziehen. Mila spürte, dass auch die schweren Gedanken von ihr abfielen wie Kleidungsstücke, als Luise nackt vor ihr stand.

Dann liebten sie sich, getränkt vom Sonnenlicht und umringt von Blumen, verborgen vor fremden Blicken.

Sie wagten mehr als beim ersten Mal und forderten sich gegenseitig heraus. Es war, als komponierten sie ein vielschichtiges Musikstück, jede Berührung brachte einen feinen Ton hervor, jeder Kuss einen wundervollen Klang. Mila bemerkte, wie verändert Luise war, energisch und frei, als hätte sie ihre Fesseln abgestreift. Das war die Luise vom Steig, nicht die Luise im Büro ihres Vaters oder jene, die den Gottesdienst in schicken Kleidern besuchte.

Später, als sie erschöpft nebeneinanderlagen, warteten sie auf den Sonnenuntergang. Sie waren glücklich; alberten herum, redeten, schwiegen, aßen und tranken.

Als sich der Berg im Licht verfärbte und tatsächlich in einem orangeroten Ton glühte, als wenn er Feuer gefangen hätte, löste sich etwas in Mila, und sie erzählte Luise, weshalb sie ins Dorf gekommen war, zu Almut, und auch, warum sie auf den Roten Dachstein wollte. Es fiel ihr leichter, als sie gedacht hatte. Sie konnte sich nicht einmal erklären wieso.

Luise stellte keine Fragen.

Keine einzige.

Sie hörte nur zu.

Es war schon lange dunkel, als sie auf den Hof kam. Im Haus brannte kein Licht. Almut war wohl zu Bett gegangen. Mila schloss die Haustür auf, betrat den Flur und knipste die Deckenleuchte an. Sie ging in die Küche. Alles war aufgeräumt, kein Kochdunst hing in der Luft, nichts verriet, was Almut gekocht und gegessen hatte. Ohne sie. Ob Almut sie vermisst hatte?

Mila schlich ins Wohnzimmer. Auf der Suche nach einem Kuvert entdeckte sie mehrere Briefumschläge zwischen einer Enzyklopädie der Geographie und Landwirtschaft und einem Reiseführer von Rom. Sie nahm den obersten Umschlag, ging leise die Treppe hoch und in ihr Zimmer. Dort zählte sie Geld ab, den gleichen Betrag, den sie Almut am ersten Tag gegeben hatte, steckte ihn in das Kuvert und schrieb auf die vordere Seite: *Für weitere sieben Tage.*

Sie hoffte, dass ihr Plan aufgehen würde. Sie ging wieder nach unten und legte den Umschlag auf die Arbeitsplatte in der Küche.

Am nächsten Morgen war er verschwunden.

Sie sahen sich täglich, meist nach dem Frühstück oder am Mittag, immer dann, wenn Luise frei hatte. Gelegentlich war Johann dabei. Aber meistens wurde es ihm nach einiger Zeit langweilig, vor allem, wenn Mila und Luise das Beieinandersein schweigend genossen oder nur Belanglosigkeiten austauschten, zumindest erschienen Johann die Inhalte ihrer Gespräche belanglos, wenn sie über Bands und Bücher, Filme, das schönste und das schlimmste Date, das sie bisher hatten, Träume und alles, was auf ihren Bucketlisten stand, sprachen. Dann kam es vor, dass er von jetzt auf gleich verkündete, er habe Hummeln im Hintern, sich auf sein Rad setzte und losfuhr, ohne zu verraten, wohin. Wenn er fort war, gaben Mila und Luise ihre Zurückhaltung auf.

Sie trafen sich meist auf Almuts Hof. Von dort streiften sie über die aufgeheizten Felder und durch den Wald hinter dem Gut, oder sie verbrachten viele Stunden am See, an ihrem Platz in der versteckten Bucht oder ein Stück weiter, wo sie in einer Hängematte lagen, die sie zwischen zwei Bäumen aufgespannt hatten. Am Mittwochmorgen kletterten sie noch mal den Steig hoch, um in der Gumpe zu schwimmen. Verglichen mit der Anstrengung, die es brauche, um auf den Dachstein zu kommen, sei der Steig ein Witz, sagte Luise. Und Mila antwortete, sie wolle dennoch dort hoch, mit ihr, schon bald. Sie sagte es in einem unmissverständlichen Ton. Es war ihr ernst.

Mila genoss die Zeit mit Luise, im Gegensatz zu den Stunden mit Almut waren diese gewichtslos, was auch daran lag, dass sie sich nicht gegenseitig bedrängten. Luise fragte nicht nach, ob Mila wieder einen besseren Draht zu Almut gefunden habe, nachdem sie erfahren hatte, dass er in den letzten Tagen fast abgerissen war. Sie wusste, dass Mila es ihr erzählen würde, wenn sie dafür bereit war. Und Mila setzte Luise nicht mehr unter Druck, was das Gespräch mit ihrem Vater betraf, der am Mittwoch zu einer dreitägigen Dienstreise aufbrach.

Den Donnerstag verbrachten sie im Garten der Lechners. Luises Mutter war bei einer Freundin zum Kaffee eingeladen, und Johann jagte mit seinem Rad irgendwo über die Straßen und Weiden, weil er an diesem Tag keine Lust auf Mädchengespräche hatte.

Sie saßen auf der Terrasse und tranken Caipis, die Luise mixte, sonnten sich auf den geschwungenen Liegen am Pool und sprangen kopfüber ins Wasser, schwammen um die Wette, tauchten sich gegenseitig durch die Beine oder spielten, indem die eine der anderen die Augen verband und anschließend versuchte, von einer Seite des Schwimmbeckens zur gegenüberliegenden zu gelangen, ohne von der Blinden berührt zu werden. Und als Luise die mit den verbundenen Augen war und Mila in der Mitte des Beckens berührte, da stieß sie einen Jubelruf aus, umschloss mit ihren Beinen Milas Hüften und ließ sich von ihr zum Beckenrand tragen.

»Du kannst so wunderbar leicht sein«, sagte Mila.

»Im Wasser ist jeder leicht.«

»Nein, das meine ich nicht.«

Luise nahm das Tuch von den Augen und sagte: »Und du hast einen Kirschmund, der zum Küssen da ist, weißt du das?« Dann griff sie nach Milas Hand und legte sie sich an die Wange. Mila beugte sich vor. Im selben Moment registrierte sie eine Silhouette hinter den langen Gardinen der breiten Fensterfront des Hauses; sie zeichnete sich nur undeutlich ab, und Mila war unsicher, ob sie sich täuschte oder wirklich jemand dort stand und sie beobachtete.

»Was hast du?«, fragte Luise. »Warum guckst du auf einmal so …?«

»Wie gucke ich denn?«

»Irritiert.«

»Das liegt nur an der Sonne, sie blendet mich«, log Mila und bekam sofort ein schlechtes Gewissen, weil sie Luise nichts von dem Schatten und ihrem Verdacht sagte, aber das schlechte Gewissen war schwächer als ihr Wunsch, die Unbeschwertheit zu erhalten. Damit Luise nicht ihren Kopf drehte, um zu sehen, was sie abgelenkt hatte, küsste Mila sie und flüsterte: »Alles ist gut, glaub mir, sogar mehr als das.«

Als sie noch einmal zum Fenster schaute, war der Schatten verschwunden, wenn überhaupt einer dagewesen war.

Tage 9–10

Am zweiten Freitag nach Milas Ankunft kam die Wahrheit ans Licht. Ausgerechnet Helga Lechner, ein Streit und ein Schlag brachten die Wendung.

Die Tage zuvor hatte Almut unter ihrer eigenen Unentschlossenheit gelitten. Wie oft hatte sie Ludger sein Zögern vorgeworfen? Es hatte sie zermürbt, dass er sich nicht entscheiden konnte, nicht handelte, sich nicht bekannte, auch nicht, nachdem er von der Schwangerschaft erfahren hatte. Und nun machte sie es selbst nicht besser. Benno hatte es ihr gesagt, am Donnerstag, vorgehalten hatte er es ihr, ohne Umschweife. Sie schrieb gerade Rechnungen, als er ins Büro kam. Seit ihrer Auseinandersetzung am vergangenen Wochenende hatten sie sich nicht mehr gesehen, weil Benno am Dienstag mit auswärtigen Montagearbeiten beschäftigt gewesen war, während sie die Unterlagen für den Steuerberater sortierte. Er roch nach Holz und Lack und verhielt sich wie immer. So war er, nie nachtragend und stets geradeheraus. Selbst wenn er ruppig war, blieb er anständig, einer, auf den man sich verlassen konnte, was auch für Almut galt, für sie sogar im Besonderen, wenn sie es zuließ. Er zeigte ihr einige Kundenanfragen und erklärte ihr, was sie zu kalkulieren und zu bestellen hatte. Dann setzte er sich auf den Stuhl an der Wand, direkt unter das kunstvoll gefertigte Holzrelief neben dem Fenster, und verschränkte die Arme hinter dem Kopf.

Er fragte: »Und? Hast du mit ihr gesprochen?«

»Mit wem?« Almut sah ihn an.

»Mit der jungen Frau, deinem Gast.«

»Worüber sollte ich mit ihr reden?«

»Das weißt du ganz genau.«

»Nein, das weiß ich nicht.«

Er fixierte sie mit seinem Blick. »Du lügst mich an.«

»Nein, das tue ich nicht!«

»Ich glaub dir kein Wort. Ihr wisst beide, wer ihr seid, und ihr habt euch darüber unterhalten. Nur erzählt ihr es keinem, auch mir nicht. Warum macht ihr ein Geheimnis draus?«

»Du spinnst, Benno!« Sie fuhr ihn scharf an. »Hab ich dich jemals angelogen? Wenn du das glaubst, sag mir wann und worüber.«

Er überlegte und blieb merkwürdig ruhig, nur auf seiner Stirn bildete sich eine tiefe Falte. »Stimmt schon. Normalerweise bist du immer ehrlich ...«

»Siehst du.«

»Dann stell ich die Frage anders ...«

»Was möchtest du noch wissen?«

»Wenn ihr wirklich noch nicht darüber gesprochen habt, wem machst du dann etwas vor? Ihr? Dir? Wem, Almut, wem?«

»Niemandem! Hör endlich mit dem Unsinn auf!«

»Wieso ignorierst du die Wahrheit?«

»Was willst du von mir?«

»Dass du es endlich zugibst. Ich hab sie gestern gesehen, mit Luise. Sie sind an den Feldern entlanggelaufen. Die junge Frau hat mich angeschaut, nur kurz, als ich mit dem Sprinter langsam an ihnen vorbeigefahren bin, um mir ein Bild von ihr zu machen. Es stimmt, was die Alten raunen. Sie sieht dir ähnlich. Es fällt vielleicht nicht auf den ersten Blick auf, aber wenn man genau hinschaut, erkennt man es. Außerdem geht sie wie du, so aufrecht, beinahe stolzierend. Sie dreht sogar den Kopf wie du, auf diese ruhige Art. Und als sie mich angesehen hat, hat sie es aus den Augenwinkeln heraus getan, wie du es so oft machst, wenn du etwas wissen willst, ohne zu fragen.«

Almut starrte an ihm vorbei durch das Fenster. Der Himmel war von einem jähen Blau. Mehr erkannte sie nicht. Sie sagte nichts.

»Sie ist hier, Almut, sie hat dich gesucht und gefunden. Deswegen versteh ich nicht, warum keine von euch das Offensichtliche sagt, warum ihr miteinander im Kreis tanzt, ohne euch an den Händen zu fassen.« Er verschränkte die Arme vor der Brust und seufzte. »Es liegt an dir, hab ich recht? Weil du sie auf Abstand hältst. So, wie du es immer machst. Wie du alle auf Abstand hältst. Und das ist falsch. Sprich mit ihr! Das hat sie verdient. Und du auch. Am Samstag hast du von der Hexenjagd damals gesprochen. Vergiss nicht, wie sehr du darunter gelitten hast, dass Ludger sich nicht zu dir bekannt hat. Mach nicht denselben Fehler.«

Sie schwieg weiter.

Benno stand auf. »Ich muss noch Möbel ausliefern. Wenn ich wiederkomme, bist du bestimmt schon weg. Aber denk drüber nach, was ich dir gesagt hab.«

Er blickte sie so eindringlich an, dass es fast schmerzte. Wie seine Worte. Die taten auch weh. Es war selten, dass er so viel sprach. Demnach war es ihm wichtig gewesen. Weil Almut ihm etwas bedeutete. Das wusste sie.

Am Abend ging sie ins Badezimmer, zog sich aus und stellte sich vor den Spiegel. Sie öffnete den Dutt und ließ ihr Haar über die Schultern gleiten. Sie bürstete es, hielt inne, bürstete es wieder und betrachtete sich in dem orangegelben Licht der Badezimmerlampe, ihr Gesicht mit der hohen Stirn, den braunen Augen, die nah an der Iris grün waren, und dem Mund, dessen Winkel leicht nach unten hingen, ihren Nacken und die muskulösen Schultern und Arme, trainiert von der täglichen Arbeit auf dem Hof, ihre Brüste, klein, aber fest, ihren flachen Bauch.

Sie sah sich selbst. Mit ihren Augen. Vor allem ihr Gesicht. Und wie es andere sahen. Benno. Mila. Zum ersten Mal erkannte auch sie die Ähnlichkeit. Als hätte sie sich die ganze Zeit vor ihr verborgen und würde sich nun endlich zeigen.

Am nächsten Mittag lag der Hof im gelben Dunst einer hochstehenden Sonne. Ein paar Wolken hingen über dem Dorf, wie in den Himmel gemalt. Eine getigerte Katze schlich mit aufgerichtetem Schwanz am Weidezaun entlang, beobachtet von zwei Krähen, die in sicherer Höhe auf dem Hausdach saßen. Nach einer Weile stoben die Vögel mit klatschenden Flügeln in die Luft, was die Katze reizte. Sie stoppte, hob fauchend die Vorderpfote und glotzte den Krähen grimmig hinterher, bis sie nicht mehr zu sehen waren. Dann setzte sie ihren Weg fort und streifte in weitem Bogen über die Weide.

Gewöhnliche Details, die Almut völlig entgingen, während sie mechanisch den Platz unter der Kastanie kehrte und an Mila dachte, die mit dem Rad ins Dorf gefahren war. Bevor sie sich auf den Weg machte, hatte sie gesagt, sie wolle am Abend kochen und dafür ein paar Sachen einkaufen. Was genau, hatte sie nicht verraten, nur, dass es etwas besonders Leckeres werden sollte.

Während Almut weiterhin in Gedanken versunken war, drang aus dem Stall das tiefe Muhen der Kühe. Vor der Schreinerei fuhr ein Lieferwagen los. Geräusche und belanglose Ausschnitte des alltäglichen Lebens, das Almut umgab, flüchtige Eindrücke, die noch verhüllten, was sich längst in Bewegung gesetzt hatte und auf sie zurollte wie eine Lawine, die nicht mehr aufzuhalten war.

Sie sah die Gestalt zunächst nur aus den Augenwinkeln, unbewusst, weshalb sie erst aufblickte, als sie schon fast bei ihr war. Wie eine Fata Morgana im geschmolzenen Licht lief die Frau über die Zuwegung. Ihre Schritte waren fest, ihre Körperhaltung starr, als wollte sie sich mit unerschütterlicher Entschlossenheit in der Welt behaupten, ohne Rücksicht auf irgendetwas oder irgendjemanden.

Almut erstarrte. Ihre Hand umklammerte den Besenstiel, als würde er ihr Halt geben für das, was gleich kommen würde. Sie registrierte jeden Schritt der Frau, jede Bewegung, jede Veränderung ihres Gangs, der langsamer wurde, je näher sie kam.

Helga Lechner hatte seit damals keinen Fuß mehr auf Almuts Land gesetzt. Sie hatte immer einen Bogen um Almut gemacht. Und jetzt? Jetzt tauchte sie hier auf, nach all den Jahren, in einem leichten Sommerkostüm, die Augen hinter einer Sonnenbrille verborgen. Almut spürte einen stechenden Druck im Kopf, ein unangenehmes Gefühl, das sie irritierte.

»Almut ... wir müssen reden. Unbedingt«, sagte Helga hastig, nachdem sie in sicherem Abstand vor ihr stehengeblieben war und die Brille abgenommen hatte. Sie schnaufte, als wäre sie außer Atem, und sah sich nervös um. Ihre Stirn glänzte, das sorgfältig aufgetragene Make-up konnte ihre offensichtliche Anspannung nicht verbergen. Die Augen hatte sie mit dunklem Lidschatten betont und die Brauen scharf konturiert.

Wie lächerlich, dachte Almut. Lächerlich und armselig, dieses Buhlen um wertlose Anerkennung, dieses Fein-sein-müssen um jeden Preis, egal, wann und wo. So war Helga. Sie war nie anders gewesen. Almut kannte sie ihr Leben lang. Als Kinder hatten sie im Dorf gemeinsam gespielt, später war Helga eine Jahrgangsstufe über ihr in die Schule gegangen. Natürlich hatte Almut mitbekommen, wie Helga sich Thomas Lechner, die angeblich beste Partie in der Gegend, geangelt hatte, den angehenden Juristen aus der wohlhabenden Anwaltsfamilie, der die Kanzlei seines erfolgreichen Vaters weiterführen würde.

»Ich wüsste nicht, worüber wir beide reden sollten, Helga«, entgegnete Almut. Sie sprach den Namen absichtlich laut aus, dehnte und verzerrte ihn. Wäre sie in der Lage gewesen, hätte sie ihn direkt vor Helgas Füße in den Staub gespuckt.

»Glaub mir, es ist wichtig, dass wir uns unterhalten. Gehen wir rein?«

Almut schüttelte den Kopf. »Du hast in meinem Haus nichts verloren. Und das weißt du auch.«

»Immer noch feindselig, und das nach so langer Zeit?«, fragte Helga und tat verwundert. »Wir haben dir damals nur geholfen, Almut …«

Almut runzelte die Stirn. »Euch habt ihr geholfen! Nicht mir. Mich habt ihr bestohlen.«

»Du verdrehst die Tatsachen. Aber was soll man schon anderes von dir erwarten?«, sagte Helga herausfordernd.

Almut ging ein paar Schritte auf sie zu und baute sich vor ihr auf. »Du bist doch nicht gekommen, um über das zu reden, was damals passiert ist? Komm, sag schon, weshalb du dich auf den Weg zu mir gemacht hast. Was treibt dich hierher?«

»Ich bin wegen deines Gastes hier. Der jungen Frau, die du bei dir aufgenommen hast. *Deinem Mädchen.* Das ist sie doch, nicht wahr, *dein Mädchen*?«

Dein Mädchen.

Natürlich begriff Almut, was sie meinte. Aber wie Helga das sagte! Und wie falsch es aus ihrem Mund klang! Abfällig. Dazu hatte sie kein Recht.

»Was ist mit Mila?« fragte Almut, die wusste, dass ein Streit unausweichlich war. Sie wollte sich nicht rechtfertigen. Eigentlich wollte sie gar nicht mit Helga reden.

»Sie trifft sich mit unserer Tochter.«

»Und? Was ist schlecht daran?«

»Sie hat einen negativen Einfluss auf Luise. Ich habe sie gesehen. Sie machen Dinge … na ja … unanständige Dinge, du weißt schon …«

»Unanständige Dinge?« Almut blickte sie herausfordernd an.

»Sie haben sich geküsst, in unserem Pool, als sie glaubten, sie wären allein …«

Almuts Augen verengten sich. Sie war überrascht, wollte sich die Überraschung aber nicht anmerken lassen und fasste sich schnell. »Und? Was ist daran verwerflich?«

»Es ist falsch, unsittlich.«

Almut schüttelte konsterniert den Kopf. Plötzlich brachen die alten Narben in ihr auf und fingen an zu schmerzen. *Falsch. Unsittlich.* Es wiederholt sich, dachte sie unvermittelt. »Ist das dein Ernst? Dass es falsch und unsittlich ist, wenn sich zwei Menschen küssen, die sich offenbar gernhaben? Und jetzt willst du deine Tochter davon befreien, von dieser Unsittlichkeit? Du und dein Mann, ihr bildet euch schon wieder ein, bestimmen zu können, wer wen mögen darf? Ist das so? Was seid ihr nur für verfluchte Heuchler, alle beide!«

Helga ging nicht auf sie ein. Sie meinte nur: »Sag deinem Mädchen, dass es wieder verschwinden soll! Sag es ihm! Es ist für alle das Beste, glaub mir.«

Almut ließ den Besen los. Er fiel mit einem dumpfen Laut auf das Pflaster. »Einen Teufel werd ich tun.«

»Sie ist wie du, Almut, sie bringt Unglück ins Dorf«, sagte Helga schrill. »Du weißt ja, was man über den Apfel sagt? Dass er nicht weit vom Stamm fällt …«

Almut trat noch dichter an Helga heran und stieß ihr fest mit dem Zeigefinger gegen die Rippen. »Mila wird bleiben, solange sie möchte. Hörst du? Sie wird sich frei bewegen, auf meinem Hof, im Dorf und im ganzen Tal.

Und sie wird Luise treffen, wann immer die beiden es wollen. Das wirst du nicht verhindern!«

Helga wich zurück. »Ich hätte mir denken können, dass du egoistisch und uneinsichtig bist. Na ja, einen Versuch war es trotzdem wert.« Sie machte eine Pause. Dann fügte sie hinzu: »Nun bleibt mir keine andere Wahl, als selbst mit deinem Mädchen zu reden. Weil ich nicht tatenlos zusehen werde, wie sie meine Tochter verdirbt …«

Sie wollte mit Mila reden? Weil Mila ihre Tochter verdarb? Helgas Worte drangen wie mit langen Tentakeln in Almut ein und raubten ihrem Zorn jede Fluchtmöglichkeit. Ohne dass sie es kontrollieren konnte, ballte sich Almuts rechte Hand zur Faust. Sie wurde weiß im Gesicht. Ihr Arm schwang nach hinten. Helga ahnte, was geschehen würde und wich noch einen Schritt zurück, aber es war bereits zu spät. Sie konnte es nicht mehr verhindern. Und Almut sowieso nicht. Ihre angestaute Wut entlud sich in einem einzigen Schlag, der hart und krachend in Helgas Gesicht landete, die vor Schmerz laut aufschrie, nach hinten taumelte und zu Boden fiel.

Almut beugte sich über sie und zischte: »Du lässt Mila in Ruhe! Du kommst ihr nicht zu nah! Hörst du? Denn wie du es selbst gesagt hast, sie ist *mein Mädchen* …!«

Die Haustür stand einen Spaltbreit offen, was ungewöhnlich war. Sie hatte nie offen gestanden, seit Mila auf dem Hof wohnte, nicht einmal, wenn Almut im Stall oder irgendwo auf dem Grundstück arbeitete. Mila stieg vom Rad ab und sah sich um. Unter der Kastanie schlief die getigerte Katze, während über ihr schwarze Vögel in sicherer Höhe auf den Ästen hockten. In der Nähe des Baums lag ein Besen auf dem Boden, daneben ein Haufen zusammengekehrter Blätter. Mila stellte das Rad ab und ging in den Kuhstall, dann zu den Hühnern. Sie schaute über die Weiden. Almut war nirgends zu sehen. Mila beschlich ein ungutes Gefühl. Das, was sie für den Abend geplant hatte, schien auf einmal nicht mehr so wichtig.

Sie war im Dorf gewesen, wo sie vor der Eisdiele gesessen, einen Cappuccino getrunken und mit Luise geplaudert hatte, um danach im Lebensmittelladen frische Pilze für ein Ragout und zwei Stangen Baguette zu kaufen. In der Vorratskammer lagerten noch genügend Reis und Zwiebeln, das hatte sie gesehen, Kräuter wollte sie aus Almuts Beet pflücken. Sie freute sich darauf, für sie beide zu kochen. Natürlich hoffte sie, dass das Eis zwischen ihnen heute Abend endlich wieder brechen würde. Es durfte nicht so weitergehen wie in den letzten Tagen.

Sie nahm die Papiertüte aus dem Korb, betrat das Haus und zog die Tür hinter sich ins Schloss. Die Wände im Flur waren kahl, alle Bilder heruntergenommen. Ihr wurde komisch im Bauch. »Almut?«, fragte sie in die Stille. Und noch mal: »Almut?« Sie stellte die Papiertüte in der Küche neben den Herd und warf einen Blick in das Wohnzimmer, dann rief sie in den Keller hinunter, vergebens. Sie ging die Treppe hoch. Die Tür zu Almuts Schlafzimmer war nur angelehnt. Vorsichtig drückte Mila sie auf. Das Bett war akkurat gemacht, alles sauber und ordentlich, die Gardinen vor dem Fenster waren zugezogen. Vom Dachboden fielen verräterische Lichtstrahlen auf die Stufen der Wendeltreppe. Dort oben ist sie also, dachte Mila, durchquerte das Zimmer und stieg hinauf.

Almut kauerte auf den Holzdielen, inmitten ihrer Bilder, die um sie herum im Kreis auf den Staffeleien standen. Nur durch einen schmalen Spalt zwischen zwei Bildern konnte Mila sie dort hocken sehen, wie jemand, der hinter einem Schutzwall Zuflucht suchte. Almut hatte die

Beine angezogen, den Rücken gekrümmt und den Kopf nach vorne gebeugt; wie ein Kind, das sich klein macht, um sich vor der Welt zu verstecken. Sie hatte die Lampe eingeschaltet und den Raum ausgeleuchtet. Vor ihr lagen verstreut Kohle- und Bleistifte, Papierwischer und Radiergummis auf dem Boden. Mila trat näher. Vorsichtig, als würde sie auf Scherben gehen, schlüpfte sie in den Kreis und an Almut vorbei, weil sie etwas entdeckt hatte, das sie wie eine magnetische Kraft anzog. Sie sah drei Zeichnungen, die nebeneinanderstanden und sich von den anderen unterschieden, auf denen die Menschen gesichtslos geblieben waren. Die Bilder hatten im Flur gehangen und zeigten den Fluss, die Hütte und den Gipfel. Auf allen waren das Mädchen und die Frau abgebildet, denen Almut nun Gesichter gezeichnet hatte. Mila erkannte sie sofort. Almuts Gesicht. Und ihr eigenes, in drei verschiedenen Versionen. Ihre Augen begannen, sich mit Tränen zu füllen. Die Bilder verschwammen. Und dann hörte sie Almuts Stimme, wie von weither.

»Ich habe dich hier zur Welt gebracht, Mila, in diesem Haus.«

Der Boden unter Milas Füßen schien zu schwinden, sie taumelte. Hatte Almut das gerade wirklich gesagt? Dass sie Mila hier geboren hatte? Etwas in Mila löste sich, etwas, das so lange in ihr gewesen war. Und sie dachte, das ist er, der Moment, das ist er tatsächlich. Sie begriff nicht, warum er auf einmal da war, ohne dass sie ihn in irgendeiner Weise herbeigeführt hatte. Und noch weniger begriff sie, warum sie sich plötzlich vor ihm fürchtete. Damit hatte sie nicht gerechnet. Sie blieb reglos stehen, mit dem Rücken zu Almut, zwischen ihr und den Bildern.

»Wo?«, fragte sie, ohne sich umzudrehen.

»In meinem Zimmer«, sagte Almut kaum hörbar.
»Warst du allein?«
»Nein.«
»Wer war bei dir?«
»Meine Mutter.«
Mila senkte den Kopf. Ihre Stimme klang, als gehörte sie nicht zu ihr: »Wie war das, als ich geboren wurde?«
Almut antwortete leise, ohne zu verbergen, wie schwer ihr das Sprechen fiel. In jedem Satz, jedem Wort schwang mit, wie sehr sie gelitten hatte. »Deine Geburt hat lange gedauert, und sie hat sehr wehgetan. Ich dachte schon, du wärst eine Sternenguckerin, weil es so langsam voranging. Aber meine Mutter meinte, ich würde mich täuschen und müsse einfach Geduld haben.« Almut hielt inne und schluckte schwer. »Sie hat den Arzt erst gerufen, als mein Damm riss und ich schon viel Blut verloren hatte. Da wollte ich bloß noch sterben. Nicht nur wegen dem körperlichen Schmerz, sondern auch, weil ich gespürt habe, dass mir etwas fehlte …«
Mila fühlte ein Stechen in der Brust. Ihre Hände wurden kalt. Sie rang nach Luft und fragte: »Was hat dir gefehlt?«
Almut seufzte. Dann sprach sie weiter, mit dünner Stimme, wie durch dichten Nebel. »Ich habe mich nicht auf dich gefreut, wie es eine Mutter tun sollte. Ludger war zwei Monate vorher gestorben, und der Schmerz saß noch tief in mir. Ich war nur traurig, unendlich traurig. Und deine Geburt machte es nicht besser. Im Gegenteil, sie erinnerte mich daran, was hätte sein können, wenn er noch am Leben gewesen wäre …«
Erst jetzt drehte sich Mila um. Almut war kreidebleich. Tränen liefen ihr über die Wangen. Mila hockte sich neben sie. »Erzähl mir alles«, sagte sie, und es war keine Bitte.
»Es wird dir nicht gefallen. Und es wird dir wehtun.«

»Ich halte es aus.«

»Du wirst mich hassen.«

»Ich bin hierhergekommen, um zu verstehen. Nicht um dich zu hassen.«

»Aber ich hasse mich für das, was ich getan habe.« Almut stöhnte so heftig auf, dass ihr ganzer Körper bebte. »Ich habe mich immer dafür gehasst.«

Mila biss sich auf die Unterlippe. Sie versuchte, die Fassung zu bewahren, auch wenn es ihr schwerfiel. »Bring es hinter dich, ja? Tu es für uns. Bitte!«

Almut konnte sie nicht ansehen. Sie kämpfte mit den Worten, und als sie sie endlich fand, brachen sie stockend aus ihr heraus, unterbrochen von heftigen Schluchzern. »Auch als ich dich das erste Mal im Arm hielt, spürte ich nichts. Und ich fragte mich, warum fühle ich nichts, wieso bin nicht fähig dazu? Du hast mich angeschaut und kurz geschrien, dann warst du wieder still. Ich wollte dich lieben, glaub mir, Mila, ich wollte es und dachte, jede Sekunde würde es geschehen. Ich sagte mir, dieses Baby ist ein Teil von mir und ein Teil von ihm, ich muss es lieben können, ich bin doch seine Mutter. Und wenn ich dich in den nächsten Tagen durch das Haus trug oder an deiner Wiege saß, wartete ich auf Gefühle, betete und flehte sie herbei. Umsonst. Sie stellten sich nicht ein. Es war, als wäre mein Innerstes von einer kalten Mauer umgeben, die keine Empfindungen für dich durchließ. Ich war völlig verzweifelt. Einmal habe ich dich sogar angeschrien, dass du etwas machen sollst, etwas, dass ich dich lieben konnte. Aber da kam nichts und da war nichts. Ich habe dir nicht einmal einen Namen geben wollen. Aber Mutter drängte darauf, also gab ich dir einen. Magdalena …«

Mila schluckte und wiederholte den Namen, der sich so fremd und schwer in ihrem Kopf anfühlte.

»Dann habe ich tagelang kein einziges Wort mehr gesprochen. Mutter sagte, ich hätte eine Wochenbettdepression und wäre deshalb sprachverloren …«

»Sprachverloren …?«, murmelte Mila. Sie zitterte und sagte: »Den Ausdruck gibt es doch gar nicht.«

»Mutter hat ihn erfunden. Sie hat ihn damals oft benutzt und warf ihn mir wie ein Schimpfwort an den Kopf. Sprachverloren bist du, Almut, weil du Gott und dein Heil verloren hast. Und weil du das weißt, schweigst du lieber, aus Furcht, jedes weitere Wort von dir würde noch mehr kaputtmachen. Immer und immer wieder sagte sie das. Außerdem behauptete sie, sie habe geahnt, dass etwas in der Art geschehen würde. Alles käme zu einem zurück, jede Tat, jede Sünde. Ludgers Tod und meine Depression seien die Strafe für das, was wir getan hätten. Deshalb würde mein Kummer wohl auch nie enden …« Im Weiß von Almuts Augen verästelten sich haarfeine, rote Äderchen. Sie starrte zur Seite, an Mila vorbei, mit nassem Gesicht. »Zwei Wochen nach deiner Geburt brachte meine Mutter Helga und Thomas Lechner hierher. Er war schon damals ein gefürchteter Anwalt und Wortführer im Gemeinderat. Ich habe auf der Terrasse gesessen, während du in deiner Wiege gelegen und friedvoll geschlafen hast.« Almut bemühte sich um ein Lächeln. Es misslang. Ihre Miene verzerrte sich. »Ich habe nie vergessen, was sie sagten. Sie behaupteten, dass ich all meine Liebe an Ludger verschwendet hätte und sie deshalb nun aufgebraucht sei. Ich hätte nichts davon für meine Tochter aufbewahrt, die ihr ganzes Leben lang nur der Sündenfall bleiben würde, wenn sie im Dorf aufwachse. Hier wäre sie immer eine Außenseiterin, von der eigenen Mutter gebrandmarkt, ein Kind, das stets nur Unruhe bringen würde. Thomas Lechner ließ keinen Zweifel daran, dass du ihm ein Dorn im Auge warst. Er hielt sich schon damals für den moralischen Wächter des Dorfs, und es störte ihn, dass etwas geschehen war, das sich seinem Einfluss entzog. Er ist einer von denen, die glauben, dass die Ordnung unter allen Umständen gewahrt werden muss. Seine Ordnung! Dann sagte er jedoch, es gäbe eine Lösung, die für alle gut wäre. Für meine Tochter, für mich und das Dorf. Ich fühlte mich umzingelt von ihnen, während sie mir erklärten, was sie vorbereitet hatten. Sie redeten viel, bis ich vollkommen erschöpft war und keinen klaren Gedanken mehr fassen konnte. Schließlich legte Lechner ein Bündel Papiere auf den Tisch und meinte, ich müsse nur noch unterschreiben. Danach würde sich alles zum Guten wenden …«

Mila legte eine Hand auf Almuts Knie. »Und du hast die Papiere unterschrieben?«

Almut weinte, ihre Stimme war brüchig vor Kummer. Sie sagte: »Ja. Aber sie haben dich nicht nur fortgebracht, sondern mir auch die Möglichkeit gestohlen, später Kontakt zu dir aufzunehmen. Und ich hab's zugelassen. Ich trage den größten Teil der Schuld, nicht sie, ich. Ich war es, die entschieden hat …«

Mila flüsterte wie betäubt: »Ich verstehe nicht, wie du es all die Jahre aushalten konntest, nichts über mich zu erfahren. Über mein Leben, meine neue Familie. Hast du denn nie wissen wollen, wer ich geworden bin?«

Almut stieß einen tonlosen Schrei aus. »Doch, natürlich, jeden Tag … Glaub mir, es war schlimm. Ich wusste ja, dass du irgendwo da draußen bist, aber immer wieder habe ich mir eingeredet, es wäre besser so …«

Nun schluchzte auch Mila. »Du hast mich einfach weggegeben …« Es war mehr eine Feststellung als ein Vorwurf.

Almut heulte jetzt noch heftiger und nickte. Es gab nichts zu beschönigen. Es existierte nur diese eine Wahrheit, und die war nackt und hässlich.

Mila schüttelte ungläubig den Kopf. »Du hättest um mich kämpfen müssen. Um mich und für dich.«

Almut antwortete nur mit einem leisen: »Ja.«

Es tat so weh. Und in diesen Schmerz hinein versuchte Mila einzuordnen, was kaum einzuordnen war. Sie wollte weder beschuldigen noch urteilen und richten. Aber wie konnte sie das vermeiden? Dann erzählte Almut, dass Helga vor ein paar Stunden auf den Hof gekommen war und sie sich heftig gestritten hatten, und den Faustschlag, den beichtete sie auch.

»Vielleicht zeigt sie dich an«, meinte Mila, dankbar für die kurze Ablenkung von dem, was gerade in ihr vorging.

»Das ist mir egal«, erwiderte Almut und zuckte die Achseln. »Sie hat es verdient.«

Mila lächelte leicht. »Und sie ist wirklich umgefallen?««

»Ja.«

»Gut so.«

»Sie hat im Staub gelegen.«

»Das hätte ich gern gesehen.«

Erst jetzt schaute Almut sie an. »Willst du wissen, wie ich Ludger kennengelernt habe?«

»Ja, natürlich«, antwortete Mila, und Almut erzählte, dass ihre Mutter ein paar Stunden in der Woche im Pfarrbüro arbeitete, nachdem ihr Mann die Familie verlassen hatte und die alte Pfarrsekretärin gestorben war. Sie brauchten das Geld, der Hof brachte nicht mehr genug ein. Als sie volljährig wurde, begleitete Mila ihre Mutter, lernte die Aufgaben kennen und half ihr. Ein Jahr später ging der alte Priester in Ruhestand und verließ die Gegend. Ein neuer Geistlicher kam ins Dorf. Ludger.

»Ich hab ein Foto von ihm gesehen, in einem Buch über die Pfarrer der Gemeinde«, sagte Mila. »Am Sonntag, in der Kirche. Der Priester hat es mir gezeigt.«

»Du warst in der Kirche?«

»Nach der Messe, ja. Ich mach mir nichts aus Gottesdiensten.« Mila streckte den Rücken durch. »Auf dem Foto sah er gut aus.«

Almut nickte. »Ludger war ein schöner Mann. Und klug war er auch. Ich mochte ihn von Anfang an.«

»Und er?«, fragte Mila.

Almut starrte auf den Boden. »Er hat mich oft angesehen, meist nur flüchtig, aber ich hab's trotzdem bemerkt. Und gespürt hab ich's auch.«

»Hat es jemand mitbekommen? Ich meine … dass ihr euch mögt und so …«

»Zunächst nicht, erst später, als ich schwanger war. Da fingen sie an zu schwatzen, zu hetzen, mich auf der Straße zu ignorieren. Ich wurde gemieden. Es war schwierig.«

»Der Priester hat mir gesagt, dass sich Ludger nicht entscheiden konnte. Stimmt das?«

Wieder nickte Almut.

»Und dann?«, fragte Mila.

Almut knetete die Finger. »Eines Tages hat er seinen Rucksack gepackt und ist einfach losmarschiert. Er hat keinem etwas gesagt. Ich weiß nicht, was er sich dabei gedacht hat, allein auf den Dachstein zu gehen. Vielleicht wollte er in Ruhe über alles nachdenken, um eine Entscheidung zu treffen. Vielleicht hat er dort oben auf ein Zeichen gehofft, so nah am Himmel. Doch er kam nicht zurück.« Sie machte eine kurze Pause. »Erst Tage später haben sie ihn gefunden.«

»War es ein Unfall? Oder hat er sich umgebracht?«, fragte Mila hart. Sie wollte gar nicht so hart klingen.

Almut schaute sie mit weit aufgerissenen Augen an. »Es war ein Unfall, ein furchtbares Unglück.«

»Hast du da keine Zweifel?«

»Nein.«

»Gut.« Mila schaute zu einer Zeichnung, die einen Mann auf dem Weg zu einem steilen Gipfel zeigte. Ludger. Natürlich. »Luise wird mich hochbringen.«

Almut fragte nicht, wohin. Stattdessen folgten ihre Augen Milas Blick, und sie sagte: »Ist ein schwerer Weg hinauf.«

»Ich weiß.« Mila nahm die Hand von ihrem Knie. »Warst du schon mal oben?«

»Das ist schon lange her.« Almut zögerte einen Moment. »Wann wollt ihr los?«

»Keine Ahnung. Nächste Woche vielleicht. Am Montag oder Dienstag.«

»Luise ist ein gutes Mädchen«, sagte Almut.

»Das ist sie.« Mila hob die Schultern und ließ sie wieder sinken. »Und jetzt?«

»Jetzt bist du dran.« Almut streckte die Beine aus. Sie saß da wie eine Marionette, der man die Fäden abgeschnitten hatte.

»Was meinst du?«

Almut holte tief Luft. »Wieso hast du es nicht schon am ersten Tag gesagt, an der Haustür, bei unserer ersten Begegnung?«

»Weil ich nicht wusste, wie du reagieren würdest«, entgegnete Mila.

»Du hattest Angst vor meiner Reaktion?«

»Ja.«

»Die hätte ich an deiner Stelle wohl auch gehabt«, flüsterte Almut.

»Es ging sogar darüber hinaus. Ich hatte einen Heidenbammel«, gab Mila zu. Sie stand auf und stellte sich wieder vor die drei Zeichnungen. »Ich hatte so viele Fragen. Wie du wohl bist. Was ich in deiner Gegenwart empfinden und wie ich auf all das reagieren werde. Was es in mir auslösen und mit mir machen wird. Deswegen wollte ich dich und dein Leben erst kennenlernen und sehen, wie ich mit all dem zurechtkomme …« Sie verzog leicht den Mund. »Und ich wollte herausfinden, wer mein Vater ist. Bis vor ein paar Tagen wusste ich ja nicht einmal seinen Namen. Auf den Dokumenten, die mir mein Papa gezeigt hat, stand nur deiner und ein Vermerk, dass der Vater des Kindes unbekannt sei.« Ihre Stimme zitterte. »Weißt du, wie ich mich gefühlt habe, als ich hörte, dass ich adoptiert worden bin? Und das ist noch gar nicht lange her! Sie wollten es mir eigentlich nie sagen. Nie! Verstehst du?« Mila fing an zu weinen. Sie konnte nichts dagegen tun. Die Tränen strömten aus ihr heraus. »Sie haben mich angelogen. Mama hat mich angelogen. Sie ist gestorben, ohne es mir je gesagt zu haben. Kannst du dir das vorstellen? Ich hab sie geliebt wie keinen anderen Menschen. Und sie hat mich geliebt, das weiß ich. So sehr, dass sie furchtbare Angst davor hatte, mir die Wahrheit zu sagen …«

Almut stand auf. Sie streckte die Arme aus, traute sich aber nicht, Mila zu berühren, die ihr Gesicht in den Händen verbarg.

»Sie haben mich angelogen«, sagte Mila wieder. »Und sie haben die ganze Zeit mit dieser Lüge gelebt. In meinem Ausweis steht sogar ein falscher Geburtsort, als wäre ich in meiner Heimatstadt im Norden geboren worden …«

Almut hätte sie in den Arm nehmen sollen, aber sie wusste nicht, wie. Sie war hilflos. Deshalb blieben sie einfach noch eine Weile inmitten der Bilder stehen, nah beieinander.

Später molken sie die Kühe. Mila hatte noch nie am Nachmittag geholfen. Doch sie hatte den Eindruck, dass ihnen diese gemeinsame Ablenkung, die mit einer Notwendigkeit verbunden war, guttat. Sie arbeiteten stumm. Wie sprachverloren. Der Ausdruck hatte sich in Mila festgesetzt. Sie dachte über ihn nach, während sie zusah, wie die Kühe schwerfällig auf die Weide marschierten. Mit dieser Wortschöpfung ließ sich vieles verbinden. Die Unaufrichtigkeit ihrer Eltern. Luises Demut und Johanns Folgsamkeit gegenüber seinem Vater. Ludgers innere Zerrissenheit. Almuts Einsamkeit. Und sicher auch die Art und Weise, mit der Mila sich auf die Suche begeben hatte.

Am Abend saßen sie auf der Terrasse. Sie hatten zusammen gekocht und gegessen. Jetzt schauten sie zum Dachstein, der im schwindenden Licht der Sonne lag. Heute war sein Glühen weniger beeindruckend als an dem Abend, den Mila mit Luise auf der Bergwiese verbracht hatte. Vielleicht lag es an der Entfernung oder auch daran, dass der Himmel dieses Mal nicht wolkenlos war.

Nachdem der Gebirgszug die Sonne verschluckt hatte, stand Mila auf und räumte den Tisch ab. Almut half ihr nicht dabei, sie blieb sitzen, den Blick auf den Gipfel des Dachsteins gerichtet. Es herrschte immer noch Stille zwischen ihnen, als hätten sie Angst, etwas Falsches zu sagen.

Mila störte das Schweigen. Als sie mit dem Abräumen fertig war, stellte sie sich hinter Almut und zog die Nadeln aus ihrem Dutt. Almut ließ es widerstandslos geschehen. Der Knoten löste sich, und die Haare flossen über ihre Schultern. Mila drehte eine Strähne um ihren Zeigefinger und sah, dass Almut eine Gänsehaut im Nacken bekam. Sie sagte: »Du solltest dein Haar von Zeit zu Zeit offen tragen, du hältst es viel zu oft gefangen.«

Tage 11–12

Die Weiße Nacht war anders, als Mila sie sich vorgestellt hatte. Keine ländliche Feier mit Blasmusik und Trachten, sondern eine stilisierte Szenerie aus weiß gestrichenen Holzhütten, die überall in den Straßen und Gassen des Nachbardorfs standen und aus denen heraus Getränke verkauft wurden. Es gab helle Cocktails, Weißwein, Bier, Wasser und Limonade, dazu Gegrilltes, Salate und Brote mit Bergkäse oder Schinken und Sauerkraut. In den Ästen der Bäume und an dünnen, zwischen den Häusern gespannten Seilen leuchteten Lampions, unter denen die ganz in Weiß gekleideten Besucher zum großen Dorfplatz gingen, in dessen Mitte ein schmaler Laufsteg aufgebaut war. Junge, grell geschminkte Models präsentierten die kommende Herbst- und Wintermode zu poppigen Musikstücken, die aus riesigen Lautsprecherboxen wummerten. Ihre Gesichter blieben unbewegt, auch wenn sie in der warmen Kleidung schwitzten, während sie an einem hageren Moderator vorbei über den Steg schritten, der aus dem großen Festzelt herausführte. Dort zogen sich die Models hinter provisorischen Stoffwänden um, unmittelbar neben einer Tanzfläche zwischen dem langen Tresen, Bierbänken und Tischen. Überall herrschte eine entspannte Atmosphäre, auf dem Platz genauso wie in den Straßen und Gassen, die Menschen wirkten fröhlich. Mila gefiel es.

Sie hatte sich ein Trägershirt und weiße Shorts angezogen, die sie von Luise geliehen hatte, dazu ihre Sneaker. Es war ihr bewusst, dass sie sexy aussah, genauso wie Luise, die sich für einen engen weißen Minirock, ein helles Top und Sandalen entschieden hatte.

Mila nahm ihre Hand und schlenderte mit ihr durch die Menge. Vor dem Laufsteg blieben sie stehen und beobachteten, wie ein junger Mann, kaum älter als sie, in gespielt arroganter Haltung über den Teppich lief. Er trug eine hochwertige Chinohose und einen mittellangen Wollmantel, und als er vorne auf dem Steg ankam, streifte sein Blick Mila.

»Der sieht unverschämt gut aus, findest du nicht?«, sagte sie.

»Ernsthaft? Der gefällt dir?«, fragte Luise skeptisch.

»Schon. Du musst doch wohl zugeben, dass er ziemlich heiß ist.«

»Mein Typ ist er nicht.«

»Nein? Na ja, Geschmäcker sind eben verschieden.«

»Genau.«

»Du klingst gerade ein bisschen … angefressen.« Mila lachte.

»Nein, tue ich nicht«, widersprach Luise energisch.

»Doch, tust du. Dabei solltest du eigentlich wissen, auf wen ich wirklich abfahre.«

»Klar weiß ich das.« Luise zwickte ihr in die Handfläche und beobachtete, wie der junge Mann im Zelt verschwand. Dann wurde sie plötzlich ernst. »Deine Geschichte geht mir nicht mehr aus dem Kopf. Sie ist geradezu … episch«, sprach sie in die nächste Ankündigung des Moderators hinein.

Mila hatte ihr auf dem Hinweg erzählt, was gestern im Atelier geschehen und wie verwirrt sie von dem Ganzen war, aber auch wie erleichtert darüber, dass Almut endlich darüber gesprochen hatte, was damals passiert war. Die Rolle, die Luises Eltern dabei gespielt hatten, hatte Mila jedoch verschwiegen, genauso wie den Streit zwischen Helga und Almut. Stattdessen hatte sie behauptet, Almuts Mutter sei die treibende Kraft hinter der Adoption gewesen. Eine kleine Notlüge, um Luise nicht zu verunsichern und Gefahr zu laufen, dass die Wahrheit einen Keil zwischen sie trieb. Sie wollte nicht riskieren, dass Luise sich vor ihre Eltern stellte und behauptete, Almut verdrehe die Tatsachen, um sich selbst etwas vorzumachen. Luise hatte ihr zugehört und nur wenige Fragen gestellt, während sie talwärts ins Nachbardorf fuhren. Mila hatte die Fahrt genossen, die frische Luft und das ruhige Gespräch mit Luise, bevor sie ihr Ziel erreichten, die Räder abstellten und zum Festplatz liefen.

»Episch?«, dachte Mila laut nach.

»Genau. Du musst dir doch wie in einem falschen Film vorkommen. Nicht nur, weil du erst vor kurzem von deiner Adoption erfahren hast, sondern weil sich dein ganzes Leben woanders abgespielt hat, obwohl du hier geboren bist, auf Almuts Hof.« Es sah aus, als würden sich Luises Grübchen noch tiefer in ihre Wangen graben, während sie kurz innehielt, um Luft zu holen. »Fragst du dich denn nicht, wie dein Leben heute aussehen würde, wenn du in unserem Tal aufgewachsen wärst und nicht in der Stadt im Norden? Was für ein Mensch du dann vielleicht geworden wärst?«

»Das hab ich mich schon mindestens hundertmal gefragt«, sagte Mila.

»Und?«

»Darauf gibt es keine Antwort.«

»Alles hätte sich völlig anders entwickelt.«

»Bestimmt.«

»Wahrscheinlich wären wir trotzdem Freundinnen geworden. Aber vermutlich nicht so wie jetzt.«

»Auch damit hast du recht.«

Luise lächelte. »Mir gefällt es, wie es jetzt ist.«

»Mir auch«, sagte Mila, ihre Stimme klang plötzlich weich.

Schließlich wollte Luise wissen, ob sie auf Almut wütend war. Mila starrte zum Laufsteg, über den zwei junge Frauen mit stoischem Gesichtsausdruck und perfekt einstudierten

Bewegungen stolzierten. »Nein, ich bin nicht wütend. Ich bin nur durcheinander, weil ich das Gefühl habe, etwas gewonnen und gleichzeitig verloren zu haben – und ich weiß nicht, wie ich das für mich einordnen soll.«

»Und was passiert jetzt?« Luises Stimme verlor sich fast in der lauten Musik. »Ich meine, wie geht ihr damit um?«

»Das wissen wir wohl beide noch nicht«, sagte Mila nachdenklich.

»Ich glaub, das könnte niemand so schnell.«

»Es geht mir einfach nicht aus dem Kopf, dass mein Vater Priester war. Ich hab mit vielem gerechnet, aber mit so was … niemals.«

»Das ist wirklich schwer vorstellbar«, sagte Luise, mehr zu sich selbst. »Und wie ist es für dich, dass du ihn nie kennenlernen wirst?«

»Schwer zu beschreiben.« Mila zögerte. »Jedes Mal, wenn ich daran denke, fühle ich eine sonderbare Leere in mir. Weiß auch nicht, wie ich's erklären soll.«

»Und du meinst, es hilft dir, wenn wir auf den Berg steigen? Dorthin, wo … na ja …« Luise stockte.

»Wo er gestorben ist? Sag's ruhig.« Mila blickte am Festzelt vorbei in die Richtung, in der sie den Roten Dachstein vermutete. »Ich glaub, ich muss dorthin. Irgendwas treibt mich da hoch. Vielleicht finde ich dort etwas Neues, irgendwas, das mir hilft, besser mit all dem klarzukommen.«

»Am Montag hab ich frei. Da könnten wir es versuchen«, meinte Luise.

Mila strich sich eine Strähne aus dem Gesicht. »Das hört sich gut an.«

Vor der Bühne wurde es enger, weil immer mehr Menschen nach vorne drängten. Mila blickte sich um und fragte: »Wo sind eigentlich deine Eltern?«

»Nur mein Vater ist da«, antwortete Luise und verdrehte die Augen. »Meine Mutter ist gestern auf der Terrasse ausgerutscht und gegen einen Tisch geknallt. Richtig unglücklich oder bescheuert, nenn es, wie du willst. Jedenfalls hat sie sich ein Handgelenk verstaucht, und ein blaues Auge hat sie auch. Es sieht richtig übel aus. Deshalb ist sie zu Hause geblieben. Sonst hätte man sie noch für eine Rummelplatzschlägerin gehalten.«

»Und was ist mit Johann? Den hab ich auch noch nicht gesehen.«

Ein trauriger Ausdruck trat auf Luises Gesicht. »Er durfte nicht mitkommen. Johann hat Stubenarrest. Vater und er haben gestritten. Keine Ahnung, worum es bei ihrem Streit ging. Johann war richtig geknickt, weil er das Feuerwerk verpasst. Er hätte es so gern gesehen. Ich musste ihm versprechen, es mit dem Handy aufzunehmen.«

»Echt blöd«, meinte Mila.

»Manchmal ist ihm Johann egal, und dann gibt es Situationen, in denen unser Vater furchtbar streng zu ihm ist«, erklärte Luise. »Sie sind so unterschiedlich. Wie Feuer und Wasser.«

Mila überlegte kurz, Luise zu fragen, wann sie mit ihrem Vater sprechen wollte. Luise bemerkte es. »Schau mich nicht so an. Ich weiß, was du denkst. Ich rede noch mit ihm, ganz bestimmt. Nur brauche ich noch etwas Zeit …« Dann deutete sie auf eine Cocktailbar neben dem Festzelt. »Komm, lass uns was trinken. Ich weiß nicht, wie es dir geht, aber ich hab jetzt keine Lust mehr auf ernste Themen.«

Mila war einverstanden. Schließlich waren sie hergekommen, um Spaß zu haben. Für nichts anderes. Und ein bisschen Ablenkung tat ihr bestimmt auch gut.

Vor der Bar war ziemlich viel los. Luise traf ein paar Mädchen aus ihrer Schule und stellte Mila als ihre Freundin vor. Aber die Mädchen interessierten sich nicht sonderlich für Mila. Vielleicht waren sie auch schon zu angetrunken. Sie wollten nicht einmal wissen, woher Mila kam und was sie ausgerechnet in ihrem abgelegenen Dorf machte. Offensichtlich wollten sie einfach nur das Fest genießen, die ausgelassene Stimmung, alles andere schien ihnen egal zu sein. Sie bestellten Cocktails mit Gin und Wodka. Mila und Luise tranken mit ihnen. Als die Modenschau zu Ende war, löste sich die Menge vor der Bühne auf und strömte ins Zelt. Die Mädchen gingen mit.

Im Zelt war die Musik noch lauter, sie vermischte sich mit dem Stimmengewirr und dem Lachen der Menschen, die auf Bänken saßen oder an der Theke standen, laut miteinander redeten und sich amüsierten. Es war heiß und schwül, die Luft schwer vom Geruch nach Schweiß und Bier. Einige Besucher tanzten schon. Es wurden Schlager gespielt, Musik, mit der Mila nichts anfangen konnte, aber das kümmerte sie nicht. Sie stellten sich an den Tresen und tranken weiter. Im hinteren Bereich des Zelts saß Thomas Lechner in einer Runde von Männern. Als er aufblickte und sie bemerkte, fixierte er zuerst Mila, dann Luise, in seinem Blick lag ein offener Vorwurf. Luise ignorierte ihn. Sie wusste, dass er nicht aufstehen und zu ihr kommen würde, weil er sich keine Blöße geben wollte. Sie zog Mila auf die Tanzfläche, wo ihre Freundinnen bereits mit ein paar Jungs feierten.

Anfangs noch zögerlich, wurden ihre Bewegungen mit der Zeit freier. Je voller die Fläche wurde, desto ausgelassener wirbelten sie über den Boden, sprangen und ließen sich vom Takt der Musik treiben. Mila hatte das Gefühl, dass die Menschen sich um sie drehten, die Bänke und Tische, die weißen Wände, die Zeit, die ganze Welt. Die Musik war ein Strom, der sie mitriss und immer weiter vorantrieb. Luise und die anderen kannten die Lieder und sangen mit.

Und dann bemerkte sie Almut, die am Eingang stand, in einem weißen Kleid mit schmalen Trägern und offenem Haar.

Mila blieb stehen, während die Musik schlagartig leiser zu werden schien. Sie starrte Almut an. Eine silberne Kette an Almuts Hals funkelte im Licht. Sie hatte die Hände locker vor dem Körper verschränkt und stand vollkommen ruhig da.

Erst als der Mann neben Almut eine Hand auf ihren Unterarm legte, nahm Mila auch ihn wahr. Sie erkannte ihn. Sie hatte ihn schon zwei Mal gesehen. Einmal letzten Samstag, als er sich mit Almut am Gemüsebeet gestritten hatte. Und dann vor ein paar Tagen, als er mit dem Sprinter neben Mila hergefahren war und sie dabei angesehen hatte. Er stand dicht neben Almut, als sei er ihr Freund oder zumindest jemand, der es gerne wäre.

»Hey, was ist los?«, fragte Luise laut.

»Almut.« Mila zeigte zum Zelteingang, dann verließ sie die Tanzfläche. Luise sah ihr hinterher, überlegte kurz und tanzte weiter.

»Du bist also doch gekommen«, sagte Mila. Sie hatte Almut am Mittag gefragt, ob sie auch zur Weißen Nacht gehen würde. Almut hatte sie einen Moment lang angesehen und dann geantwortet, dass sie zuletzt als junge Frau dort gewesen sei, in dem Jahr, als Ludger ins Dorf gezogen war. Das sei keine konkrete Antwort, erwiderte Mila, und Almut erinnerte sie mit einem Lächeln an das, was Mila bei ihrer ersten Begegnung gesagt hatte. Keine Partys. Nur Abgeschiedenheit. Die Dinge hätten sich seit gestern verändert, behauptete Mila, woraufhin Almut sie nur fragend angesehen hatte.

Nun stand sie hier, im Zelt, stellte ihr Benno vor und sagte, er sei ein Freund und Nachbar, woraufhin er hinzufügte, dass er sich freue, Mila endlich kennenzulernen, das sei längst überfällig. Almut warf ihm einen knappen Blick zu. Mila erwiderte, dass sie sich ebenfalls freue. Benno war ihr auf Anhieb sympathisch. Sein Gesicht strahlte eine ehrliche Offenheit aus, und die zurückhaltende Art, wie er sich vorstellte, gefiel ihr ebenfalls.

Sie suchten und fanden einen Platz am Tresen. Almut bestellte Wein für Mila und sich, Benno trank Bier. Nur ein Glas, sagte er, er sei der Fahrer und müsse Almut später noch nach Hause bringen. Almut stieß ihm sanft mit dem Ellenbogen in die Rippen.

»Ich finde es schön, dass du hier bist«, sagte Mila.

»Es fühlt sich seltsam an«, meinte Almut und trank ihr Glas mit einem großen Zug leer. Sie ließ den Blick über die Leute im Zelt gleiten, bestellte noch einen Wein und leerte das Glas wieder mit schnellen Zügen. Mila ahnte, wie schwer es ihr gefallen sein musste, hierher zu kommen. Und dennoch war sie da.

Luise kam von der Tanzfläche, die Hitze der feiernden Menge noch auf ihrer Haut. Ihr Lachen war ein wenig zu grell, ihre Schritte wirkten nicht mehr ganz sicher. Überschwänglich begrüßte sie Almut und Benno, warf die Arme in die Luft, als wollte sie die ganze Nacht umarmen, und drehte sich dann Mila zu: »Welches Glas ist deins?« Ohne eine Antwort abzuwarten, nahm sie einen Schluck aus dem halbvollen Glas vor Mila, verzog das Gesicht und schüttelte den Kopf. »Viel zu warm«, murmelte sie und stellte es wieder ab.

Dann griff sie nach Almuts Handgelenk und zog sie mit sich, mitten hinein in den Sog der Musik. Benno schaute überrascht hinterher, Mila hielt kurz den Atem an – und

Almut? Almut war derart überrumpelt, dass sie es einfach geschehen ließ, ohne sich zu wehren. Der Bass pulsierte durch den Boden, das Licht einer Diskokugel tanzte über ihren Köpfen. Mila lachte auf – und folgte ihnen.

»Los! Niemand entkommt dem Rhythmus!«, rief Luise.

Almut und Mila wurden schnell von ihrer Energie mitgerissen. Und so tanzten sie, alle drei, umgeben von einer euphorischen, fast ekstatischen Menschenmenge, mitten auf der Tanzfläche. Aus den Boxen tönte *Ich liebe das Leben*. Mila konnte nicht fassen, was gerade geschah. Mit Almut. Mit ihr. Und auch mit Luise. Es passte alles, und es passte nichts. Es war verrückt.

Sie lachten.

Sie hüpften.

Sie ließen sich von den Rhythmen treiben.

Nach einigen Liedern leuchtete etwas in Almuts Augen, ein funkelnder Schimmer, der Mila nicht entging, als hätte sich etwas in Almut verändert, etwas, das schwer zu fassen war. Auch später, als sie vor dem Zelt standen und das Feuerwerk, das Luise für Johann aufnahm, helle Farben auf ihre Gesichter malte, bemerkte Mila ihn noch einmal, diesen leuchtenden Glanz.

Es war schon weit nach Mitternacht, als Benno die Räder in den Sprinter lud und sie zu Almuts Hof fuhren. Almut und Mila hatten einen Schwips, Luise war völlig betrunken. Sie wollte nicht nach Hause. Almut war einverstanden, dass sie blieb. Auf dem Hof holte Benno die Räder aus dem Wagen. Er stellte sie neben den Hühnerstall und flüsterte Almut etwas ins Ohr. Bevor er sich verabschiedete und ins Auto stieg, berührten seine Finger noch kurz ihre Hände. Dann fuhr er vom Hof. Das Geräusch des Motors verklang schnell in der Nacht.

Mila half Luise die Treppe hinauf. Almut blieb hinter ihnen und fragte, ob sie noch etwas tun könne. Mila schüttelte den Kopf und meinte, dass sie schon zurechtkämen.

»Ihr wisst ja, wo ihr mich findet«, sagte Almut und verschwand in ihrem Schlafzimmer.

Luise zog sich langsam aus. Kaum hatte sie sich aufs Bett fallen lassen, schloss sie die Augen und schlief ein – sie lag da wie eine Schiffbrüchige, die das Meer an Land gespült hatte. Mila deckte sie zu, schlüpfte aus ihren Kleidern und löschte das Licht. Danach kroch sie unter die Decke, spürte die Wärme von Luises Haut, roch den vertrauten Duft und schmiegte sich an ihren Körper. Es dauerte nicht lange, da sank auch sie in einen tiefen Schlaf.

Ein leises Brummen drang in Milas Ohren, gefolgt von einem dumpfen Klopfen gegen die Fensterscheibe, erst fern und schwach, dann etwas lauter, bis es unüberhörbar wurde. Mila öffnete die Augen und blickte zum Fenster: eine Fliege, die immer wieder gegen die Scheibe prallte.

Hinter Milas Schläfen pochte es heftig. Sie hatte einen schalen Geschmack im Mund. Neben ihr lag Luise, in der Haltung eines Embryos, klein, eingerollt. Die Decke hatte sie im Schlaf halb beiseitegeschoben. Wie spät war es? Mila drehte sich um. Ihre Glieder fühlten sich steif an. Sie blickte zum Wecker. Er hatte nicht geklingelt, oder sie hatte ihn ausgeschaltet und weitergeschlafen. Ganz gleich. Es war schon nach zehn. Sie fluchte leise. Sie hatte es vergeigt. Sie hatte Almut mit den Kühen alleingelassen. Zum ersten Mal, seit sie angefangen hatte, ihr zu helfen.

Sie stand leise auf, schob die Vorhänge beiseite und öffnete das Fenster. Die Luft erfrischte sie nicht, sie war abgestanden und warm, es roch nach Stall und Tieren.

Die Fliege fand den Weg nach draußen und verschwand hinter dem Haus. Mila schaute zu Luise, die sich auf die andere Seite gewälzt hatte und weiterschlief. Dann verließ sie das Zimmer auf Zehenspitzen und huschte ins Bad. Sie wusch sich das Gesicht und putzte die Zähne. Sie fühlte sich kraftlos, auch noch, als sie nach unten ging.

»Ich hab verschlafen«, sagte sie zerknirscht, als sie nach draußen trat. »Tut mir leid.«

Almut saß auf der Terrasse, mit einer Tasse Kaffee in den Händen. Sie wirkte weder müde, noch enttäuscht, sondern entspannt. Sie trug wieder ihren Overall, die Haare zum Dutt hochgesteckt.

»Schon gut, du bist nicht verpflichtet, mir zu helfen«, sagte sie.

»Trotzdem, ich ärgere mich darüber. Ich bin normalerweise nicht unzuverlässig und so …«

»Lass es gut sein.« Almut trank einen Schluck. Dann fügte sie hinzu: »Du siehst aus, als hättest du kaum geschlafen. In der Küche steht Kaffee. Nimm dir eine Tasse und setz dich zu mir.«

Mila zögerte. »Morgen helfe ich wieder. Versprochen!«

»Ich sagte doch, du sollst es gut sein lassen.«

»Einverstanden.« Mila strich sich nachdenklich über die Stirn. Sie war nicht sonderlich überrascht, dass Almut so entschieden reagierte. Das war typisch für sie. »War übrigens ein schöner Abend gestern …«, sagte sie.

»Das war's.« Almuts Mundwinkel formten ein feines Lächeln. »Was ist eigentlich mit Luise? Schläft sie noch?«

»Tief und fest. Sie wird sich bestimmt beschissen fühlen, wenn sie aufwacht.«

»Wahrscheinlich. Etwas Leichtes wird ihr guttun. Wir haben noch Haferflocken und Bananen. Und sie sollte viel trinken. Wasser, am besten auch Kräutertee.«

Mila zuckte die Achseln. »Wenn sie überhaupt etwas essen kann …«

Almuts Blick ruhte ein paar Sekunden lang auf ihr, dann meinte sie: »Ihr seid ein schönes Paar.«

Mila blieb kurz die Luft weg. Wie sie das sagte! So aus heiterem Himmel. Und so gewiss und freimütig, als wäre es eine Tatsache. Aber waren sie das wirklich? Ein Paar? Darüber hatte Mila bislang noch nicht nachgedacht. Sie schob die Gedanken beiseite, ging in die Küche und goss sich eine Tasse Kaffee ein. Danach setzte sie sich zu Almut. Das Koffein belebte sie. Sie schaute zu den Bergen.

»Wir gehen morgen rauf.«

»Ich weiß.«

»Luise?«

»Ja. Sie hat mir auch gesagt, dass du Höhenangst hast …«

»Ich muss es trotzdem tun.«

Almut nippte an ihrer Tasse. »Jeder Berg hat seine Tücken. Der Dachstein hat eine Menge. Man darf ihn nicht unterschätzen. Vor allem der vorletzte Abschnitt ist schwierig, dort, wo es immer steiler wird, die Griffe in den Stein geschlagen sind und man klettern muss. An dieser Stelle wirkt der Abgrund mit jedem Schritt bedrohlicher, und wer solche Höhen nicht gewohnt ist, kann schnell das Gefühl verlieren, festen Halt zu haben. Danach folgt noch ein Gletscher. Den kann man nur passieren, wenn man weiß, wie man sich auf ihm bewegen muss.«

»Warum erzählst du mir das alles? Willst du mir Angst einjagen, um zu verhindern, dass ich gehe?«, fragte Mila.

»Ich will dir nur klarmachen, dass es kein Spaziergang wird.«

»Das ist mir inzwischen bewusst.«

»Du täuschst dich. Es wird einem erst bewusst, wenn man es erlebt.« Almut legte die Hände auf den Tisch. »Wie hoch willst du kommen? Bis zum Gipfel?«

»Keine Ahnung«, sagte Mila. »So hoch wie möglich?«

»Gut. Benno fährt uns in aller Frühe zu einem Anstieg, der schon etwas weiter oben liegt. Sonst schaffen wir es nicht an einem Tag.«

»Uns?«

»Ich komme mit.«

Mila war zunächst erschrocken, dann verblüfft. Zunächst fand sie keine Worte. Schließlich fragte sie vorsichtig: »Wirklich? Du willst mit?«

»Ihr geht nicht ohne mich.« Almut sagte es entschlossen, und ihre raue Stimme verriet, dass sie keine Widerworte duldete. »Und wir gehen nicht die direkte Route, sondern die sicherste.«

»Wie lange werden wir brauchen?«

»Etliche Stunden. Es wird anstrengend. Mehr kann ich dir nicht sagen. Es kommt drauf an, wie hoch du hinauf möchtest.«

»Was ist mit den Kühen?«

»Wenn wir nicht rechtzeitig zurück sind, kümmert sich Benno um sie. Er kann das.«

Mila überlegte. Dann fragte sie: »Werden wir zu der Stelle kommen, an der Ludger verunglückt ist?«

»Ja«, meinte Almut. »Deshalb willst du doch rauf.«

Mila rutschte auf ihrem Stuhl nach vorne. »Und du? Warum kommst du mit?«, fragte sie.

Almut stellte die Tasse auf den Tisch. Sie sah Mila ernst an. »Du solltest nicht fragen, wenn du die Antwort schon kennst.«

Luise betrat die Terrasse. Blinzelnd hob sie eine Hand vor die Augen, um das grelle Sonnenlicht abzuwehren.

»Morgen«, murmelte sie, ihre Stimme klang schwer. »Hört ihr die Vögel auch so laut? Und die Kühe? Oder bilde ich mir das nur ein?«

Mila warf ihr einen schiefen Blick zu und grinste. »Das liegt wohl eher am gestrigen Abend.«

»Ach, hör auf«, stöhnte Luise und ließ sich auf Milas Schoß fallen. »Ich fühl mich wie ein Wrack.«

»Ehrlich gesagt, siehst du auch ziemlich mitgenommen aus«, sagte Almut trocken.

Luise zuckte mit den Schultern. »War trotzdem gut gestern. Der Abend, meine ich.«

»Das war er«, bestätigte Mila und strich Luise über den Rücken.

»Mhm.« Luise nahm Milas Tasse und trank einen Schluck Kaffee, bevor sie fragte: »Und morgen geht's dann rauf?«

»Ganz genau«, antwortete Almut.

»Hoffentlich kann ich bis dahin wieder gerade gucken«, murmelte Luise und stellte die Tasse auf den Tisch zurück.

»Mach dir keine Sorgen«, sagte Mila mit einem leisen Lachen. »Du wirst den Kater schon überstehen. Und ich… na ja, ich werde den Berg überstehen.«

Am Nachmittag griff Mila zum ersten Mal seit ihrer Ankunft wieder nach ihrem Smartphone. Sie versuchte, ihren Vater anzurufen, doch er ging nicht ran. Sie hinterließ ihm eine Nachricht auf der Mailbox, dass es ihr gut gehe und er sich keine Sorgen zu machen brauche. Nur zehn Minuten später rief er zurück. Sie zögerte, doch sie nahm den Anruf nicht an und legte das Telefon beiseite.

Am Abend schrieb sie in ihr Tagebuch. Die Gedanken und Worte flogen ihr zu. Sie füllten die ganze Seite. Und reichten doch nicht.

Liebe Mama,

endlich ist es passiert, wir haben es uns gesagt, nicht alles, aber vieles, jede aus ihrer eigenen Sicht. Wir haben geredet, geschwiegen, geweint und auch noch getanzt. All das war unwirklich, das Reden mehr als das Schweigen, das Weinen weniger als das Tanzen. Die unsichtbare Distanz zwischen uns hat sich dabei verringert, trotzdem existiert sie noch. Wir spüren es beide. Fast kommt es mir vor, als müsste noch ein Preis für die Vergangenheit gezahlt werden, der aus einer abstrusen Furcht vor missverständlichen Worten, Gesten und Signalen besteht, obwohl es bereits Augenblicke gibt, in denen wir sie abstreifen, diese Angst, wie gestern Nacht, als wir getanzt haben, losgelöst von allem, beinahe frei.

Natürlich habe ich ihr gesagt, wie sehr du mich geliebt hast. Ich hoffe, das wird sie ein wenig beruhigen. Sicher könnte ich ihr noch mehr erzählen, von dem, wie schön meine Kindheit war, wie ihr mich zu einem frei denkenden Menschen erzogen und mich gelehrt habt zuzuhören, eigene Meinungen zu bilden und, wenn möglich, verschiedene Perspektiven einzunehmen. Von unseren gemeinsamen und auch den unterschiedlichen Ansichten und davon, wie offen du immer warst, mir all das zu sagen und beizubringen, was noch ungesagt war. Und natürlich auch von den vielen Reisen, an die ich mich immer wieder erinnere, von all den Jahren, die unser gemeinsames Leben geprägt haben.

Womöglich werde ich das noch tun, sobald sich die Gelegenheit ergibt. Vielleicht schon morgen. Wenn wir auf den Roten Dachstein gehen. Nur wir drei. Luise, Almut und ich. Ich muss dort hinauf, auf diesen Berg, der abends glüht, kurz bevor die Sonne untergeht. Mein leiblicher Vater ist dort gestorben, zwei Monate vor meiner Geburt. Er war ein Priester. Seltsam, nicht wahr? Ein Geistlicher. Kannst du dir das vorstellen? Sie haben sich geliebt, er und Almut, und die von der Kirche gemachten Regeln ignoriert, auch das Gerede im Dorf. Ich ahne, was du dazu sagen würdest. Die Liebe kommt, wann und wie sie kommen will, ohne zu fragen, unschuldig und unabwendbar. Sie begehrt auf. Sie inspiriert. Etwas in der Art, habe ich recht?

Wie schön es wäre, das von dir selbst zu hören.

Jetzt.

In diesem Moment.

Mila

Tag 13

Gegen drei Uhr morgens wachte sie auf. Im Zimmer und um das Haus herum war es vollkommen still. Sie lag auf dem Rücken, mit offenen Augen. Irgendwo dort draußen ragte der Gipfel des Dachsteins empor. In ihren Gedanken war er blutrot und stieß durch die Wolken, ein unzerstörbares Monument, viel größer als sie, Almut und Luise. Viel größer als alles.

Nachdem sie wieder eingeschlafen war, träumte sie von Ludger Neumann, ein Traum von unheimlicher Klarheit. Ludger war weit gegangen und so hoch, wie er konnte. Er hatte geglaubt, wenn er allein wanderte und auf den Berg stieg, würde er auf dem Gipfel jene Antworten finden, die er bislang vergebens gesucht hatte, ein Zeichen von Gott, irgendetwas. Der Tag war silbrig, ein rauer Wind wehte über das Gebirge. Es gab Augenblicke, in denen spürte Ludger den beißenden Atem der Einsamkeit. Er fühlte sich wie ein Verirrter, der vor sich selbst floh, während ihn schmale Pfade an tiefen Schluchten entlang und über zahlreiche Felsen hinwegführten. Er arbeitete sich hinauf, mit weichen Knien, bis er plötzlich auf einem schmalen Vorsprung stand, dicht am Rand. Er hatte nicht vorgehabt, dem Abgrund so nah zu kommen. Sein Körper bebte, er suchte voller Verzweiflung nach einem Griff, einem Halt, während alles um ihn herum zerbrach, seine Gewissheiten, seine Liebe, sein Leben, seine ganze Welt.

Er fiel rücklings, die Arme ausgestreckt, beinahe erhaben, wie ein Märtyrer, ohne einen Schrei.

Mila erwachte. Ihr Hals war eng. Sie setzte sich auf und rang nach Luft. Die Bilder im Traum waren verstörend. Aber auch wenn sie es wollte, konnte sie sie weder unterdrücken noch beiseiteschieben, sie blieben, wie selbstverständlich und deutlicher als alles andere um Mila herum.

Es dauerte, bis sie wieder in einen kurzen, unruhigen Schlaf fiel.

Um kurz nach fünf stand sie am Gatter, in ihren Wanderstiefeln und in wind- und wetterfester Bergbekleidung, die Almut ihr gestern Abend gegeben hatte. Seit zwanzig Jahren hatte Almut sie nicht mehr getragen, doch nun hatte sie sie hervorgeholt und gewaschen. Sie war bequem, passte und fühlte sich weich an.

Mila genoss es, die letzten Minuten vor dem Aufbruch an der Weide zu verbringen und von hier aus das weiche Licht des Sonnenaufgangs zu betrachten, in dem der Himmel zunächst orange wurde, dann allmählich blau, ein Veilchenblau, das die Hitze des Tages bereits erahnen ließ. Ebenso gefiel ihr der Blick in das Tal und über die Berge, der morgendliche Frieden und das Unaufgeregte, das in all dem ruhte, vor allem nach ihrer unruhigen Nacht. Nach einer Weile beobachtete sie, wie sich die Konturen des Dachsteins aus der schwindenden Dunkelheit lösten. Zuerst waren es nur Schatten, dann zeichneten sich die schroffen Grate ab, das unnachgiebige Gestein, das der Sonnenaufgang nach und nach aus der Nacht befreite. Jeder Felsen, jede Wand, die im Licht auftauchte, schien Mila herauszufordern. Sie erinnerte sich gerade an das, was sie vor wenigen Stunden geträumt hatte, als sich eine Hand auf ihre Schulter legte. Almut. Sie stand hinter ihr, ebenfalls in Bergsteigerkleidung, mit einem entschlossenen Ausdruck im Gesicht. Ihr Haar war zu einem straffen Pferdeschwanz gebunden.

»Bereit?«

»Ja.«

»Gut. Benno ist gleich da.« Almut folgte ihrem Blick. Sie legte die Arme auf das Gatter. »Er ist schon wach.«

»Du meinst den Berg?«

»Ja. Scheint so, als würde er uns erwarten.«

Unheimlich, dachte Mila. Weil sie genau in diesem Augenblick dasselbe empfunden hatte. Außerdem war da noch etwas in ihr. Furcht. Und Vorfreude.

Dann durchbrach das Motorengeräusch von Bennos Sprinter die Stille. Kurz danach fuhren Luise und Johann mit ihren Rädern auf den Hof.

Es war soweit. Nun gab es kein Zurück mehr.

Nur Benno redete. Alle anderen waren still. Almut saß neben ihm im Fond. Johann, Luise und Mila auf den Sitzen dahinter. Benno wirkte ernst. Er wollte wissen, ob sie ihre Handys aufgeladen, genügend zum Trinken dabei und die Ausrüstung überprüft hatten. Ob sie an genügend Seile, Schlingen, Haken, Klemmkeile und ausreichenden Sonnenschutz, Verbandsmaterial, Trillerpfeifen, einen Kompass und auch an die Geländekarten gedacht hätten. Er zählte die Dinge auf, als würde er sie von einer Liste ablesen. Almut rollte mit den Augen und antwortete, indem sie ihm einen unmissverständlichen Blick zuwarf. Er verstummte. Doch nicht lange, und er fing wieder an. Wenn er nichts von ihnen hören würde, stünde er wie verabredet um zwanzig Uhr am Treffpunkt, dort, wo er sie gleich rausließe. Sie sollten sich zwischendurch melden, ja? Es sei wirklich gut, dass sie zu dritt wären und …

»Genug«, schnitt ihm Almut das Wort ab. »Wir wissen, was wir tun.«

Er presste die Lippen zusammen und schwieg wieder.

Sie fuhren nach Westen, um eine Bergkette herum, dann einen schmalen Pass hinauf. Überall ragten Spirken und Kiefern hoch empor. Sonnenlicht brach durch ihr Geäst und fiel auf den Waldboden. Ein Farbenspiel, das Mila ebenso registrierte wie die Formen der Berge. Plötzlich überfiel sie eine Aufregung, die sie in Schauern durchlief. Sie konnte nichts dagegen tun. Luise bemerkte es und nahm ihre Hand. Mila atmete tief durch. Sie sah, dass Johann sie anstarrte. Auch er schien ihre Unruhe zu spüren, während Almut den Berg fixierte, seine Hangneigungen und Bänder, welche die Wände auf der Ostseite horizontal durchbrachen. Schließlich fuhren sie durch einen Wald, bis sie ein breites Plateau erreichten.

Benno parkte den Wagen und schaltete den Motor aus. »Okay«, sagte er. »Wir sind da.«

Almut schaute nach hinten, in Milas Gesicht. Sie erkannte Zweifel darin, aber auch eine gewisse Entschlossenheit, eine, die stärker war als jede Unsicherheit.

»Gut«, sagte Almut.

Luise ließ Milas Hand los.

»Dann geht's jetzt los«, sagte Mila.

»Genau«, fügte Johann hinzu, klatschte in die Hände und wiederholte. »Jetzt geht's los. Also, raus aus dem Auto und rauf auf den Berg.«

Sie lachten ausgelassen, alle fünf, bevor sie ausstiegen. Benno holte die Rucksäcke aus dem Laderaum und reichte sie weiter. Almut schulterte ihren mit einer erstaunlichen Leichtigkeit, obwohl er der schwerste war. Sie standen neben dem Fahrzeug, in einer Mischung aus Erwartung und Zögern, bis Johann seine Schwester umarmte und ihr leise ins Ohr flüsterte. Sie gab ihm einen Kuss auf die Wange. Nach Luise war Almut an der Reihe. Johann schlang seine Arme vorsichtig um sie und sagte etwas, das nur sie hören konnte. Almut legte ihre Stirn an seine; eine zärtliche, vertrauensvolle Geste, bevor er sich Mila zuwandte und die Hände um ihren Nacken legte. Er zog sie zu sich heran und murmelte ein paar Worte. Mila küsste seine Stirn und flüsterte: »Danke.«

Zum Schluss verabschiedeten sie sich von Benno. Almut stieß ihm leicht mit der Faust gegen die Brust. Er schaute sie überrascht an, fasste nach ihren Händen und sagte: »Seid vorsichtig. Bitte!«

Zunächst liefen sie einen Steinweg am Waldrand entlang, der schon bald einen weiten Bogen beschrieb und dem sie mindestens anderthalb Stunden folgen würden, wie Luise meinte. Wenn sich im Unterholz Lücken auftaten, sahen sie auf der Ostseite Felsabgründe und von Unkraut und Geröll gesäumte Klippenränder.

Nach zwanzig Minuten führte der Weg in ein Waldstück, in dem hohe Bergahorne, Buchen und Fichten dicht beieinanderstanden und einen dunklen Baldachin bildeten, ein Gewirr von Ästen, Zweigen und Blättern. Das Ensemble der verschiedenen Bäume füllte den Ort mit einer eigenartigen Stille, in welche die Frauen eintauchten, ohne ein Wort miteinander zu wechseln. Almut gab von Beginn an den Takt vor, sie ging leichtfüßig, in einem guten Tempo.

Als der Weg nach einiger Zeit anstieg, dachte Mila darüber nach, ob Ludger Neumann damals denselben Pfad gewählt hatte. Hatten seine Füße denselben Boden berührt, seine Augen dieselben Bäume wahrgenommen? Sie blickte in die sich öffnende Vegetation, als hoffte sie im Zwielicht des Waldes etwas zu entdecken, das verriet, dass er hier gewesen war. Doch alles, was sie bemerkte, war das Spiel von Licht und Dunkelheit zwischen den Bäumen und die unaufhörliche Bewegung der Schatten, die über den Boden krochen. Als sie einen gewaltigen Baumstamm sah, der seit Urzeiten quer über einem klaren Bach zu liegen schien, fragte sie sich, ob Ludger vielleicht hier eine Pause gemacht hatte. Sie stellte sich vor, wie er auf dem bemoosten Stamm gesessen und auf das Wasser geschaut hatte, das in silbernen Bögen durch den Wald floss. Der Gedanke daran ließ sie für einen Moment innehalten.

»Ist alles in Ordnung?«, fragte Luise neben ihr.

»Ja, alles gut«, antwortete Mila und ging weiter.

Ihre Gedanken verflüchtigten sich erst, als Luise meinte: »Ich hab's meinem Vater gesagt. Gestern Abend, auf der Terrasse, nach dem Essen. Mutter war schon in der Küche, und Johann hat am Pool gesessen. Da hab ich die Gelegenheit genutzt.«

Mila schaute sie überrascht an. »Wirklich?«

»Ja.« Luise ließ sich nicht anmerken, wie es gelaufen war.

»Und? Wie hat er reagiert?«

»Was glaubst du denn?«

»Er ist ausgeflippt und hat dich angeschnauzt«, sagte Mila, legte die Daumen unter die Gurte ihres Rucksacks und schüttelte den Kopf. »Unsinn! So war es nicht! Das hätte nicht zu ihm gepasst. Er war nicht laut, sondern ist ruhig geblieben und hat dich mit präzisen Sätzen kleingemacht, mit der perfiden Rhetorik eines guten Anwalts, so ist er vorgegangen, subtil und überlegt. Wort für Wort hat er auf dich abgefeuert, wie aus dem Lauf einer Pistole mit Schalldämpfer und …«

»Schon gut«, sagte Luise. »Es reicht.«

»Ich hab also recht?«, fragte Mila. Die Wahrheit schmerzte manchmal. Diese Erfahrung kannte sie nur zu gut.

Luises Gesicht verfinsterte sich. »Er hat sich zu mir gebeugt, langsam, ganz langsam, und dann hat er mich mit seinem Blick festgenagelt, weit ausgeholt und behauptet, dass ich ihn auf dem Fest blamiert hätte. Ich hätte mich zu aufreizend angezogen, zu viel getrunken, zu irre getanzt und sei viel zu eng mit dir gewesen …«

»Und dann?«, fragte Mila.

Luise klang auf einmal wütend, als würde ein jahrelang angestauter Zorn aus ihr herausbrechen. »Er wollte wissen, was da zwischen mir und dir laufe – eine nachpubertäre Verirrung, mehr könne es doch wohl nicht sein. Ich sei doch nicht andersrum, oder? Er hat gar nicht auf eine Antwort gewartet, sondern drauflosgeredet und gemeint, du würdest mir Flausen in den Kopf setzen, lauter verrücktes Zeug. Bergsteigen wolle ich? Das könne ich ja. Niemand würde es mir verbieten, auch er nicht, aber einen Beruf daraus zu machen und den Intellekt, der in mir wohne, damit zu verschwenden, nein, das würde er nicht zulassen. Niemals …« Luises Wangen hatten sich rot gefärbt. »Ich hab ihm gesagt, dass ich selbst über mein Leben entscheiden will, es ist meins, nicht seins. Ich hab's sogar mehrfach wiederholt. Meins. Nicht deins. Meins. Es hat mich eine verfluchte Überwindung gekostet. Ich hätte am liebsten geweint. Doch ich hab's ausgehalten. Und er hat geantwortet, mein Leben sei mit seinem und dem meiner Familie verbunden, das Band sei zu stark, als dass ich es mit einer egoistischen und wenig weitsichtigen Entscheidung zerreißen könne. Er halte daran fest, dass ich Jura studieren und die Kanzlei übernehmen würde, basta. Dann hat er Thesen aufgestellt und versucht, sie durch Argumente zu stützen. Im Grunde hat er ein Plädoyer für seine Entscheidung gehalten. Aber ich hab ihm nur noch mit halbem Ohr zugehört.«

»Und danach?«

»Ist er aufgestanden und in sein Arbeitszimmer gegangen.«

»Ohne ein Schlusswort?«

»Ohne ein Schlusswort, als stünde das Urteil bereits fest.«

»Wow.«

»Heute Morgen haben wir uns rausgeschlichen, Johann und ich. Ich wollte ihm vor unserer Tour nicht mehr begegnen.«

»Und, wie fühlst du dich damit?«

»Traurig. Aber auch erleichtert. Als hätte ich eine erste Schlacht hinter mich gebracht.«

»Es wird noch mehr geben«, sagte Mila.

Davon war auch Luise überzeugt, es stand ihr ins Gesicht geschrieben. »Weißt du noch, was du neulich zu mir gesagt hast? Als wir über unseren Aufstieg gesprochen haben? Einfach sei es nie, hast du gemeint.«

»Und das stimmt auch«, sagte Mila. »Trotzdem ist es gut, dass du einen Anfang gefunden und es ihm gesagt hast. Jetzt versteht er, dass es für ihn nicht leicht wird, seinen Willen durchzusetzen. Nun weiß er fürs erste, wo du stehst und dass du darauf beharrst, dass es dein Leben ist, nicht seins.«

»Genau, es ist meins«, wiederholte Luise mit fester Stimme. »Nur meins.«

Bereits mit den ersten Schritten hatte Almut einen gleichmäßigen Rhythmus gefunden, dem sie auch folgte, während die Mädchen miteinander redeten. Es drangen nur Wort- und Satzfetzen an ihr Ohr. Aber dass es um Luises Vater und eine Auseinandersetzung zwischen ihm und Luise ging, das verstand sie. Doch sie wollte nicht lauschen und sich einmischen. Sie hatte das Gefühl, das es ihr nicht zustand. Außerdem wollte sie nicht über Thomas Lechner nachdenken müssen. Sie spürte, dass sie den richtigen

Weg eingeschlagen hatte. Diese Empfindung beseelte sie und trieb sie voran. Zorn würde sie nur bremsen. Und sie wollte sich nicht bremsen lassen. Genauso wenig wie nach Ludgers Tod, als sie noch einmal in der Hoffnung, es verstehen, vielleicht sogar begreifen zu können, auf den Berg gestiegen war. Natürlich hatte sie es weder verstanden noch begriffen. Es war von vornherein ein vergeblicher Versuch gewesen. Dennoch hatte Benno sie begleitet und auf sie aufgepasst, auf die hochschwangere Frau, die sich auf den gefährlichen Weg machte und all die Risiken ignorierte, die der Aufstieg für sie und das ungeborene Kind bedeutete, während Benno die von ihm gefertigte Säule auf seinem Rücken hinauftrug, den ganzen Weg, um sie dort aufzustellen, wo man Ludgers Leichnam gefunden hatte.

Er hatte es nicht für ihn getan, sondern für sie.

Und jetzt stieg sie wieder hinauf. Wegen Mila, ihrer Tochter. Und um ihrer selbst willen. Sie dachte, wie seltsam sich das anfühlte! Diese beiden Wörter in ihrem Kopf.

Meine Tochter.

Sie hatte es geahnt. Seit dem ersten Moment, als sie Mila sah. Zwanzig Jahre Unsichtbarkeit waren plötzlich vorbei, und jetzt? Kein Abtasten mehr. Keine Zweifel. Kein schleichendes Begreifen. War sie überrascht? Konnte das Leben sie überhaupt noch überraschen, nach allem, was geschehen war? Wohl kaum. Und doch war da jetzt etwas. Etwas, das sie nicht mehr erwartet hatte. Hoffnung – aber worauf? Auf Veränderungen etwa? Oder darauf, dass sie etwas überwand?

Almut ging weiter, ohne den Rhythmus zu verlieren. Das Laufen mit Mila und Luise im Rücken erleichterte sie, das Wissen um ein Vorwärtskommen, das ihr jahrelang nicht mehr sinnvoll erschienen war. Sie kamen aus dem Wald und an den Rand einer sattgrünen Bergwiese. Grün und gelb erstreckte sie sich in einer erstaunlichen Weite vor ihnen. Das hohe Gras schwankte im Wind, und der Geruch von wilden Kräutern und Blumen lag in der Luft. Im Westen wurde die Wiese von schroffen Kalksteinfelsen begrenzt, deren steile Wände senkrecht aufragten. Im Norden spannte sich eine Hängeseilbrücke über eine tiefe Schlucht.

Sie machten eine kurze Pause, tranken und bemerkten Bewegungen auf der anderen Seite der Schlucht, dort, wo ein grauer Monolith wie ein stiller Beobachter aus dem Felsen ragte.

»Gämsen«, sagte Almut. Unterhalb der Tiere entdeckte sie eine kleine Wandergruppe auf einer schmalen Spur zwischen der Felswand und dem Abgrund, genau dort, wo auch ihr Weg bald entlangführte. Sie waren nicht die einzigen, die auf den Dachstein wollten. Sie verstauten die Flaschen wieder in den Rucksäcken. Die Sonne brannte, und die Felsen strahlten die seit vielen Tagen gespeicherte Hitze ab. Bevor sie ihre Sonnenbrillen aufsetzten und einem ausgetretenen Pfad durch die Wiese folgten, cremten sie ihre Gesichter und Hände ein.

Nach einigen Minuten sprach Luise über die Blumen um sie herum. Die Feuerlilie symbolisiere Weiblichkeit und Reinheit, mit dem Saft des Eisenhuts seien früher Pfeile präpariert worden und Köder, um Wölfe zu vergiften, und die Trollblumen dienten einer alten Sage nach Kobolden als Fackeln, mit denen sie bei Dunkelheit die Wege ausleuchteten. Dann zeigte sie auf ein Gewächs, das einen Teil der Wiese in einen strahlenden, zitronenfarbigen Teppich verwandelt hatte. Sie nannte den lateinischen Namen der Pflanze, *Lotus corniculatus*, und erklärte, dass sie, als Tee zubereitet, gegen Schlafstörungen und Angstzustände helfe.

Almut und Mila schmunzelten. Die Natur und dieses Mädchen, dachte Almut, wie gut das passte. Manches fügte sich einfach ineinander, ohne jede Anstrengung.

Als die Hochebene fast schon hinter ihnen lag und Luise längst aufgehört hatte, ihnen die Flora zu erklären, sagte Almut unvermittelt zu Mila: »Ludger wollte mit mir nach Rom.« Sie hatte keine Ahnung, wieso ihr das ausgerechnet jetzt einfiel, und war selbst überrascht, doch auf einmal war die Erinnerung da, stand vor ihren Augen wie eins ihrer unfertigen Bilder, skizzenhaft, wie Ludger einige Tage nach ihrer gemeinsamen Nacht in der Hütte mit einem Reiseführer in den Händen neben ihr auf dem Sofa gesessen hatte.

»Wollte? Ihr seid nicht gefahren?«, fragte Mila.

»Nein.«

»Warum habt ihr es nicht gemacht?«

Almut verzog das Gesicht. »Tausend Gotteshäuser und der Vatikan, das Zentrum der katholischen Kirche. Grund genug?«

»Du bist wegen seinem Glauben nicht hin? Weil du die Stadt mit der Kirche gleichgesetzt hast?«

»Er hat Rom geliebt. Die Geschichte, die Architektur, für ihn war die Stadt besonders, die Plätze, die Brunnen, die alten Gebäude. Er wollte mir alles zeigen, *sein* Rom, wie er es sah. Unbedingt. Aber ich … ich konnte nicht. Ja, ich habe die Stadt auf diese eine Sache reduziert, auf die Kirche«, sagte Almut. »Meine Entscheidung hat ihn enttäuscht, natürlich. Er hatte sich ausgemalt, wo wir überall hingehen würden. Durch die engen Gassen im Viertel Monti bis zu einem versteckten Platz in der Nähe der Santa Maria Maggiore, wo der Duft von frisch gebackenem Brot in der Luft liegt, wie er meinte. Und abends wollte er mich in ein kleines Restaurant in Testaccio führen, wo der

Koch immer noch ein Geheimnis daraus machte, welche Gewürze seine Amatriciana so einzigartig werden ließen. Er redete und redete, von der Engelsburg, vom Tiber und von Ostia, dort wollte er auch hin, zum Strand. Auf die klassische Weise, mit einer Vespa. Er sei ein guter Fahrer, ich solle mir keine Sorgen machen, ja, er wollte unbedingt mit mir ans Meer, am Abend und die ganze Nacht, wenn die meisten schliefen, mit einem Picknickkorb …«

»Wie oft hast du deine Entscheidung schon bereut?«, wollte Mila wissen.

Almut spürte einen Stich in der Brust. Sie kannte die Antwort. Natürlich. Vielleicht hätte es etwas geändert, wenn sie gefahren wären, Ende März oder Anfang April, wie er es vorgeschlagen hatte. Damals war es schon früh warm geworden. Er hatte ihr sogar versprochen, sie nicht zum Vatikan zu führen und den Petersdom auszulassen. Vielleicht hätte er sich in diesen Tagen entschieden. Für sie. Und das Kind. Womöglich wäre er dann nicht auf den Dachstein gegangen. Wieso war sie nur so stur geblieben? Weshalb hatte sie seine Entscheidung erst abwarten wollen?

Almut schwieg.

Mila war jetzt neben ihr. »Warum bist du nie weggegangen?«

»Wohin hätte ich denn gehen sollen? Ich bin immer hier gewesen. Auf dem Hof, in den Bergen.« Dann fügte sie hinzu: »Manchmal bleibt man, weil man glaubt, es gibt keinen anderen Ort für einen.«

»Aber du hast darüber nachgedacht?«

»Nein. Nie.«

»Ich war so oft fort«, erwiderte Mila. »Schon als Kind, mit meinen Eltern, später allein. Städte, Länder, irgendwie immer unterwegs, wie auf der Suche nach …«

Almut presste die Lippen aufeinander, weil sie nichts dazu sagen wollte. Sie verstummten, alle beide. Dann erreichten sie die Schlucht und blieben stehen. Mila war beeindruckt, wie gewaltig und tief sie war, wie bedrohlich ihre Wände in den Himmel ragten.

»Gleich sind wir an der Brücke«, sagte Luise und blickte Mila an. »Am besten siehst du nicht nach unten, wenn wir rübergehen. Mach es wie am Klettersteig, erinnerst du dich?«

Mila nickte.

Die Brücke war etwa fünfzig Meter lang; sie bestand aus Holzplanken und Stahlseilen zu beiden Seiten, darunter verlor sich eine graue Kluft, gesäumt von Bäumen und Büschen. Je tiefer sie reichte, desto dunkler wurde sie, als würde niemals Tageslicht bis auf ihren Grund dringen.

»Sieht ziemlich wackelig aus«, sagte Mila, bemüht, nicht kleinlaut zu klingen.

»Keine Bange, die ist stabil«, meinte Luise.

»Die Tragseile sind fest im Felsen verankert, da kann nichts passieren«, sagte Almut und ging voran, ihre Schritte ruhig und sicher, als wollte sie keinen Zweifel aufkommen lassen. Die Brücke vibrierte kaum merklich, doch Mila sah es.

»Du gehst als Nächste«, sagte Luise.

Mila setzte den rechten Fuß auf den ersten Tritt, vorsichtig, wie jemand, der ein Minenfeld betritt, wo jeder Schritt zur Katastrophe führen könnte. Die Brücke schwankte. *Einfach ist es nie.* Das hatte sie selbst gesagt. Und Worten mussten Taten folgen, klar. Sie wusste, dass sie auf ihrer Tour noch Schwierigeres erwartete als eine über dem Abgrund verankerte Brücke. Sie riss sich zusammen und setzte den linken Fuß auf den nächsten Tritt. Wie auf dem Steig, dachte sie, ein Schritt nach dem anderen.

»Schau geradeaus und halt dich am Geländer fest«, rief Luise hinter ihr. »Dann ist es einfach.«

Almut war schon fast am Ende der schwankenden Konstruktion angelangt. Bei ihr sah es wirklich leicht aus. Mila bewegte sich langsam, dennoch kam sie voran. Hinter ihr rief Luise, dass sie es richtig gut mache. Mila blickte nach vorne, und tatsächlich wurde es besser. Schon bald erreichte sie das Ende der Brücke. Aber auf der anderen Seite stellte sich keine Erleichterung ein. Denn jetzt sah sie den schmalen Weg, der sich wie eine dünne Linie um den halben Berg zog, in schwindelerregender Höhe, immer am Hang entlang. Am Felsen war ein dickes Drahtseil befestigt.

»Hier sichern wir uns«, erklärte Almut, als sie nebeneinanderstanden. »Und ab jetzt tragen wir unsere Helme.«

Sie öffneten die Halterungen, griffen nach den Helmen und setzten sie auf. Dann holten sie ihre Kletterausrüstungen aus den Rucksäcken, stiegen in die Hüftgurte und schnallten die Riemen fest. Almut beobachtete, ob Mila die Ausrüstung richtig anlegte, und kontrollierte anschließend selbst noch einmal, dass alles sicher saß und verschlossen war. Als sie jedes Detail sorgfältig geprüft hatte, nickte sie Luise zu. Sie verbanden die Karabinerhaken des Klettersets mit dem Drahtseil am Fels und schnallten sich die Rucksäcke wieder auf die Rücken.

»Fertig?«, fragte Almut und sah erst Mila, danach Luise an.

»Fertig«, antwortete Mila etwas zu forsch. Luise streckte den Daumen nach oben.

Das Band, der steil ansteigende Weg entlang des Hangs, war breit genug, dass Mila beide Füße nebeneinanderstellen konnte und noch ein wenig Platz bis zur Kante hatte, dennoch war ihr flau im Magen. Die Höhe war enorm, die Wand fiel steil ab, aber wenn sie abrutschte und fiel, würde der Gurt sie halten.

Es folgte ein letzter abschätzender Blick von Almut, dann setzten sie sich in Bewegung, in derselben Reihenfolge wie sie über die Brücke gegangen waren.

»Wie lange müssen wir so gehen?«, fragte Mila nach ein paar Minuten. Zum ersten Mal, seit sie aufgebrochen waren, spürte sie das Gewicht ihres Rucksacks.

»Eine halbe Stunde«, sagte Almut. »Wenn das Band hinter uns liegt, kommen wir zu einem Schuttfeld. Aber bevor wir das angehen, machen wir eine Pause.«

»Eine halbe Stunde …«, wiederholte Mila flüsternd. Ihre Augen wanderten über die Steinformationen und die Gipfel über ihnen. Demut überkam sie, gleichzeitig wuchs ihr Selbstvertrauen, als ihr klar wurde, dass sie die Herausforderung tatsächlich bewältigen konnte. Die Gefühle überrollten sie wellenartig, sie wechselten einander ab. Schritt für Schritt kam sie voran. Das Drahtseil im Felsen gab ihr ebenso viel Halt wie die Präsenz von Almut vor und Luise hinter ihr. So erreichten sie auch das nächste Etappenziel, ein anfangs breites und in der Höhe immer schmaler werdendes Feld mit steilen Kalkschuttfluren und bleichen Steinen, die überall auf dem Anstieg lagen.

Nachdem sie sich entsichert hatten, deutete Almut auf eine kleine Gruppe Tannen nahe einer Sohle. »Dort rasten wir«, sagte sie bestimmt.

Mila war sofort einverstanden. Als sie sich in den Schatten der Bäume hockten, spürte sie, dass ihre Beine bereits schwer waren. Der Weg und die gleißende Sonne hatten sie merklich erschöpft. Sie zog ihre Wasserflasche aus dem Rucksack und trank in hastigen Zügen. Sie teilten sich Brot, Nüsse, Schokolade und Obst, einfaches Essen, das Mila dankbar genoss. Sie hatte sich neben Almut an den warmen Stamm einer Tanne gelehnt, während sich Luise ausgestreckt vor ihnen auf den Boden legte und die Augen schloss. Die Pause tat ihnen allen gut.

»Germanistik?«, fragte Almut und legte die Stirn in Falten. »Und was kannst du damit machen? In einer Bibliothek oder als Lehrerin arbeiten?«

»Das sind zwei Möglichkeiten, die mir dann offenstehen. Ich könnte aber auch in der Wissenschaft oder in der Politik anfangen. Aber eigentlich träume ich eher davon, in einem Verlag zu arbeiten. Oder ich werde Journalistin. Auf alle Fälle muss ich mich da richtig reinknien, um die wichtigsten Grundlagen unserer Sprache zu begreifen«, sagte Mila und biss in einen Apfel.

»Und was genau sind das für Grundlagen, die du begreifen musst? Was wirst du alles lernen?«

»Na ja, ich werde mich vor allem mit den Ursprüngen und der Rezeptur unserer Sprache beschäftigen müssen und lernen, alte und neue Werke zu analysieren und zu interpretieren.«

»Aha. Klingt ziemlich kompliziert.«

»Ist wie ein Handwerk.«

»Wirklich?«

»Ja. Eins, bei dem es darauf ankommt, viel zu lesen und sich auf die Welten einzulassen, die in den Texten dargestellt werden. Und natürlich muss ich auch selbst allerhand schreiben. Ich glaube, Lesen und Schreiben liegt mir.«

»Sicher, sonst würdest du es ja nicht studieren wollen«, sagte Almut.

»So hat jeder sein Talent, seine Fähigkeiten.« Mila beugte sich vor. »Benno baut Möbel. Du hast gesagt, sie seien einzigartig, Unikate. Und du? Du kümmerst dich um einen großen Hof und vier Dutzend Milchkühe, was der Hammer ist, weil du alles allein hinbekommst. Luises Welt wiederum sind die Berge und das Pflanzen- und Tierreich, sie weiß so unglaublich viel darüber. Und meine Welt werden eben Texte und Bücher sein. Ich hoffe nur, ich werde darin so gut wie ihr auf euren Gebieten …«

»Jedem seine Welt also?«, fragte Luise, die der Unterhaltung gelauscht hatte und sich nun aufsetzte.

»Ja und nein. Schließlich können sich Welten miteinander verbinden. Manchmal sollten sie das sogar. Es gibt immer einen Zusammenhang zwischen ihnen, sei er auch noch so unscheinbar«, antwortete Mila und beobachtete, wie sich der Ausdruck in Luises Gesicht veränderte.

»Das machst du schon, seitdem du hier bist, stimmt's? Welten verbinden?« Luise rückte an sie heran und gab ihr einen Kuss auf den Hals. Dann zeigte sie zum Himmel. »Da oben kreist schon eine ganze Weile ein Tier aus meiner Welt. Habt ihr es bemerkt?«

Mila und Almut blickten hoch. Sie sahen einen riesigen Vogel, der über den Wipfeln schwebte.

»Der ist ja … gigantisch«, staunte Mila.

»Ein Bartgeier. Kommt nur selten vor, dass man ihn in unserer Gegend sieht«, erklärte Luise.

Mila schirmte ihre Augen mit den Händen ab. »Ist er gefährlich?«

»Nein!« Luise klang fast empört. Sie nahm Schwung und richtete sich schnell auf, wobei sie ihre Arme ausbreitete. »Er wirkt nur so furchteinflößend, weil er eine riesige Flügelspannweite hat. Bei manchen Exemplaren drei Meter. Versteht ihr? Drei Meter! Das ist unglaublich.«

»Du machst Witze«, sagte Mila skeptisch.

»Nein, glaub mir, es stimmt. Ich weiß, wovon ich rede. Früher haben die Leute ihn Lämmermörder genannt, aber das ist völliger Quatsch. Der reißt keine Schafe, er ist ein Aasfresser. Er folgt den Herden nur, um die Totgeburten zu fressen. Doch die Angst vor ihm ist immer weiter gewachsen, bis es hieß, er entführe sogar Kinder. Es gibt verrückte Geschichten, dass er die Söhne und Töchter von Bergbauern über tiefe Täler auf unzugängliche Felsenspitzen geschleppt und sie da oben zerfetzt hat. Alles Ammenmärchen, die dazu führten, dass man Jagd auf ihn machte, um ihn auszurotten. Vor einiger Zeit wurden die ersten Bartgeier wieder ausgewildert, und es ist einfach fantastisch! Inzwischen gibt es schon wieder über zweihundert von ihnen im gesamten Hochgebirge.«

»Und wir sehen einen, der uns begleitet«, flüsterte Mila. »Erstaunlich.«

Almut lehnte den Kopf an den Baumstamm und streckte die Beine aus. Sie saß entspannt, die Augen halb geschlossen, und zitierte auf einmal den Anfang eines Gedichts, mit fester Stimme:

»An einem heitern Tage,
lag das Kindlein vor der Tür,
als mit grimmigem Flügelschlage
naht der Geier voller Gier,
und er hielt mit seinen Klauen
in den Windeln es sehr fest,
trug's entsetzlich anzuschauen
in sein hochgelegnes Nest …«

»Genau das meine ich«, sagte Mila ernst und stand auf. »Ihr versteht eure Welt so gut, wie alles darin zusammenhängt, selbst solche alten Legenden.«

Das Geröllfeld war steil, seine Querung mühsam. Immer wieder rutschten Steine und lockere Erde unter ihren Schuhen weg. Zudem brannte die Sonne inzwischen so unerbittlich, dass sie wie ein übermächtiger Gegner wirkte. Ihr gleißendes Licht flutete das Massiv und heizte es derart auf, dass in den Senken am Rand des Feldes große, trügerische Spiegelungen entstanden.

Jetzt ging Luise vorneweg. Sie war eine gute Führerin, darauf bedacht, mit gleichmäßigem Schritt zu wandern, ohne Hast, einem bestimmten Pulsschlag folgend wie einem präzise eingestellten Metronom. Mila ging in der Mitte, Almut folgte zum Schluss. Keine von ihnen sprach, der Aufstieg war anstrengend und forderte ihre ganze Konzentration.

Von Zeit zu Zeit beobachtete Almut, wie achtsam sich Mila bewegte. Sie nahm ihre gerade Haltung wahr und wie sie die Schultern nach vorn beugte, ihre Zähigkeit, verbunden mit dem festen Willen, den Aufstieg zu meistern. Dabei spürte Almut ein ungewohntes Gefühl, Stolz – ein Gefühl, das sie überraschte, als würde sie zum ersten Mal begreifen, welche Bedeutung Mila für sie hatte. Ihre Tochter war streng mit sich selbst. Das war gut. Denn es konnte ihr helfen. Auf diesem Berg. Und in ihrem Leben. In bestimmten Momenten. Obgleich Almut wusste, dass jede Stärke auch ihre Kehrseite hatte, weshalb es mitunter ebenso darauf ankam, Teile dieser Beharrlichkeit wieder aufzugeben, um weiterzukommen. Konnte Mila das? Ihren Eigensinn in den richtigen Situationen für einen Kompromiss opfern? Oder würde sie in ähnliche Fallen tappen wie Almut? Wie viel von ihr steckte in Mila? Almut war sich nicht ganz sicher, doch sie stellte sich vor, wie Mila vor einer Klasse stand und unterrichtete oder wie sie vor einem Laptop saß und an einem Artikel arbeitete, all das mit der nötigen Entschlossenheit, aber auch mit der erforderlichen Distanz, die ihr half, vorurteilslos zu bleiben, gegenüber denen, die sie lehrte, oder jenen, über die sie schrieb. Nicht nur entschlossen, auch emphatisch war sie, ihre Tochter.

Als ein größerer Brocken nach unten polterte, drehte Mila sich nach ihr um, als wollte sie sich vergewissern, dass Almut noch hinter ihr war, als hätte sie Angst, sie könne zurückgefallen sein, und Almut freute sich darüber. Sie wischte sich den Schweiß aus dem Gesicht und ging weiter, bis sie den auffälligen Felsen erblickte, der das Feld in nordöstlicher Richtung beschränkte, an manchen Stellen grau, an anderen schwarz gefleckt, ein Pfeiler wie ein Mahnmal. Obwohl sie wusste, dass er sich dort befand, spürte sie ein beklemmendes Ziehen in der Brust. Sie hätte ihn am liebsten ignoriert, aber sie schaute hin. Kurz darauf tauchte hinter dem markanten Pfeiler die schräg verlaufende Wand auf, die zum Gletscher führte. Darunter, von hier kaum zu sehen, erstreckte sich ein schmales Plateau, genau dort, wo die beiden Bergsteiger ihn gefunden hatten.

Almut blieb stehen.

Mila bemerkte ihr Zögern und sah sie aufmerksam an. »Was ist mit dir?«, fragte sie.

Almut unterdrückte ein Stöhnen.

»Sag schon. Was ist los?« Mila ging einen Schritt auf sie zu.

»Nichts, es ist nichts«, antwortete Almut, schüttelte den Kopf und setzte ihren Weg fort, obwohl es ihr zunehmend schwerfiel.

Die steile Wand neben ihnen war imposant, auch furchteinflößend, vor ihnen der steinerne Absatz wie eine gewaltige Stufe. Darauf eine Stele aus Metall, etwa einen Meter hoch, die Fußplatte mit mehreren rostigen Schrauben im Stein verankert, auf der vorderen Seite griechische Buchstaben, senkrecht eingraviert. Στη μνήμη ενός δραπέτη.

Milas Blick blieb an den Zeichen hängen. Die Buchstaben waren klein, aber klar erkennbar. Almut stand neben ihr, ohne ein Wort zu sagen, die Augen fest auf die Stele gerichtet. Sie brauchte nichts zu erklären. Mila wusste, an welchem Ort sie waren und dass die Buchstaben etwas über Ludger Neumann erzählten.

Luise lehnte hinter ihnen am Felsen und hielt sich zurück. Ein warmer Wind rauschte in ihren Ohren, er kam von den Gipfeln und blies ins Tal.

Als Mila die Wand hochschaute und die Haken sah, die überall im Stein steckten, folgte Almut ihrem Blick. »Keine Ahnung, aus welcher Höhe er abgestürzt ist«, sagte sie. »Zwei Bergsteiger haben ihn einen Tag später entdeckt, mit gebrochenem Genick.«

»War er sofort tot?«

»Ja.« Almut trat zwei Schritte vor, bückte sich und streckte die Hand aus, ihre Finger strichen über das Metall der Stele. Sie schaute zu Boden. »Hier haben sie ihn gefunden, auf diesem Absatz.«

»War die Stele deine Idee?«

Almut nickte. »Benno hat sie gemacht. Wir sind zusammen rauf, und er hat sie aufgestellt. Ich wollte sie so, aus Stahl, damit sie lange hält.«

»Was bedeutet die Inschrift?«, fragte Mila.

»In Erinnerung an einen Flüchtenden«, antwortete Almut und zog die Hand zurück. »Weil er geflohen ist – vor der ganzen Situation, vor allem, was mit ihr zu tun hatte, und vor sich selbst.«

»Und warum hast du die Buchstaben auf Griechisch eingravieren lassen?«, wollte Mila wissen. Sie konnte nicht aufhören zu fragen, obwohl sie sah, wie sehr es Almut zusetzte.

Almuts Augen glänzten. Ihre Stirn und die Wangen glühten. Sie senkte den Kopf, nur kurz, dann sah sie wieder auf. »Denk daran, was er war. Ein Priester. Darum wollte ich die Gravur in griechischer Sprache. Weil das Neue Testament auf Griechisch verfasst wurde …« Almut presste die Lippen zusammen. »Er hat mich verletzt. Natürlich. Aber nicht nur er. Andere auch. In den ersten Tagen nach seinem Tod habe ich die Schuld allerdings nur bei ihm gesucht. Alles auf ihn abgewälzt. Meine eigenen Fehler habe ich nicht sehen wollen. Das war falsch. Vielleicht habe ich die Inschrift deshalb in griechischen Buchstaben eingravieren lassen, um … ja, um … ach, ich weiß auch nicht.« Sie stockte und schüttelte den Kopf. »Jedenfalls hat Benno die Worte für mich übersetzen lassen, nachdem ich ihn darum gebeten hatte. Er half mir, ohne je zu verraten, von wem die Übersetzung stammt.«

Mila war versucht, nach Almuts Händen zu fassen, sie zu umschließen und ihr beizustehen, vielleicht sogar ihren Schmerz zu lindern. Doch sie tat es nicht. Stattdessen sagte sie: »Da ist noch so viel mehr in dir als das, was verletzt wurde.«

»Womöglich.«

»Ich bin mir sicher. Und du solltest es auch sein.«

»Damals habe ich das nicht so empfunden. Nach allem, was geschehen war, und den Entscheidungen, die ich getroffen hatte, hätte ich am liebsten nicht existiert …«, sagte Almut.

»Dann würde ich heute nicht hier stehen«, erwiderte Mila.

Almut nickte. »Meist erkennt man erst im Rückblick, dass vieles mit vielem zusammenhängt.«

»Das stimmt nicht.«

»Nein? Was glaubst du, ist falsch daran?«

»Es ist nicht so, dass vieles mit vielem zusammenhängt«, sagte Mila. »Sondern alles mit allem.«

»Und jetzt?«, fragte Luise. »Kehren wir um?«

Alle drei blickten nach oben. Vor ihnen erhob sich die schroffe Wand. Für Mila war sie mehr als nur Felsen und Stein. Sie war wie eine Grenze, ein Schnitt zwischen der Vergangenheit und dem, was noch vor ihr lag. Ein Teil von ihr wollte umkehren, aber ein anderer Teil, ein tieferer, wehrte sich gegen diesen Gedanken. Sie sagte: »Nein.«

»Du hast doch gesehen, was du sehen wolltest«, erwiderte Almut, ihre Stimme war ein wenig angespannt. »Das sollte eigentlich reichen.«

»Aber es reicht nicht«, antwortete Mila. »Ich möchte ganz rauf.«

Luise sah sie skeptisch an. »Sicher?«

»Hundertprozentig sicher!«

»Du musst es nicht tun. Wir alle müssen das nicht tun«, sagte Almut.

Mila legte beide Hände flach an den Felsen, als wollte sie etwas erspüren. Dann sagte sie: »Du täuschst dich. Ich muss es tun. Wirklich. Und ich will es. Bitte helft mir dabei.«

Sie erklärten Mila die Technik und wie sie sich während des Aufstiegs verhalten sollte. Mila hörte konzentriert zu.

»Halte immer drei Kontaktpunkte zum Stein. Beide Hände und ein Fuß oder beide Füße und eine Hand, ständig am Felsen, ja? Und bring dich nah an die Wand. Dein Körperschwerpunkt bleibt dabei über den Füßen«, erklärte Luise.

»Verstanden«, sagte Mila.

Luise zeigte auf ihre Oberschenkel. »Du arbeitest vor allem mit der Kraft deiner Beine, mit den Händen hältst du nur das Gleichgewicht. Wie am Steig. Du packst das!«

Dann schauten Luise und Almut die Wand entlang und suchten die günstigste Route aus. Sie besprachen die ersten Zwischensicherungen, die richtigen Standplätze, die Länge des Kletterseils und auch, wie sie abbrechen konnten, falls sie abbrechen mussten. Sie überprüften zum letzten Mal, ob sie alles richtig angelegt, griffbereit und nichts vergessen hatten, die Helme, Gurte und Sicherungsmaterialien. Zuletzt verständigten sie sich auf einige Kommandos, die sie sich zurufen würden, und auf die Reihenfolge, in der sie steigen würden.

Almut ging als Erste in die Wand.

Mila stieß sich mit den Beinen ab und griff nach einem Felsvorsprung. Sie konzentrierte sich nur auf den nächsten Tritt, den nächsten Griff und die nächste Sicherung, während die Tiefe unter ihr zu wachsen schien wie ein gefräßiges Monstrum. Almut hatte es gestern auf der Terrasse beschrieben, und sie hatte kein bisschen übertrieben. Milas Herz raste. Aber sie würde es schaffen. Sie wollte es unbedingt. Sie nahm dieselbe Route wie Almut, die das Seil schräg über ihre Schulter gelegt und mit einem Karabiner an ihrem Gurt befestigt hatte, an dessen Schlaufen das Sicherungsmaterial baumelte. Mila war erst geklettert, nachdem Almut den ersten Standplatz erreicht hatte, ein breites, leicht abschüssiges Band. Dort hatte Almut eine Schlinge an drei Bohrhaken im Fels zu einem Zentralpunkt verbunden, das überschüssige Seil über die Selbstverankerung aufgenommen und gerufen: »Stand.«

Mila war erstaunt, wie sicher Almut gekletterte, mit welcher Behändigkeit sie die Expressschlingen an den Haken oder an Felsvorsprüngen befestigt hatte, um sichere Ankerpunkte zu schaffen, immerzu darauf bedacht, eine mögliche Fallhöhe zu reduzieren, während Mila und Luise zurückgeblieben waren und die Sicherung von unten übernommen hatten. Luise hatte darauf geachtet, das Seil weder zu schwach noch zu stark zu spannen und es auszugeben, sobald Almut die Zwischensicherungen anbrachte oder mehr Seil forderte.

»So, wie sie aufsteigt, muss sie früher oft geklettert sein. Sie macht das richtig gut, und das nach so vielen Jahren«, sagte Luise, bevor sie Mila anschaute, um abzuschätzen, was sie gerade dachte. »Willst du es immer noch?«

»Ja.« Milas Stimme klang entschlossener denn je.

Luise zeigte auf den ersten Griff in der Wand. »Na dann los. Bezwing sie!«

Die eigenen Bewegungen waren Mila zunächst ungewohnt erschienen, ihre Beine hatten gezittert, und für einen Moment hatte sie vergessen, was sie tun sollte. Sie hatte einen Anflug von Panik gespürt, die Stille der Landschaft und die in ihrem Kopf, als wäre sie in eine fremde Sphäre eingedrungen, in die sie nicht hineingehörte. Aber dann hatte sie sich zusammengerissen. Jetzt wich die Unsicherheit mit jedem Meter, den sie zurücklegte, die Furcht vor einem falschen Tritt, einem falschen Griff. Wenn einer nicht passte, suchte sie einen anderen und fand ihn. Der Felsen begann, sie zu akzeptieren. Es war verrückt, aber Mila beschlich das Gefühl, als entwickelten sie langsam ein gewisses Verständnis füreinander. Schließlich kam sie unter den wachsamen Augen von Almut und Luise auf dem Standplatz an und sicherte sich.

»Gut gemacht«, sagte Almut anerkennend.

Mila lächelte.

Luise folgte, wobei sie die Schlingen einsammelte. Sie bewegte sich leicht die Wand hinauf, als wäre sie schwerelos, wie eine Feder, die vom Wind nach oben gepustet wurde. Im Nu war Luise bei ihnen, sie standen nebeneinander, wie drei Glieder einer Kette, mitten im Felsen. Mila fühlte sich gut, fast euphorisch.

»Das war klasse. Respekt, Mila«, sagte Luise mit einem breiten Grinsen und reichte Almut das Sicherungsmaterial. »Was meinst du? Sollen wir ein paar Meter horizontal klettern, um den Überhang zu umgehen?«, fragte sie, deutete zum obersten Punkt der Wand und blickte Almut an, als bräuchte sie ihr Einverständnis.

Almut nickte.

»Und unsere Rollen? Wir können tauschen, wenn du magst.«

»Nein, es bleibt, wie es ist. Ich steige wieder vor«, bestimmte Almut.

Sie kletterten weiter. Für Mila war es weiterhin herausfordernd, auch wenn die Schwierigkeit der Route gleich blieb. Bei der Querung nutzten sie natürliche Griffe und Felsvorsprünge, die ihnen Halt boten. Zusätzlich waren Bohrhaken vorhanden, die andere Kletterer vor ihnen in den Stein getrieben hatten und die ihnen den Aufstieg erleichterten. Sie legten nur noch einmal eine kurze Pause an einem Standplatz ein, bevor sie weiterkletterten und nacheinander die Kante überwanden.

Unter ihnen tat sich die beeindruckende Tiefe auf, vor ihnen lag ein breites, strahlend weißes Plateau mit einem Gletscherfeld, dahinter der Bergrücken und die Spitze des Dachsteins mit dem Gipfelkreuz. Seitlich und weiter entfernt ragten zerklüftete Kuppen und hohe Gipfel auf.

»Wahnsinn«, flüsterte Mila, ergriffen von der Wucht der Berge, deren Nähe zum Himmel und der blendenden Helligkeit ihrer Schneedecken. Sie spürte, dass dieser Ort eine Schwelle markierte, ein Punkt, an dem sich etwas verändern konnte. Doch dann, als sie auf den Gipfel des Dachsteins blickte, schob sich eine andere Vorstellung in ihre Gedanken. Was, wenn dort oben nur eine große Leere auf sie wartete, ein Nichts, das all ihre Erwartungen verschlang? Ein Schauer lief ihr über den Rücken, und sie sagte: »Es ist unwirklich hier oben, ein bisschen unheimlich, aber auch schön, wie eine seltsame Traumlandschaft.«

»Ich hab's dir gesagt«, meinte Luise, die ihre Freude kaum verbergen konnte. Almut hingegen ließ sich nichts anmerken. Sie legte den Rucksack ab, öffnete ihn und nahm Prusikschlingen und vier Steigeisen heraus. »Die werden wir jetzt brauchen.«

»Und Luise?«, fragte Mila.

»Um deine Freundin musst du dir keine Gedanken machen. Sie hat ihre eigene Ausrüstung dabei«, sagte Almut.

»Klar«, bestätigte Luise. »Ich hab sogar an Eispickel und Eisschrauben gedacht. Man weiß ja nie …«

Almut nickte und ließ ihren Blick über das weiße Eisfeld schweifen. Ihre Augen tasteten die Fläche aus feinem Kies und Sand ab, die das Schmelzwasser im Laufe der Zeit fortgetragen hatte, die Gletscherzunge und dunklen Querspalten vor der Firnlinie. »Wir bleiben in einer Seilschaft. Und jeder nimmt einen Eispickel. Mila, du gehst in der Mitte und achtest auf einen gleichmäßigen Abstand zwischen uns. Das ist wichtig, verstehst du? Die Schneedecke sieht harmlos aus, was nicht heißt, dass sie es auch ist.«

»Wenn du einverstanden bist, übernehme ich dieses Mal die Führung, Almut«, sagte Luise. »Du bist schon seit vielen Jahren nicht mehr über den Gletscher gegangen, aber ich war erst kürzlich hier und …«

»Nein«, widersprach Almut. »Ich möchte, dass du die Nachsicherung übernimmst.«

Luise verzog das Gesicht. Sie war nicht einverstanden mit dem, was Almut sagte, hinterfragte es jedoch nicht und beugte sich ihrem Willen. Sie zogen sich die Steigeisen, dickere Jacken und Handschuhe an, banden sich direkt ins Seil ein und erklärten Mila, worauf es beim Umgang mit dem Pickel und bei der Begehung sonst noch ankam, auf sichere Beine, Wachsamkeit und eine stabile Führung des Seils, das immer leicht gespannt sein musste und niemals durchhängen durfte.

»Ein Gletscher ist wie ein gefrorenes Gewässer, das ganz langsam bergab fließt. Manche schaffen nur vierzig Meter, andere vierhundert Meter im Jahr. Doch jetzt, in der Sommerhitze, bewegen sie sich schneller. Dabei untergräbt das Schmelzwasser die Eisoberflächen und lässt tückische Spalten entstehen, die tief in den Gletscher hinabreichen. Auf die müssen wir achten«, sagte Almut.

»Vor allem im oberen Teil. Da nimmt das Eisfeld mehr Schnee auf, als es beim Schmelzen abgibt. Dort verstecken sich die Spalten oft unter einer weißen Decke«, fügte Luise hinzu.

Mila starrte auf das Eis, ihre Zähne bohrten sich kurz in die Unterlippe.

»Keine Bange. Wir passen schon auf. Almut und ich wissen, wie es geht«, sagte Luise, als sie spürte, welche Wirkung ihre Worte auf Mila hatten.

Dann stapften sie los. Von Zeit zu Zeit stieß Almut den Schaft des Pickels tief in den Schnee und drehte ihn leicht hin und her, um den Untergrund zu prüfen. Danach gingen sie häufig Umwege, deren Logik Mila nicht begriff. Sie schwitzte. Ihr Haar klebte unter dem Helm. Die Luft war kühl und dünn. Mila wurde kurzatmiger und müde. Es fiel ihr zunehmend schwerer, sich zu konzentrieren und darauf zu achten, dass die Entfernungen zwischen ihnen stimmten und das Seil die richtige Spannung behielt.

Als sie nach der Firnlinie einen harmlosen Gletscherbach überschritten hatten, rief Almut ihr zu: »Jetzt sind wir im Nährgebiet. Das ist der Bereich, in dem der Gletscher neuen Schnee aufnimmt und wächst. Nicht mehr lange, und wir erreichen den Rücken…« Sie hob einen Arm und deutete auf den Gipfel.

Mila formte mit Daumen und Zeigefinger ein kleines »Okay«-Zeichen. Nicht mehr lange. Das war gut.

Almut lächelte, richtete ihren Blick wieder auf den steilen Weg und setzte den nächsten Schritt. Gleichzeitig hörte Mila ein beunruhigendes, dumpfes Grollen, als ziehe ein Gewitter in der Ferne auf. Aber das Geräusch war ganz nah. Und dann sah sie, wie Almut einbrach. Für den Bruchteil einer Sekunde schien die Zeit stillzustehen, alles um Mila herum fror ein. Es war surreal, als würde die Welt den Atem anhalten. Almut war plötzlich weg, verschwunden, als wäre sie in den Boden eingesogen worden. Das Seil spannte sich ruckartig. Mila schrie. Sie geriet ins Schlingern. Verlor das Gleichgewicht, stürzte und rutschte der aufgebrochenen Spalte entgegen. Panik erfasste sie, und Luise brüllte hinter ihr. »Pickel, Mila! Pickel!«

Mila verstand. Mit beiden Händen griff sie den Eispickel, rammte ihn wiederholt in den Boden, immer wieder, bis sie schließlich abbremste und keuchend dalag. Ihre Arme und Beine zitterten, der Schaft des Pickels war fest in ihren Händen. Sie blickte dorthin, wo das gespannte Seil über die Kante in ein dunkles Loch hinablief.

»O Gott«, stöhnte sie. »Bitte nicht!«

»Bist du in Ordnung?«, rief Luise hinter ihr.

»Ja, ja, aber Almut …«

»Beruhig dich, sie ist noch da, sie ist noch da.« Luise lag ebenfalls flach auf dem Boden, um das Seil zu halten, allerdings in entgegengesetzter Richtung. Auch ihr Pickel steckte im Boden, und sie hielt sich an ihm fest. »Sie hängt in einem Spalt.«

»Almut«, schrie Mila. »Almut. Kannst du mich hören?«

Almuts Stimme klang dumpf und aus unbekannter Tiefe zu ihnen. »Jaaaa …«

»Bist du verletzt?« Luises Stimme rannte über das Feld.

Almut antwortete, leicht verzögert: »Nein, ich glaube nicht.«

Mila sah flehentlich zu Luise, ihr Blick fragte: *Was machen wir jetzt?*

»Hör mir jetzt gut zu, Mila. Wenn ich es dir sage, setzt du dich hin und drückst die Fersen in den Boden. So sorgst du für einen besseren Halt.« Luises Stimme war klar und fest. »Und danach baust du einen T-Anker.«

»Einen T-Anker?«

»Ja, das schaffst du. Ist gar nicht so schwer, glaub mir. Du nimmst den Pickel und gräbst eine Furche, ungefähr dreißig Zentimeter tief, quer zur Zugrichtung. Dann noch eine Linie längs, sodass ein T entsteht. Verstanden? Danach bindest du eine Bandschlinge von deinem Gurt um den Pickel und legst ihn in die Form. Schnee rein und festdrücken. Das gibt uns Halt. Keine Sorge, das kriegst du hin! Ich werde dir jeden Schritt erklären.«

»Und dann?«

»Sobald du den Anker gebaut hast, setzt du dich drauf. Du wirst sehen, dass er die ganze Last hält. Danach komme ich an dir vorbei, um Almut hochzuziehen. Sie schafft es. Und wir helfen ihr dabei. Es ist nur wichtig, dass wir die Nerven behalten, okay? Wenn uns das gelingt, holen wir sie dort raus. Versprochen!«

Mila nickte stumm, ein paar Mal. Sie vertraute Luise. Sie würden die Nerven behalten, alle drei. Sie mussten es! Und wenn nicht … Sie schaute zum Seilende und sah, wie es in die Kante schnitt.

Und dann folgte sie jeder Anweisung, die Luise ihr gab.

»Beeil dich!«, rief Mila, nachdem sie den Anker gebaut hatte und Luise sich an ihr vorbeiwagte, um zur Kante zu gelangen. »Bitte! Almut erfriert uns da unten.« Sie kämpfte gegen die wachsende Verzweiflung an, die sich wie ein bleiernes Gewicht auf ihre Brust legte, und gegen die Schuldgefühle, von denen sie übermannt wurde, während sie dort saß, steif, die Fersen fest in den Schnee gedrückt, mit dem Blick auf das Seil, auf Luise und die Spalte, die tückische Falle, in die Almut geraten war.

Unter ihr der schwarze Schlund und das Geräusch rinnenden Wassers, um sie herum tiefblaues Eis, darüber das grelle Licht der Sonne, das ihr bei jedem Blick hinauf in die Augen stach, weil sie beim Sturz ihre Sonnenbrille verloren hatte. Und irgendwo hinter der Kante war Mila.

Alles hängt mit allem zusammen.

Dass Mila nach dem Tod ihrer Adoptivmutter die Wahrheit über ihre Herkunft erfahren hatte. Dass sie hergekommen war, um sie kennenzulernen und herauszufinden, wer ihr leiblicher Vater gewesen war. Dass Almut ihr die Tür geöffnet und später, nach dem Streit mit Helga Lechner, erzählt hatte, warum sie Mila weggegeben hatte. Dass sie auf den Berg gegangen und nicht an der Stele umgekehrt waren. Dass Almut in einem Moment der Unaufmerksamkeit auf die Schneebrücke getreten und abgestürzt war. Und dass sie nun in der Spalte hing und ihr die Kälte in die Knochen kroch. All das musste einen Sinn ergeben, wenn Milas Worte stimmten.

Alles hängt mit allem zusammen.

War es tatsächlich so? Hatte jedes Ereignis sein eigenes Gewicht, eine individuelle Bedeutung, die einen neuen Zustand verursachte, der zum nächsten Ereignis führte? Oder ging es sogar noch darüber hinaus? Beeinflusste jede

Veränderung das Ganze? Vielleicht lag darin der Sinn von allem, und es machte jede Existenz bedeutsam, auch ihr Sein, das nun an einem einzigen Seil hing, einem Seil, das sie mit ihrer Tochter verband, deren Nervenstärke jetzt über Almuts Leben mitentschied.

Ein tiefes, fast instinktives Gefühl flüsterte Almut zu, dass sie keine Angst haben musste. Das Seil war robust, es würde halten, und Luise wusste genau, was zu tun war. Nein, sie war nicht auf den Berg gestiegen, um in einer verfluchten Gletscherspalte zu sterben, während ihre Tochter und deren Freundin darum kämpften, sie hier rauszubekommen.

Als Kind hatte sie sich stark vor dem Tod gefürchtet, vor dem, was sie im Jenseits erwartete, wenn sie an Jesus zweifelte. *Nur die, die an den Erlöser glauben, existieren im Himmelreich weiter*, hatte ihre Mutter sie glauben gemacht, jeden Sonntag, bevor sie in die Messe gingen. Die anderen seien zu ewigen Qualen verdammt. Eine simple Behauptung, die Almut nicht losgelassen und ihr Leben lange geprägt hatte. Und weil ihre Mutter stets betonte, dass der Vater die Familie verlassen habe, weil ihm die Verantwortung für ein Kind zu groß gewesen sei, gesellte sich zu der Furcht vor dem Tod auch noch eine Verlustangst hinzu, die Almut durch ihre Kindheit begleitete wie eine fremde, heimtückische Stimme in ihrem Kopf, die permanent behauptete, sie würde die Kontrolle verlieren, wenn sie nicht aufpasste. Denn obwohl ihre Mutter nicht liebevoll war, befürchtete Almut, dass auch sie eines Tages weggehen könnte. Wie sollte sie dann den rechten Pfad finden, wenn sie allein war? Wer würde sich um sie kümmern? Wohin brächte man sie? Die Fragen quälten sie. Jeden Mittag, wenn sie von der Schule kam, suchte Almut ihre Mutter. Oft rief sie schon im Hof nach ihr und war erst zufrieden, wenn sie sie gefunden hatte, im Stall, auf der Weide oder irgendwo im Haus.

Hildegard reagierte jedes Mal gereizt und fragte, warum Almut nur derart hysterisch herumbrülle, ob sie nicht ganz richtig im Kopf sei? Sie hatte keine Ahnung, was in ihrer Tochter vor sich ging. An einem verregneten Herbsttag fand Almut sie nicht, weder im Stall noch auf den Feldern, auch nicht in der Küche oder im Waschraum, und sie schrie immer lauter und eilte panisch die Treppe hinauf. Nur mit einem Nachthemd bekleidet kam ihre Mutter aus dem Schlafzimmer und verpasste ihr eine schallende Ohrfeige. Sie hätte sich bloß hingelegt, weil ihr Herz bei der schweren Arbeit angefangen habe zu stolpern und sie nicht mehr atmen konnte. Dann habe es sich wieder beruhigt und sie sei eingeschlafen. Almut hätte sie mit ihrem rücksichtslosen Radau geweckt. Warum sie ihr nie Ruhe gönnen würde? Sie sei ein Abziehbild ihres Vaters, eigensüchtig und durchtrieben. Almut schloss die Augen nur für die Sekunde des Schlags. Als sie sie wieder öffnete, begegnete sie ihrer Mutter mit einem festen, trotzigen Blick, ohne dass sie eine Träne verlor.

Viele Jahre später, als sie Ludger kennenlernte und sich in ihn verliebte, erfuhr sie, dass es noch etwas anderes gab als die Arbeit auf dem Hof und den Alltag mit ihrer Mutter. Nach und nach keimte in ihr der Wunsch nach einem besseren Leben, einem mit weniger Ängsten und mehr Hoffnungen, ein vergebliches Ansinnen. Die Ängste zogen sich zwar eine Zeitlang zurück, verstärkten sich jedoch mit Ludgers Wankelmut wieder. Erst mit seinem Tod und ihrer Entscheidung, das Kind wegzugeben, verloren sie an Bedeutung und ließen sie endgültig los. Es folgten leere Tage, Wochen, Monate und Jahre, in denen sich ihre Einstellung zum Tod grundlegend veränderte.

Der Gedanke an ihn bekam etwas Tröstliches. Hin und wieder dachte sie sogar darüber nach, wie es wohl wäre, sich für ihn zu entscheiden. Alles zu beenden. Vielleicht erwarteten sie tatsächlich Strafen, weil sie gesündigt hatte, allerdings konnten die nicht schlimmer sein als die Qualen, die sie bereits ertragen hatte und noch ertrug. Manchmal, vor dem Einschlafen, wünschte sie sich, nicht mehr aufzuwachen, einfach liegenzubleiben, für immer. Sie sehnte sich nach einem immerwährenden Dunkel, und sie sinnierte darüber, wie sehr es sie erleichtern würde, wenn ihr Herz von einem Augenblick zum nächsten aufhören würde zu schlagen. Sie hatte davon gehört, dass Menschen an gebrochenen Herzen sterben konnten.

Aber sie starb nicht. Sie lebte damit, dass die Jahre sie mitnahmen. Träge und widerstandslos versank sie in der Zeit und den täglichen Verrichtungen, weil sie nichts gegen sie in der Hand hatte.

Nun aber begann sich dieses Vakuum aufzulösen, die Leere füllte sich – durch Mila. Es war, als hätte das Schicksal einen Schleier gelüftet, um ihr zu zeigen, dass nichts zufällig geschah, dass alles einem Zweck folgte, einem Sinn, den Almut noch vor zwei Wochen für unvorstellbar gehalten hätte.

»Almut?« Luises Stimme ließ sie abrupt ins Hier und Jetzt zurückkehren. Das Gesicht des Mädchens erschien über der Kante. Erleichtert sah Almut hoch. »Wie weit bist du, Luise?«

»Ich bin gesichert. Es kann losgehen«, sagte Luise. »Nutz die Prusikschlingen, um dich hochzuziehen. Du schaffst das!«

Ohne Umschweife zog Almut ihre Steigeisen aus, befestigte sie und den Eispickel an den seitlichen Materialschlaufen ihres Gurts und legte zwei Prusikschlingen ins

Seil, eine kurze für die Anseilschlaufe am Gurt, um den Rucksack daran zu sichern, und eine längere für die Füße. Sorgfältig prüfte sie die Knoten, bevor sie in die Fußschlinge stieg und begann, sich hochzuziehen. Stück für Stück arbeitete sie sich nach oben, darauf bedacht, das Seil kontrolliert zu belasten.

»Es klappt«, rief Luise ermutigend. »Du kommst hoch. Es funktioniert!«

Aber noch war Almut nicht oben.

Das Knistern von Schnee, wenn Mila sich bewegte.

Die Sonne über ihrem Kopf.

Das Ziehen in ihrem Magen.

Ihr Blick, der über das strahlend weiße Eis des Gletschers glitt.

Almuts dünne Stimme aus dem Loch, ihre Frage: *Wie weit bist du, Luise?*

Luises Anweisungen.

All das verband sich mit einer drückenden Angst um Almut. Aber eigentlich war Angst ein zu schwaches Wort dafür, was Mila in diesen Minuten empfand.

Almut sah nach oben. Ihre Kräfte schwanden. Nur noch ein paar Meter. Sie kämpfte, fest entschlossen, der eisigen Feindseligkeit der Spalte zu entkommen, während sie die ganze Zeit nur einen Menschen im Kopf hatte.

Mila.

Der Name hallte in ihr, ohne dass sie ihn aussprechen musste.

Immer wieder.

Bei jedem Zug stellte sie sich das Gesicht ihrer Tochter vor und fragte sich, was sie jetzt fühlte.

Es half.

Als sie die Kante erreichte, spürte sie Luises Hände, die unter ihre Achseln griffen. Almut hatte noch die Kraft für eine letzte große Anstrengung. Sie brachte den Oberkörper über die Kante und kroch aus der Spalte, hinein in die gleißende Helligkeit des Tageslichts.

Sie hatte es geschafft.

Sie standen in sicherem Abstand zueinander, jede an einem Punkt eines imaginären Dreiecks, um sich gegenseitig zu sichern. Erleichtert und erschöpft sahen sie sich an.

»Danke. Das habt ihr gut gemacht«, sagte Almut. Ihr Gesicht zeigte Spuren der Anstrengung, das Haar, das unter dem Helm hervorschaute, war nass.

»Ist ja alles noch mal gutgegangen …«, sagte Luise. »Kein Weg zum Gipfel ohne Risiko.«

Milas Mundwinkel zuckten. Sie war noch immer von dem Erlebten überwältigt, von der Angst, die sie fast erstickt hatte, und der Erleichterung, die sich jetzt in ihr breitmachte. Als sie sah, wie Almut über die Kante kroch, hatte ihr Herz wilde Sprünge gemacht. Sie hätte fast angefangen zu heulen.

»Für einen Moment dachte ich, ich würde dich nie wiedersehen …«

»Ich wusste, dass ihr mich da rausholt. Außerdem hat es Johann vorausgesagt …«, sagte Almut.

»Ihr kommt wieder runter, alle drei, lebend und gesund«, bestätigte Luise mit dem Anflug eines Lächelns. »Das hat er jeder von uns ins Ohr geflüstert, stimmt's?«

Almut nickte.

Und Mila antwortete: »Hat er. Und ich hab daran gezweifelt.« Ihr Blick wanderte zwischen Luise und Almut hin und her. »Und jetzt?« Ihre Frage klang schon wieder herausfordernd.

»Wenn ihr es noch wollt, gehen wir weiter«, sagte Almut. Sie sprach ruhig, ohne jede Schwäche. »Wir sind beinahe oben.«

»Ich bin auch dafür«, stimmte Luise zu. »Es sei denn, du möchtest abbrechen, Mila …«

Mila starrte auf die Gipfelspitze, die sich hinter dem letzten Abschnitt des Bergrückens zeigte, ein Terrain, dessen Begehung im Vergleich zu dem, was sie bis hierher bewältigt hatten, fast leicht wirkte. »Lasst uns raufgehen. Wir sind schon so nah dran. Ich will mehr sehen. Und spüren will ich es auch«, sagte sie.

Almut schirmte mit den Händen über ihren Augen das Sonnenlicht ab. »Schön, dann sind wir uns ja einig. Ich stelle nur eine Bedingung.«

»Und die wäre?«, fragte Mila und zog die Brauen zusammen.

»Ab sofort übernimmt Luise die Führung. Nicht nur bis zum Gipfel, sondern auch wieder runter. Den kompletten Weg. Einverstanden?«

Weder Mila noch Luise konnten ihre Überraschung verbergen und schauten sie erstaunt an. Sie begriffen, dass Almut gerade mit einem gewaltigen Satz über ihren eigenen Schatten gesprungen war.

Luise führte sie sicher über den letzten Abschnitt des Eisfelds. Sie umgingen die offenen Spalten genauso wie die verdeckten Schneebrücken und gelangten auf einen Grat, der zwar schmal war, jedoch keine großen Herausforderungen mehr an sie stellte.

Mila spürte Aufregung und Vorfreude in sich. Der Himmel füllte sich immer mehr mit Wolken, die wie Watte über den schlafenden Bergen hingen, und wenn Sonnenstrahlen durch die Decke brachen, legten sie sich warm auf ihre

Schultern. Die Luft wurde dünner, der Boden wieder steinig und trocken. Sie waren allein. Es waren keine anderen Bergsteiger hier oben. Almut schob das auf ihren frühen Aufbruch und darauf, dass sie nicht vom Tal aus losgegangen waren. Die Alpinisten, die vom Fuß des Berges starteten, benötigten zwei Tage und verbrachten die Nacht dazwischen in Zelten auf der Hochebene. Somit sollten jene, die gestern aufgebrochen waren, bereits den Gipfel erreicht haben, während diejenigen, die sich erst heute Morgen auf den Weg gemacht hatten, noch weit hinter ihnen sein mussten. Mila fragte nach der Gruppe, die sie vor einigen Stunden bei der Brücke gesehen hatten. Almut vermutete, dass sie eine andere Route gewählt hatten, vielleicht waren sie über den Schwarzen Grat hinter Ludgers Absturzstelle gegangen, ein besonders gefährlicher Anstieg. Es gab hier mehrere Wege nach oben und auch wieder hinunter. Hätten die Bergsteiger denselben wie sie gewählt, wären sie ihnen irgendwann begegnet.

Als sie die letzten Schritte auf dem Anstieg zum Kreuz setzten, war Mila froh, dass sie ungestört waren. Sie staunte über das helle Licht, das die Sonne hinter dem Gipfel auf die gigantische Bergsilhouette warf, und dachte, gleich haben wir ihn bezwungen, gleich. Sie begann, lautlos die Schritte zu zählen. Bei vierzig standen sie oben.

Mila riss die Arme hoch und rief: »Unfassbar! Wir haben es wirklich geschafft. Der Rote Dachstein! Jetzt gehört er uns!«

Luise sah sie herausfordernd an. »Ja, aber erst, wenn wir das Kreuz berührt haben. Los, du fängst an.«

»Ich? Warum?«

»Weil du es dir am meisten von uns verdient hast. Du hast gezeigt, wie man sich seinen Ängsten stellt.«

»Das hab ich auch schon auf dem Steig und der Burgruine getan.«

»Der Steig war einfacher, und auf der Ruine warst du eher leichtsinnig als mutig. Außerdem hatten wir an dem Abend getrunken. Ehrlich, heute, das war eine ganz andere Nummer. Und damit machst du mir Mut. Vor allem für die Sache mit meinem Vater.«

Mila zog die Handschuhe aus und trat unter das Kreuz. Es war aus widerstandsfähigem Holz, die Querbalken grob zusammengefügt. Mit beiden Händen berührte sie den senkrechten Balken, spürte seine raue Struktur und ließ ihre Blicke über die umgebenden Gipfel gleiten. Ein Gefühl von Stolz und Glück durchströmte sie, das so intensiv war, dass es sie berauschte. Vor ihr lag keine Leere, kein Nichts. Vielmehr öffnete sich eine unglaubliche Landschaft, so groß und rein, dass sie fast übermächtig wirkte. Die Berge, die Täler, der weite Himmel – alles offenbarte sich in einer Klarheit vor ihr, die jedes Detail scharf und unmissverständlich erscheinen ließ. Es war mehr als der triumphale Moment des Erklimmens. Es war mehr als der Kampf der letzten Stunden. Was sie in diesem Augenblick fühlte war das Wissen, ein Teil von etwas Größerem zu sein, etwas, das sich in dieser Landschaft und in der Zeitlosigkeit der Natur manifestierte.

Luise und Almut stellten sich zu ihr und nahmen sie in ihre Mitte. Auch sie streiften die Handschuhe ab und legten ihre Hände fest an das Kreuz. Während Luise die Augen schloss und die Luft einsog, blickte Almut in sich gekehrt ins Tal, als ob sie etwas suchte, das nur sie sehen konnte. Mila hätte viel dafür gegeben, zu erfahren, was sie gerade dachte, als der Bartgeier erneut über ihren Köpfen auftauchte und sie unerwartet von der Erinnerung an einen großen Adler mit breiten Schwingen berührt wurde, an drei Bergziegen auf einem Felsplateau, an ein Zikaden-Konzert und einen steil ansteigenden Pfad neben einer Weide, den sie in der Stunde ihrer Ankunft hinaufgegangen war, begleitet von Zweifeln und Hoffnungen, an einem Tag, der einer anderen Zeit anzugehören schien. Was für Tage dem gefolgt waren! Tage voller neuer Wege, die sie beschritten hatte, Tage, die sie gelenkt und hierhergebracht hatten, an diesen Ort, der für sie mehr war als nur eine Bergspitze, ein Ort, an dem sich vieles auf eine schicksalhafte Weise zu einem Wendepunkt verdichtete, der sich nicht in Worte fassen ließ, sondern tief in Milas Innerem spürbar war.

»Mila …«, flüsterte Almut neben ihr. Ihre Augen glitten über Milas Gesicht. Sie hatte die Hände wieder vom Kreuz genommen, auf ihren Handrücken spannte sich ein Netz aus grünen Adern.

»Ja?«, fragte Mila und löste ihre Hände ebenfalls vom Kreuz.

Almut verzog die Lippen. Sie waren blass, ihre Augen leuchteten, und der Brustkorb hob und senkte sich. Sie setzte erneut an, dann ließ sie die Schultern hängen und sagte leise: »Ach, nichts«.

Nichts? Wieder nichts? Wie vorhin auf dem Geröllfeld, bevor sie die Stele erreicht hatten? Mila glaubte ihr nicht. Almut lag etwas Wichtiges auf der Seele. Mila hatte ihre Blicke bemerkt, während des Wanderns und Kletterns, Blicke, die zwischen Zögern, Respekt und Dankbarkeit schwankten. Plötzlich durchströmte sie eine Welle der Zuneigung, die weder drängte noch forderte, eine Zuneigung, die sich die ganze Zeit im Hintergrund aufgehalten hatte, nur um im richtigen Moment spürbar zu werden und jede andere Empfindung zu überlagern. Und dieser Moment war nun gekommen.

Mila streckte ihren Arm aus. Ihre Finger tasteten nach Almuts Hand, die sich warm anfühlte, und für einen Augenblick hielt sie inne. Doch dann schloss sie ihre Hand um Almuts, zunächst vorsichtig, schließlich fester. Ihre Finger verschränkten sich ineinander, und Mila sah Almut von der Seite an, als könnte sie mit ihrem Blick die Zeit anhalten.

Almuts Wangen glänzten, sie waren nass. Sie öffnete den Mund, doch sie brachte keinen Ton hervor.

Und Mila zögerte nicht länger. Mit gedämpfter Stimme sagte sie es, zum ersten Mal, dieses eine Wort, das von Anfang an zwischen ihnen gestanden und sie verbunden hatte, ein Wort, das mehr war als nur sechs Buchstaben, ein Wort, dessen Bedeutung sie von nun an wie ein festes Band umschließen sollte.

Sie flüsterte: »Mutter …«

Tag 47

Almut trug ein dunkelblaues Kleid, als sie die Kirche betraten, und dieselbe Kette, die bereits in der Weißen Nacht ihren Hals geziert hatte. Mila gefiel, wie sie aussah und dass sie ihr Haar offen gelassen hatte, was sie inzwischen häufiger tat. Genauso gefiel ihr Almuts Haltung, dieses Aufrechte und Unbeugsame, das in ihr wohnte, auch jetzt, da ihnen beiden klar war, worauf sie sich einließen und dass es kein einfacher Gang werden würde. Und doch bewegten sie sich mit einer Gelassenheit, als würden sie regelmäßig hierherkommen. Dabei war es etwas völlig Neues, sie beide, gemeinsam, beim Besuch der Sonntagsmesse.

Ein Höhepunkt all der Veränderungen, die Almut in den letzten Wochen in ihr Leben gelassen hatte. So zeichnete sie mehr, als sie es jemals zuvor getan hatte, nahm sich Zeit für Benno, der abends häufig und unangekündigt auftauchte, und noch mehr Zeit für Mila. Sie redeten viel, arbeiteten gemeinsam im Stall und kochten miteinander. Darüber hinaus unternahmen sie Ausflüge. Einmal fuhren sie mit dem Bus in die nächste Stadt. Sie ließen sich durch die Straßen treiben, kauften handgemachte Schokolade in einer kleinen Confiserie und verspeisten sie plaudernd auf einer Parkbank, während ein Straßenmusiker italienische Melodien spielte. Ein anderes Mal wanderten sie in die Berge, an kleinen Wasserfällen und schmalen Flussläufen entlang, die hinter dem Dachstein lagen. Und dann, irgendwann Anfang Juli, machten sie sich in aller Frühe auf den Weg zum Friedhof, um Ludgers Grab in Ordnung zu bringen.

Aber trotz all dieser tiefgreifenden Änderungen in Almuts Leben glaubte Mila dennoch, sich verhört zu haben, als diese gestern Abend verkündete, den Gottesdienst besuchen zu wollen. Es war eine echte Überraschung.

Doch Almut bestand darauf und sagte, sie müsse dorthin, unbedingt. Schon morgen. Morgen sei ein guter Tag dafür. Mila werde sehen, was sie damit meine. Das erinnerte Mila daran, mit welcher Vehemenz sie selbst darauf bestanden hatte, auf den Dachstein zu steigen. Danach sah Almut zum Himmel, an dem ein paar tiefhängende Wolken aufgezogen waren.

Seit Wochen hatte es nicht mehr geregnet. Staub lag in der Luft, die Wiesen hatten sich gelb verfärbt und die Erde auf den Feldern war hart und rissig. Vor ein paar Tagen hatten die Behörden den Notstand ausgerufen und die Bevölkerung aufgefordert, Wasser zu sparen. Erste Reservespeicher waren freigegeben worden. Seit Mittwoch fuhren Tankwagen durch die Täler, um die Landwirte mit Wasser zu versorgen, das aus den umliegenden Seen abgepumpt wurde.

Einige der alten Dorfbewohner meinten, es sei kein Zufall, dass sich diese Trockenheit jetzt wiederholte, eine Trockenheit, die sie damals wie heute mit Milas Ankunft in Verbindung brachten. Benno berichtete Almut und Mila davon. Auch wenn die Äußerungen unangenehme Gefühle in ihnen weckten, versuchten weder Almut noch Mila, sich von ihnen beeindrucken zu lassen. Denn Benno erzählte auch von den anderen, von denen, die in der Mehrzahl waren und das Gerede als Spinnerei bezeichneten. Mittlerweile wusste jeder im Dorf, wer Mila war. Jeder kannte ihre und Almuts gemeinsame Geschichte, wenn auch nicht im Detail. Sie ließ sich nicht mehr verstecken wie ein verbotenes Buch irgendwo im hintersten Winkel einer Kommode, die verstaubt im Keller oder auf dem Speicher stand. Überdies bekam jeder mit, dass Luise, die Tochter des Ortsvorstehers, ein Verhältnis mit Almuts Tochter hatte. Einige sagten, es sei richtig, dass die beiden ihre Zuneigung offen zeigten. Sie meinten, es wäre an der Zeit, alte, festgefahrene Ansichten aufzubrechen. Andere kamen damit weniger gut zurecht. Ihnen taten die Lechners leid, weil ihre Tochter von der Fremden verführt worden und aus der Bahn geraten war.

Luise und Mila schätzten die Unterstützung der einen und ignorierten die Meinungen der anderen. Wann immer sich die Gelegenheit bot, kam Luise auf den Hof und übernachtete hier. Almut tolerierte es nicht nur, es gefiel ihr. Wenn Mila nicht mit Almut zusammen war, unternahm sie mit Luise Streifzüge durch die Gegend. Manchmal zogen sie allein los, hin und wieder wurden sie von Johann oder Almut begleitet, bisweilen von beiden und einmal kam sogar Benno mit. Es war ein schöner Ausflug, voller Lachen und lockerer Gespräche. Sie picknickten am See und blieben, bis die Sonne langsam unterging, fast wie eine unbeschwerte Familie.

Aber den Gottesdienst wollten Almut und Mila lieber allein aufsuchen. Deshalb verschwiegen sie den anderen, was sie vorhatten.

Sie waren spät dran, die Glocken waren schon verstummt. Mila hatte das Gefühl, dass Almut absichtlich getrödelt hatte, auch wenn sie sich nicht erklären konnte, weshalb. Der Pfarrer stand bereits vor dem Altar, begrüßte die Gemeinde und bat sie, sich auf die nächste Stunde einzulassen, auf den Gesang, die Gebete und Lesungen, das Glaubensbekenntnis und die Eucharistiefeier. Mila glitt der Knauf der schweren, hölzernen Kirchentür aus der Hand, sie fiel ins Schloss, und ein dumpfes Geräusch hallte durch den Raum. Viele Köpfe drehten sich nach ihnen um, Hälse wurden gereckt. Almut begegnete den Blicken mit einem Lächeln. Aus einigen Bänken drang ein leises Murmeln, das von Erstaunen zeugte. Der Pfarrer erkannte sie. Es war der Priester, mit dem Mila gesprochen hatte. Er nickte ihnen kurz zu, ein stummer Gruß. Dann erhob er die Stimme, und die Orgel erklang. Das Stimmengemurmel ebbte sofort ab. Die Gläubigen, die textsicher waren, schauten wieder nach vorne, die anderen in ihre Gesangsbücher. Sie stimmten in das erste Lied ein: »*Liebster Jesu, wir sind hier …*«

Mila deutete auf die letzte Reihe, doch Almut schüttelte den Kopf und zeigte auf einige freie Plätze weiter vorn. Mila verstand sofort: Almut wollte sich nicht verstecken.

»Erträgst du es?«, fragte Mila flüsternd, nachdem sie sich gesetzt hatten.

Almuts Lächeln wurde breiter. »Was glaubst du denn?«

»Schon gut, blöde Frage.« Mila schmunzelte.

»Sie singen schön«, wisperte Almut nach der ersten Strophe und sah über die Köpfe der Besucher hinweg zum Pfarrer.

Vertieft in die Atmosphäre des Gottesdienstes lauschten sie dem Bußakt, den Gebeten, Fürbitten und Gesängen, danach der Predigt. Mit tiefer Stimme schilderte der Pfarrer, wie Jesus nach seiner Taufe vom heiligen Geist in die Wüste getrieben worden war. Vierzig Tage sei er dortgeblieben, habe gefastet und der Verführung des Satans widerstanden. Als der Priester die Gemeinde zum Abendmahl einlud, stand Almut auf und reihte sich ein. Mila blieb sitzen. Im Grunde hatte sie damit gerechnet. Almut wollte es sich und allen anderen beweisen. Wie sie selbst vor ein paar Wochen, als sie auf dem Vorplatz unter der Eiche stehengeblieben war.

Am Ende des Gottesdienstes zogen die Ministranten und der Pfarrer aus der Kirche. In langsamer Prozession liefen sie durch den Mittelgang, gefolgt von den Besuchern, deren Schritte als sanftes Echo unter der

Kuppel widerhallten. Der Duft von heißem Kerzenwachs und Weihrauch hing schwer zwischen den Mauern.

Almut und Mila blieben sitzen und beobachteten die vorbeiziehenden Menschen. Die ersten Blicke streiften sie fast unmerklich, nur wenige verharrten einen Moment länger. Plötzlich löste sich eine ältere Frau aus der Gruppe. Ihre Bewegungen waren zögerlich. Sie blieb dicht vor Almut und Mila stehen und nickte ihnen zu. Kein Wort, nur diese eine Geste, die mehr sagte als es alle Worte hätten tun können. Ihre Hand ruhte ein paar Sekunden auf der Holzlehne der Kirchenbank, bevor sie sich wieder entfernte.

Nach und nach blieben immer mehr Menschen stehen, schauten sie zustimmend an oder nickten ihnen zu, als wären sie durch einen stillen Impuls miteinander verbunden. Ein Mann, etwa in Almuts Alter, trat heran, streckte die Hand aus und legte sie auf Almuts Schulter, eine stumme Botschaft, die ebenfalls ohne Worte auskam.

Zum Schluss liefen die Lechners an ihnen vorbei. Die Eheleute ignorierten sie, Luise und Johann aber blieben stehen.

»Das hätte ich nicht erwartet«, flüsterte Luise anerkennend. »Wirklich stark.«

Johann beugte sich vor und umarmte beide, dann liefen sie hinaus. Die Kirche leerte sich langsam, Stimmen und Schritte verklangen wie Wellen, die sich vom Ufer zurückzogen. Zurück blieben nur Almut und Mila.

»Und jetzt?«, fragte Mila.

»Wart's ab«, antwortete Almut.

Schließlich hörten sie ein leises Tappen. Der Pfarrer. Er kam aus der Sakristei zu ihnen, im Messgewand, barfuß, als wäre es eine Art von Freiheit, die er in diesem einfachen Akt fand, ein bewusstes Loslassen von formellen

Schranken. Seine dunkelgrauen Haare standen wirr in allen Richtungen ab.

»Was für eine Freude, euch zu sehen. Euch beide«, sagte er, als er vor ihnen stehenblieb und die Hände faltete. Er war Teil eines Bildes, das passte, die Kanzel und der Altar im Hintergrund, die Bänke, der Gang und die Säulen, und er wie eine lebendige Skulptur davor. »Darf ich mich zu euch setzen?«, fragte er.

»Ich habe Sie erwartet«, sagte Almut und deutete auf den Platz zu ihrer Linken.

»Ich weiß«, antwortete er und setzte sich. Er streckte die Beine aus und betrachtete seine nackten Füße, ohne dass es ihm peinlich war. »Ist immer etwas Besonderes, nach dem Gottesdienst noch ein Weilchen in der Kirche zu sitzen, wisst ihr. In Ruhe Andacht halten, das mag ich sehr und mache es oft.«

»Ein Ritual?«, fragte Almut.

»Kann man so sagen.«

»Stören wir Sie etwa dabei?«

»Mitnichten.« Der Pfarrer beugte sich vor. »Benno hat mir von eurem Aufstieg erzählt. Er sagte, die Stele steht immer noch dort oben, fast unversehrt. Das ist erstaunlich.«

Almut nickte. »Die Schrauben sind zwar mittlerweile rostig, und an manchen Stellen ist der Stahl sicher etwas verwittert, doch wenn man bedenkt, wie lange sie sich da oben befindet, ist sie eigentlich noch recht gut in Schuss.«

»War eine bemerkenswerte Arbeit von ihm.«

»Stimmt. Benno ist wirklich begabt in solchen Dingen.«

»Und von dir war es eine schöne Idee …«

»Das ist alles schon so lange her.« Almut warf Mila einen Blick zu. »Inzwischen ist viel passiert. Besonders in den letzten Wochen.«

»Vieles fügt sich«, sagte der Pfarrer leise. Erst jetzt sah er Almut aufmerksam an. »Eins interessiert mich noch.«

»Was?«

»Ist die Inschrift noch lesbar?«

Almut nickte.

»Fein.« Der Priester schloss die Augen. Ruhe senkte sich über sie, eine beinahe spürbare Stille, die sie gemeinsam genossen, bis der Pfarrer wieder aufstand und sie mit ernstem Blick ansah. Schließlich sagte er: »Der Flüchtende ist nicht vergessen, und das hat er dir zu verdanken, Almut. Er hat es verdient, trotz allem …«

»Der Flüchtende?« Mila begriff sofort. »Die griechischen Schriftzeichen … das waren Sie?«

Dann hörten sie das Trommeln auf dem Kirchendach, zunächst zaghaft, nach einigen Sekunden lauter. Der Priester lächelte ihnen zu, drehte sich um, ging am Altar vorbei und verschwand in der Sakristei.

»Wir haben keinen Schirm dabei«, stellte Mila fest, als sie kurz darauf die Kirche verließen und ihr Blick auf den verwaisten Vorplatz fiel. Die Tropfen schlugen auf das Pflaster und bildeten rasch kleine Pfützen.

»Egal«, sagte Almut gelassen. »Der Regen macht uns nichts aus. Er ist ja warm.«

Tag 50

Liebe Mama,

als ich mich neulich bei Papa gemeldet habe, sagte ich ihm, dass er mit seiner Voraussage richtig gelegen hat. Wenn du gehst, wird es einiges verändern, vielleicht mehr, als du dir vorstellen kannst, hat er gesagt, bevor ich fortging.

Ja, es hat sich viel verändert. Viel und nichts. Erinnerst du dich, wie du mir die Widersprüche erklärt hast, die Gegensätze, mit denen wir im Leben konfrontiert werden? Du hattest recht. Dasselbe kann in einer bestimmten Hinsicht zugleich sein und nicht sein. In den letzten Wochen habe ich es genau so erfahren. Und bin dankbar dafür. Es wird mir vieles leichter machen. Auch das Abschiednehmen. In drei Tagen werde ich mich wieder aufmachen. Dann reise ich ab. Fahre zurück. Schon seit einiger Zeit steht die Frage im Raum nach dem Wann. Luise spricht sie seit ein paar Tagen immer häufiger aus, zaghaft, fast ängstlich, traurig. Ich kann sie verstehen. Mir fällt es ja auch schwer. Irgendwie habe ich sogar das Gefühl, sie im Stich zu lassen im Kampf gegen ihren Vater und darum, ihr Leben so zu leben, wie sie es möchte. Aber eigentlich weiß ich, dass ich ihr gar nicht helfen muss, weil sie stark genug ist und sich durchsetzen wird.

Almut hingegen hält sich zurück. Auch wenn sie es ahnt. Ich sehe es ihr an. Es steht ihr ins Gesicht geschrieben. Ich durchschaue sie inzwischen recht gut.

Du würdest sie schätzen, das ist mir in der Zwischenzeit klargeworden. Sie hat längst begonnen, die Dinge anders zu betrachten. Im Grunde schon lange vor meiner Ankunft. Nur hat sie es sich selbst gegenüber nicht zugeben wollen. Das Eingestehen war ein Lernprozess, der sich durch meine Gegenwart beschleunigt und sie letztlich dahin geführt hat, wo sie jetzt steht. Wir haben viel voneinander gelernt und erfahren. Und in all diesen Momenten, in denen wir einander zugehört haben, hat sich zwischen uns eine vertraute Nähe aufgebaut, eine leise Intimität, kein lautes Bekenntnis, sondern ein zartes Band, das gewachsen ist.

Trotzdem wird es Zeit für mich, wieder nach Hause zu fahren. In unsere Stadt. In meine WG. In die Nähe von Papa.

Aber ich werde hierher zurückkommen. Und zwar in Kürze. Und dann immer wieder. Schließlich bin ich jetzt auch ein Teil von dieser Welt, und diese Welt ist ein Teil von mir, sie ist es schon immer gewesen, auch wenn ich nichts von ihr wusste.

Das wird sich nicht mehr ändern. Das wird immer so bleiben.

Genauso wie meine Liebe zu dir.

Deine Mila

Tag 53

Der Regen hatte in der Nacht aufgehört, ein Sommerregen, der seit ihrem Kirchenbesuch über das Tal niedergegangen war. Die Berglandschaft, sonst von harten Konturen und klaren Schatten geprägt, wirkte wie weichgezeichnet. Überall waren die Bäche zu wilden Strömen angeschwollen, ihre Geräusche mischten sich mit dem leisen Klopfen des Wassers, das aus dem Laub der Bäume tropfte, während aus den Feldern ein erdiger Geruch aufstieg, und die Wälder dampften, als würden sie in der feuchten Luft atmen.

Das erste Licht des Morgens fiel weich in ihr Zimmer. Mila öffnete die Augen und drehte sich zum Wecker. Kurz vor fünf. Neben ihr lag Luise, sie atmete ruhig, ihren Kopf in der Beuge des rechten Arms. Mila hatte noch nie jemanden kennengelernt, der einen festeren Schlaf hatte. Luise wirkte so friedlich, wenn sie schlief, so frei. Es fiel Mila schwer, sich von ihrem Anblick zu lösen und aufzustehen. Sie huschte ans Fenster, öffnete es so geräuschlos wie möglich und ließ den frischen Atem der Felder ins Zimmer. Sie genoss den Geruch und die schlafende Luise in ihrem Rücken, als ihr Blick auf die Kommode fiel, auf dem ihr Tagebuch lag, neben einem Briefumschlag und einem kleinen Büchlein. Almut musste beides dorthin gelegt haben, als Mila und Luise schon schliefen. Gestern Abend hatte nur das Diarium dort gelegen. Ganz sicher. Neugierig nahm Mila das Buch in die Hand. Auf dem Cover waren ein Gebirgszug und hohe Tannenbäume gedruckt, darunter der Name des Autors und der Titel. *Adalbert Stifter. Bergkristall.* Sie drehte es um und las die Sätze auf der Rückseite.

Am Heiligen Abend verirren sich die Geschwister Konrad und Sanna bei dichtem Schneefall im österreichischen Hochgebirge. Die Bewohner zweier verfeindeter Dörfer brechen zu ihrer Rettung auf – und sorgen so am Ende für ein Weihnachtswunder.

Sie legte das Buch zurück und öffnete den Briefumschlag. Geldscheine. Mila nahm sie heraus und strich langsam darüber. Es war das Geld, das sie für die Übernachtungen gezahlt hatte. Almut gab es ihr zurück. Natürlich. Mila spürte ein leises Ziehen in der Brust. Sie erinnerte sich, was Almut gesagt hatte, nachdem sie an der Haustür den ersten Betrag von ihr angenommen, abgezählt und in die Tasche ihrer Kittelschürze gesteckt hatte, vor gefühlten Ewigkeiten.

Gut, das reicht für sieben Tage.

Almut stand in der Küche. Auch sie hielt ein geöffnetes Kuvert in der Hand und schaute ungläubig, als Mila eintrat.

»Rom?«, fragte sie verblüfft. »In vier Wochen?«

»Rom und Ostia. Es ist alles arrangiert. Nicht nur die Bahntickets und die Zimmer sind gebucht, auch Benno weiß Bescheid. Er wird sich um die Tiere kümmern.«

»Was soll ich dazu sagen?«

»Nichts. Du sollst dich nur freuen.«

Almut legte den Umschlag auf den Küchentisch. Ihre Augen glänzten, während sie dastand und Mila ansah.

»Komm, nun mach schon«, sagte Mila und breitete die Arme aus.

Almut lachte, ging auf Mila zu und umarmte sie, als wollte sie sie nie mehr loslassen. »Danke«, murmelte sie.

Noch in der Umarmung fragte Mila, was es mit dem schmalen Buch auf sich habe, mit dem *Bergkristall.*

»Es hat Ludger gehört. Mehr werde ich dir beim nächsten Mal erklären. Erst musst du es lesen. Vielleicht schaffst du es, bevor wir nach Rom fahren.« Almut löste sich von ihr und lächelte geheimnisvoll.

Mila kniff die Augen zusammen. »Kein Problem, das schaffe ich locker. Ist ja nur ein schmales Büchlein.«

»Gut.« Almut schob die Hände in die Taschen ihres Overalls und deutete mit dem Kopf in Richtung Stall. »Und jetzt lass uns rausgehen. Die Kühe warten schon.«

Mila trat aus dem Haus. Sie atmete tief durch. Der Rucksack drückte auf ihre Schultern.

Die anderen standen erwartungsvoll auf dem Hof, unter der Kastanie. Johann beobachtete die getigerte Katze, die um seine Beine strich und dann gemächlich am Haus entlang spazierte. Sie streifte an seinem Fahrrad vorbei, das an der Hauswand lehnte, und verschwand schließlich hinter dem Hühnerstall.

Zunächst ging Mila auf Benno zu, stellte sich auf die Zehenspitzen und flüsterte ihm ins Ohr. »Ich bin froh, dass du für sie da bist.« Sie wollte nicht, dass Almut es hörte. Almut hätte gesagt, sie brauche niemanden, sie käme allein zurecht. Was auch stimmte, irgendwie, und wiederum auch nicht.

Benno hob den Kopf, als wollte er etwas sagen, doch er nickte nur.

»Achte auf sie, okay?«, bat Mila.

»Das fällt mir nicht schwer«, antwortete er. Dann fügte er hinzu. »Ob du's glaubst oder nicht, ich werd dich vermissen.«

Sie zuckte mit den Schultern. Es brauchte nicht mehr Worte zwischen ihnen.

»Hast du uns denn nicht mehr lieb?«, fragte Johann, als Mila sich vor ihn stellte.

»Doch, das habe ich, Johann.«

»Und warum gehst du dann fort?«, fragte er.

»Weil ich zwei Orte habe, an denen ich zu Hause bin, aber immer nur an einem sein kann. Doch ich komme zurück. Schon in wenigen Wochen. Ihr werdet mich nicht mehr los. Ich verspreche es dir«, sagte sie.

Johann verzog nachdenklich den Mund. »Also bist du wie ein Pendel, das immer wieder hin und her schwingt?«

Mit einer liebevollen Geste strich sie über sein Haar. »Ja, so könnte man es sagen.«

Dann zog sie Luise ein Stück zur Seite und küsste sie, nur kurz, aber fest. Johann gluckste leise. Mila und Luise hatten gestern Abend lange gesprochen, auf der Terrasse, während die Dunkelheit um sie herum dichter wurde. Irgendwann war Luise still geworden. »Ich kann mir gar nicht vorstellen, wie es ohne dich sein wird«, hatte sie schließlich gesagt.

»Ich muss mich an der Uni einschreiben. Außerdem vermisse ich auch ein bisschen mein anderes Leben. Meine Freunde. Meinen Vater.« Mila hatte ihre Hand gedrückt. »Aber ich komme wieder. Wir sind doch jetzt ein Paar und gehören zusammen, zwei Teile wie eins.«

»Meinst du das wirklich?«, hatte Luise gefragt.

»Sicher«, hatte Mila ruhig geantwortet. »Wenn wir es wollen, klappt es, auch wenn wir nicht immer zusammen sind.«

Zum Schluss wandte sie sich an Almut. Es brauchte keine Umarmung mehr. Das hatten sie bereits hinter sich gebracht. Jetzt sollte ihr Abschied kurz und schmerzlos sein. Keine von ihnen wollte ein Drama draus machen.

»In drei Wochen bin ich wieder da«, sagte Mila. »Wir fahren von hier los, zusammen.«

»Ich warte auf dich«, erwiderte Almut. Sie schluckte schwer.

»Ich weiß«, meinte Mila. Sie trat einen Schritt zurück, um es nicht doch noch tränenreich werden zu lassen, und sagte laut: »Wir sehen uns. Schon bald.«

Dann lief sie los, an der Weide und dem verlassenen Bahndamm vorbei. Sie ließ die alte Getreidemühle hinter sich, den Brunnen und die Bauernhäuser am Straßenrand. Ein paar Fenster waren offen, und hinter den Gardinen konnte sie schattenhafte Bewegungen erkennen. Einige Dorfbewohner standen in ihren Gärten und schauten ihr hinterher, manche hoben zum Abschied die Hände, und Mila winkte zurück. Ein warmer Wind streichelte ihr übers Gesicht, er kam vom Westen. Über der Kirche stand die Sonne, ihr Licht fiel schimmernd auf die Dächer, Bäume und Felder.

Als sie am Kirschbaum angekommen war, unter dem sie vor vielen Wochen eine Pause eingelegt hatte, blieb sie noch einmal stehen, blickte zurück und sah, dass Johann, Luise, Benno und Almut ihr gefolgt waren. Sie standen nebeneinander auf der Anhöhe, hinter ihnen das Dorf, und schauten ihr nach. Mila bemerkte, wie Benno nach Almuts Hand griff. Almut ließ es zu. Mila lachte laut und fröhlich. Dann riss sie die Arme hoch in die Luft und drehte sich mit ihrem Rucksack auf dem Rücken im Kreis.

Einmal.

Zweimal.

So oft, bis alles um sie herum vor ihren Augen verschwamm und sie spürte, dass sie leicht wurde, beinahe schwerelos, als müssten ihre Füße kaum noch den Boden berühren.

Quellen- und Zitatnachweise

Seite 128:
Aus dem Alten Testament, Psalm 34, Vers 19.

Seite 166:
Aus dem Philippusevangelium (The Gospel of Philip), das nur in der in Nag Hammadi entdeckten Version bekannt ist und in koptischer Sprache verfasst wurde.

Seite 167–174:
Erwähnung finden hier die Erzählung Bergkristall von Adalbert Stifter sowie Inhalte daraus, berücksichtigt werden auch Anmerkungen von Helmut Bachmaier. Erschienen im RECLAM Verlag ISBN 978-3-15-011301-1, 2020.

Seite 237:
»Ich liebe das Leben«, Liedtext von Vicky Leandros, veröffentlicht 1975, komponiert von Leo Leandros und Klaus Munro.

Seite 264:
Vers aus dem 15. Jahrhundert / Autor unbekannt.

Seite 305:
In abgewandelter Form wird die Umschlagabbildung des Buches Bergkristall von Adalbert Stifter beschrieben, erschienen im RECLAM Verlag ISBN 978-3-15-011301-1, 2020 / Umschlaggestaltung: zero-media.net / Umschlagabbildung: FinePic®.

Seite 305–306:
Der erwähnte Klappentext stammt vom oben genannten Buch Bergkristall von Adalbert Stifter, erschienen im RECLAM Verlag ISBN 978-3-15-011301-1, 2020.

Danksagung

Ein Buch zu schreiben ist wie eine Reise – sie beginnt mit einer ersten Idee und führt durch unzählige Etappen des Entwerfens, Überarbeitens und Neuentdeckens. Dieser Roman wäre nicht entstanden, wenn mich nicht so viele Menschen auf diesem Weg begleitet und unterstützt hätten.

Mein besonderer Dank gilt:

Sandi, die mir auf den ersten wichtigen Metern zur Seite stand und der Geschichte den richtigen Kurs gegeben hat.

Yannik, der mir immer wieder geduldig zugehört und geholfen hat, den Blick für das Wesentliche zu bewahren.

Jolina und Phil, deren Leidenschaft und Engagement bei der Titelfindung und der Auswahl des Covers unverzichtbar waren.

Meinen treuen Lesebegleitern Mel und Olli – ihr wart von Anfang an dabei, und eure Tipps waren wieder einmal unschätzbar wertvoll.

Hannah, die mir mit guten Ratschlägen bei der Ausgestaltung der Zeichnungsszenen zur Seite stand.

Cat, die meinen Sohn und mich nicht nur auf den Gipfel der Zugspitze gebracht, sondern auch die Bergszenen mit ihrem Fachwissen geprüft und korrigiert hat.

Meinem Verleger, Dr. Wolf-Rüdiger Osburg, der nicht nur an meinen letzten Roman geglaubt hat, sondern auch an diesen.

Und natürlich meinem Lektor, Gerd Püschel, der auch dieses Buch wieder durch seine Fragen und Anregungen besser gemacht hat.

Ein großes Dankeschön auch an jede Buchhändlerin und jeden Buchhändler sowie an jede Leserin und jeden Leser – denn ohne euch würden meine Geschichten im Verborgenen bleiben.